U0726875

导师风采
DAOSHI FENGCAI

蒋方舟
钱文忠
楼含松

台前幕后
TAIQIAN MUHOU

选手风采
XUANSHOU FENGCAI

选手风采
XUANSHOU FENGCAI
吴嘉瑞

深圳
高新一中

中华好故事

民俗亲情

《中华好故事》栏目组 编著

浙江出版联合集团
浙江少年儿童出版社·杭州

让中华文化活起来、传下去

思想家说:“不失其所者久。”

文化,是民族安身立命之所、国家生存发展之魂、人的骨气底气之源。思想文化的发展,犹如一条长河,所流淌之处,生命得以绽放,文明得以兴盛,人类得以“栖居”。

中华文化是一座精神富矿,积淀着中华民族最深沉的精神追求、最根本的精神基因、最独特的精神标识。中国既是文明古国,也是故事王国。中华文化不仅书写在浩如烟海、泽及人类的文化典籍中,如《诗经》《论语》《道德经》《孙子兵法》《史记》《红楼梦》等,还融汇在灿若繁星、弘德育人的经典故事中,如夸父逐日、愚公移山等神话故事,闻鸡起舞、韦编三绝等崇学故事,卧薪尝胆、苏秦刺股等励志故事,岳母刺字、卧冰求鲤等忠孝故事,焚券市义、虎门销烟等治国故事,曾子杀彘、徙木立信等诚信故事。正是因为有如此绚丽的思想花园、如此充盈的文化滋养，中华儿女才有了丰富多彩的内心世界、卓然于世的聪明智慧，中华文明才能历经沧海桑田而一脉相承，从未中断，生生不息。《中华好故事》萃取圣哲英雄、思想典籍、文艺杰作、科技发明等方面的代表性故事，管中窥豹，见微知著，绘就了一张通往中华文化宝藏的故事地图。

越是传统的，越是现代的。任何一个国家和民族的发展，都离不开一定的文化传承，都是在既有文化传统基础上进行变革、创新与发展。中华文化是我们的根之所系、脉之所承、魂之所寄，如果抛弃传统、丢掉根本，就等于割断了自己的精神命脉，就会魂无定所、行无依归。经典中华故事是中华优秀传统文化的重要载体，通过讲历史故事，可以看成败、鉴得失、知兴替；通过讲诗词故事，可以情飞扬、志高昂、人灵秀；通过讲道德故事，可以知廉耻、懂荣辱、辨是非。《中华好故事》中大禹治水的疏导理念、断织教子的教育方法、郑和下西洋的外交经略、雍正反腐的严格吏治等，充满了鲜明的人生哲理、鲜亮的历史光芒和鲜活的时代价值，有利于以古鉴今、推陈出新，有利于为弘扬核心价值提供不竭的源头活水，为实现中国梦激发强大的精神力量。对于中华文化、经典故事，我们要礼敬对待、辩证取舍，深入挖掘、精心阐发，推动中华文化创造性转化、创新性发展，让那些收藏在宫禁里的文物、陈列在广阔大地上的遗产、书写在古籍里的文字活起来、传下去。

越是通俗的，越是大众的。有人说："改变你的表达，就能改变你的世界。"弘扬中华文化，需要以人们喜闻乐见、具有广泛参与性的方式推广开来。讲故事，是最通俗的表达方式；听故事，是最广泛的兴趣爱好。希腊神话、罗马故事以及中华故事等经典故事都承载着人类的经验与情感，滋养着人们的精神生活，千百年来一直广为流传。讲好中华故事，是弘扬中华文化的有效途径。从2014年开始，浙江卫视开办原创电视文化节目《中华好故事》，以"爱国励志""文明美德""民俗亲情"等为主题，以在校中学生为参赛主体，以知识竞答、故事演绎、嘉宾解答等方式，阐释中国精神，弘扬传统美德，取得了良好社会反响。纸质版《中华好故事》是电视节目的升级版、延伸版，视野更加开放，语言更加清新，知识更加海量，并以"乡试——会试——殿试"的晋级方式，描绘出一幅幅丰满、立体、灵动的中国文化景观。读物图文并茂、寓教于乐、润物无声，有利于帮助青少年接受优秀文化的沐浴，扣好人生的扣子，迈好上进的步子。

越是民族的，越是世界的。文明因交流而多彩，因互鉴而丰富。中华文化不仅是中国人的传家之宝，也是全世界共有的精神瑰宝。英国哲学家罗素就说："中国至高无上的伦理品质中的一些东西，现代世界极为需要"，"若能够被全世界采纳，地球上肯定比现在有更多的欢乐祥和。"中华优秀文化是中华民族最突出的优势、最深厚的软实力，但推动中华文化走出去，让世界更加了解中国，靠的不仅是文化本身的魅力，还要改进传播的方式方法。讲故事，是推动文化走出去的一把钥匙。如何用好这把钥匙，是一门艺术，要善讲会讲、动听爱听。编写出版《中华好故事》的一个重要考虑，就是要打造中国故事名片，探索打开各国人民心灵沟通之门，让国外民众在听中国故事中感受独特魅力、加深认识理解、体悟中华大美，从而推动把中华民族最基本的文化基因传播出去，把那些跨越时空、跨越国度、富有永恒魅力的文化精神弘扬起来。

习近平总书记指出："当高楼大厦在我国大地上遍地林立时，中华民族精神的大厦也应该巍然耸立。"希望以《中华好故事》节目创办和图书出版为契机，着力讲好故事、发好声音、展示魅力，进一步弘扬中华优秀文化，大力培育社会主义核心价值观，使之像空气一样无处不在、无时不有，为举精神之旗、立精神支柱、建精神家园推进新的探索、贡献新的力量。

[signature]

2015年2月26日

中华好故事，文化代代传

故事，指过去发生过的事。这些事，犹如去年的雪，事过境迁，早已消逝无踪。可是在记忆中，雪可能还在下着，踏雪寻梅或红炉煮酒之经验，对我们也还产生着影响。所以即便往事难觅，人们仍要努力记录它、捕捉它。

我国最早一本名为故事的书，是《汉武故事》，据说乃班固所作，记武帝出生到入葬茂陵诸事，其中有“金屋藏娇”等情节。当然这类书早已有了，像各种史书，不都是“述往事以待来者”的吗？早在班固以前，汉代已设了一种专门职掌故事的官，名称就叫“掌故”。掌故乃太常属官，掌管礼乐制度等。因政府施政除了依据法律典章外，还需参考旧制旧例、斟酌人情事理，所以才要设这种官。于此也可见故事不只是童话，亦非仅供闲谈之物。熟于故事，对练达人情、体国经野，其实大有裨益。

我国是世界上历史意识最发达、史著最多、记载最完整的国家，再加上历史本就悠久，不像古埃及古希腊文明皆曾中断过；幅员又辽阔，各地风俗迥异，传说自夥：所以故事之丰富，实在是富甲天下；故事之运用，也几乎无所不在。

例如，近日我在深圳凤凰山一观音殿看到民众烧香求签，那一百张所谓观音灵签，其实就是一百则故事，如董永遇仙、苏秦不第、孔明点将、子仪封王、刘备招亲、桃园结义、韩信挂帅、女娲炼石、奉璧归赵、庄周试妻、陈桥兵变、伍子胥过昭关等。民众由这些故事联想到个人的身世命运，自然就明白吉凶了。编制这套签文的人，正是以这类随顺世俗的方法在推广历史文化知识、强化关于故事的记忆。其他利用说书、演戏、唱曲等民众喜闻乐见之方式做着这样工作的，所在多有，相信大家都有体会。

不过，整体看来，由于现代化社会变迁及文化断层等诸多缘故，一般人对中国传统故事已远不及过去熟稔，因此而获得的历史文化滋养也相对稀薄了。过去许多家喻户晓之故事，如今年轻人甚至连听都没听过。

除了政治社会原因之外，媒体环境的变化也是造成这种现象的原因之一。因传统的讲故事、说书、唱戏、听大鼓等传播形式如今皆已渐趋没落，青年与之接触较少，自然不易领会故事的魅力。

如今我们所要做的，绝非听之任之，随波逐流，而是要将这些代表着中华民族精神之根和文化之魂的故事拭去尘埃，彰显于世，将见义勇为、助人为乐、诚信为本、敬孝友善等传统美德薪火相传，代代相守。

幸好我们国家已经意识到了这个问题，习近平总书记指出，“中华优秀传统文化是中华民族的精神命脉，是涵养社会主义核心价值观的重要源泉，也是我们在世界文化激荡中站稳脚跟的坚实根基”，“要使中华民族最基本的文化基因与当代文化相适应、与现代社会相协调，以人们喜闻乐见、具有广泛参与性的方式推广开来”。

浙江卫视察觉了时代的需求，响应了政府的号召，针对这个现象，推出“中华好故事”节目以来，形势丕然一变，社会上普遍觉得老故事有了新说法。对于孩子们来说，“中国梦”不正在这些深入浅出、情理交融、可学可信的故事中吗？若是我们放任老祖宗传下来的瑰宝不用，反而去吹嘘一些假大空的标准，岂不是弃近求远，缘木求鱼？只要古为今用、推陈出新，一个简简单单的小故事，也能让孩子们得到滋养和浸润。以电视媒体结合中国孩子，共同发掘中华故事宝库，确实是非常成功的尝试，值得继续播映并予推广。

当然，中华好故事的底蕴还须进一步深究，许多情节还待进一步咀嚼。细致的思考和文化挖掘，仍须以多种介质、多种方式进一步深入。

浙江卫视、浙江少年儿童出版社共同为“中华好故事”而编的图书，就是为扩大好故事的影响，深化故事予现代人之启示而作。不仅要延伸节目中已谈到过的故事，还要扩大撷取经史诸子及野史传说中有意义的故事，乃至民间谜语成语等一切能启迪心智、警俗醒世的事例，开发其内涵、勾勒其轮廓，让不同年龄层、不同需求的人都能因此重温旧梦，再谱新知。

龚鹏程

国务院国学中心顾问、北京大学特聘教授

目录

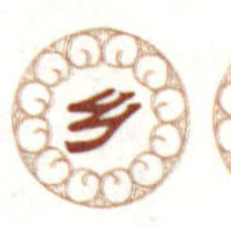

乡试之路

会试之路

殿试之路

乡试之路

问：忠臣孝子并无二致，治国理家本是一途。在古代，数世不分家的大家族会被朝廷表彰为“义门”。浙江浦江郑义门的郑氏族人同居共食几百年，历经三朝十五世，子孙173人出仕为官，竟没有一人贪赃枉法，堪称“天下义门之典范”。郑氏宗祠大门之上的“江南第一家”匾额是明太祖朱元璋亲笔所写，门内盘曲苍虬的古柏是大学士宋濂亲手所栽。朱熹题匾的“有序堂”是郑氏族人听训的场所，建文帝题匾的“孝友堂”则是郑家人祭祖的所在。郑氏一门之所以能世代清廉、孝义传家，离不开168条传承至今的《郑氏规范》。正是有了代代相传的家规，郑家才会涌现出像“兄弟争死”的郑濂这样传诵至今的人物。传说胡惟庸一案，郑家受到牵连。生死关头，别人都只顾自己逃命，郑濂兄弟却争着替对方赴死，这让朱元璋大为感动。朱元璋听说郑家千人同居，从不分家，便赐给郑濂两个梨子，故意试探他如何公平治家。请问郑濂回到家中，如何处置朱元璋赐给他的两个梨子？

答：捣碎熬汤，千人分享。

中华好故事

江南第一家：以孝义立家

在浙江省金华市浦江县，有一个以家族为名的小镇——郑宅镇。在这里，有郑氏义门被称为“江南第一家”。根据县志记载，郑氏家族自南宋起，历经宋、元、明三朝十五世，一直都在此处同居共食。

“江南第一家”牌坊

最为鼎盛的时候，家族中有三千多人一起吃饭。这是何等的壮观！郑氏家族素来以孝义治家而名冠天下，更是被明太祖朱元璋钦赐为“江南第一家”。

据《明史·郑濂传》所载，郑氏家族的家法规定，家族会选举一名德才兼备的族人担任大家长，负责总理全家的各项事务。洪武年间，郑濂被选为大家长。此时，郑氏义门的孝义美名远扬，明太祖朱元璋知道后十分赞赏，便决定召见郑家家长郑濂。

郑濂到京城面见太祖，朱元璋问他：“郑濂，你们家如今共有多少人呢？”

郑濂答道：“启禀陛下，如今家中约有一千多口人！”

朱元璋惊叹，郑氏家族竟有这么多人住在一起，却没有丝毫纷争，便又问道：“这么多人，要使家族保持长久和睦可不容易，你究竟是如何做到的？治理这么大的家族，你有什么秘诀吗？”

“陛下，其实只有四个字，谨遵祖训。”

说着，郑濂拿出了随身携带的《郑氏规范》呈给皇帝。朱元璋翻

拓展

“一门尚义，九世同居”，在被誉为中国儒家“家族文化”典范的浦江县郑宅镇的“江南第一家”，九座牌坊矗立在古镇入口。这么多牌坊集聚一起，在全国是罕见的。

九座牌坊，恰合郑氏义门的九世同居，展示着郑氏九世同居的深远文化内涵与历史信息。这里的每一座牌坊都有出处，每一座牌坊都有一个故事。

牌坊群的第一坊，就叫“江南第一家”。当时，郑氏义门以孝义闻名天下，为了表彰郑义门代代相传的孝义家风，朱元璋亲赐“江南第一家”予以旌表。

明太祖御赐郑义门的“孝义家”牌匾

开仔细瞧了瞧，不由得点头称赞。

朱元璋又问：“那你说说这规范的要义是什么呢？”

郑濂仔细地答道：“郑氏之子孙，一切以孝义为本。子孝其亲，谓之孝；夫妻、兄弟、宗族、邻里相互敬爱，谓之义。郑氏所行所习，无非积善二字。”

朱元璋听了很高兴，赏了郑濂两个御梨。郑濂叩谢后便带着两个梨子回去了，全然不知这是皇帝对他的考验。实际上，朱元璋还派人跟着他，以观察他的行为举动。

回到家中后，郑濂立即将族里的一千多人都召集到了一起，跟大家讲了太祖皇帝朱元璋赏了两个梨子的事情。族里众人见太祖皇帝只赏了两个梨，都在苦恼应该怎么分，只见郑濂叫人搬来两口大缸，在大缸中灌满甘洌的清水，然后把两个梨子弄碎了放进缸中，让族里人分着喝梨水。

跟来观察郑濂行为的差人如实地将他的所见所闻回禀给朱元璋。朱元璋十分欣赏郑濂的行为，于是就亲手书写了“孝义家”三个大字并加盖玉玺赐给郑家。

后来，有人向朝廷告密说郑家犯了通敌之罪。官府来抓人的时候，郑家兄弟竟然争相赴狱。郑濂说：“我是家长，应当抓我才对。”弟弟郑湜极力劝阻：“哥哥，您年纪大了，应当由弟弟我去受审才是。”

两人争着去坐牢的事情传到了朱元璋的耳朵里，他跟其他人说：

"如此仁义的家族，怎么可能犯谋逆大罪呢？"于是，朱元璋就赦免了郑氏家族的罪责，还提拔郑湜为左参议。

郑氏家族之所以能够长期同居聚食，主要在于其有深厚的文化传统作为基础。全族成员都具有一种内在的根深蒂固的共同文化心理作为精神上的凝聚剂，从而自觉地维护了整个家族的正常运行。这种共同的文化心理概括起来的精髓便是孝义精神，正是这种智慧指引着这个家族在历史长河中前行，成为中国儒家"家族文化"的典范。

"江南第一家"正门

浦江郑义门十五世同居创始之祖名叫郑绮，字宗文，赐号冲素处士。郑绮早年因家贫辍学务农，但他勤耕苦读，每日出耕垄上，挂书于牛角，田间稍有休息，即取书诵读，夜里也丝毫不松懈，继续苦读或至通宵，因而自学成才。郑绮一生布衣，未有出仕，但他信奉儒家礼教，主张以孝义立身，以儒学治家，建立了一整套治家制度。1193年，75岁的郑绮预感自己将不久于人世，他强撑病体，召集子孙聚集在厅堂上，面对子孙仰天发誓说："吾子孙有不孝、不悌、不共财聚食者，天实殛罚之。"说完他就去世了。自此，郑氏以"孝义"为立族宗旨，以"耕读"为立家之本，开始共居生活。

问：人生代代，恩情不断。家风家训是维系中国文化的精神纽带，凝聚着先人的经验智慧，传达着对子孙后代的希冀和期盼。下列有关家风家训的名句背后都隐含着感人肺腑的亲情故事，请将它们按照时间先后进行排序。

A. 有福不可享尽，有势不可使尽

B. 刻鹄不成尚类鹜，画虎不成反类狗

C. 一粥一饭，当思来处不易；半丝半缕，恒念物力维艰

D. 非澹泊无以明志，非宁静无以致远

E. 纸上得来终觉浅，绝知此事要躬行

F. 巧伪不如拙诚

答：BDFECA。

中华好故事

曾国藩断鸡蛋案：一代名臣的少年往事

曾国藩，字伯涵，号涤生，是中国近代著名的政治家和战略家。他自幼勤奋好学，小小年纪就已熟读四书五经。不仅如此，他还足智多谋，常常能运用自己的智慧审理一些"案件"，帮别人解决难题。

曾国藩像

有一日，曾国藩一回到家，就发现了不寻常之处。母亲没有像平时一样将早饭准备好，而是在表情严肃地询问着仆人。原来母亲早上煮了五个鸡蛋，放在饭桌上，转身之间，鸡蛋竟然少了一个。母亲细加查问，但无人承认偷吃。

"母亲，只是少了一个鸡蛋，为何要

近代以来，曾国藩的家训一直是民间广泛流传的一部治家宝典。当然，其内容缺乏条理分明的系统性，而是借着家书的形式表达曾国藩对治家原则的见解。曾国藩的家书，思维细腻周详，文笔委婉畅达，内容不论是谈国事、家事或教导晚辈，都充满了诚恳的情味。细读之下，就如与曾国藩当面对谈一般真实亲切。曾国藩的家训对大至治国、治军、治民，小至治身、治学、治家，都有极大的助益与启发。

如此大费周章呢？”

“为母自问不是刻薄的人，仆人若是饿了，给他吃个鸡蛋又有何妨？但是，不问自取是为贼也。一个鸡蛋是小，但今日他能偷吃一个鸡蛋，明日他就能偷拿府中的钱财，为母绝对不能姑息养奸！”

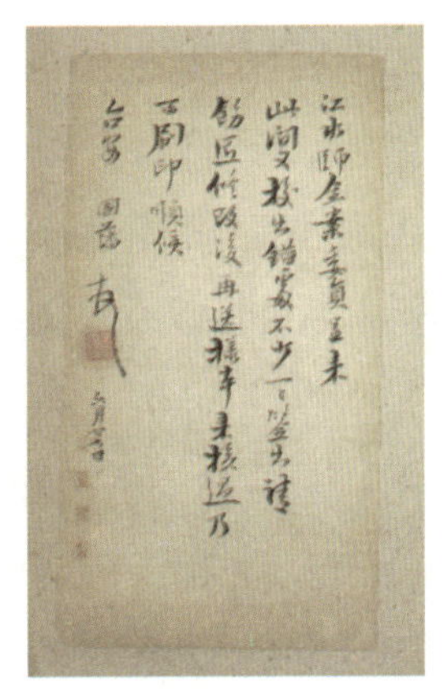

曾国藩信札

曾国藩略略思索一番，说道：“母亲不用着急，孩儿自有妙计。烦请母亲先将家仆集中在一处，我去准备一个铜盆和几杯茶。”

不一会儿，曾国藩便将东西都准备好，仆人也都到齐了。

曾国藩见人齐了，清了清嗓子，大声地说：“今日将大家集中在此，是因为家中丢了一个鸡蛋。如果偷吃了鸡蛋的人现在主动承认，我就既往不咎。但如无人承认，我就得查个明白。请你们现在依次喝口水，然后吐在铜盆中。”

仆人们虽然很疑惑，但都依照着曾国藩的话做了。曾国藩站在一旁仔细观察。到了最后一位仆人，他吐出的茶水中夹有一些黄色的粉末。曾国藩心下笃定，指着那位仆人说：“一定就是你偷吃了鸡蛋。”那仆人见自己被揭穿了，只能承认。

曾国藩的母亲见儿子办事有条不紊，且成熟稳重，感到非常高兴。

关键词猜动物

八百里　丙吉　韩滉　老子

答：牛。

中华好故事

驭吏吐茵：与人为善，终有好报

西汉时期，有位名臣叫作丙吉，字少卿，是麒麟阁十一功臣之一。他年少时就钻习律令，曾做过丞相。任职丞相期间，曾发生过这么一件事。

丙吉像

丙吉的车夫喜欢喝酒，终日无酒不欢。一次，丙吉外出，那位车夫帮他赶车。在等候丙吉的时候，车夫又拿起腰间的酒壶痛饮起来，结果喝醉了，还在丙吉的车上呕吐，昏睡了过去。丙吉的下属西曹主吏见到了，当即命人用水将他泼醒，大骂道："你跟着丞相出来办事，竟然敢偷懒喝酒，还把丞相的车给弄脏了！平日里你喝酒误事，我好言相劝，见你没犯什么大错，对你一忍再忍，今日我一定要禀告丞相，把你赶出去！"那车夫知道自己犯了大错，也不敢求饶，只好哭丧着脸，听候发落。

西曹主吏果将此事禀告了丙吉，不料丙吉笑了笑说："不就是把我的车弄脏了嘛，没什么大不了，让人打扫干净就行了。他替我赶了这么多年的车，如果你现在把他赶走了，他去何处容身？"

车夫没有被丙吉赶走，心中一直很感激，所以之后一直用心地侍候丙吉。

一次，车夫偶然看到有驿骑拿着赤白口袋。他原是边郡人，熟悉甘露三年(前51),西汉中兴之主汉宣帝刘询因匈奴归降,回忆往昔辅佐有功之臣,乃令人画十一名功臣图像于麒麟阁以示纪念和表扬。后世往往将"麒麟阁十一功臣"和"云台二十八将""凌烟阁二十四功臣"并提,有"功成画麟阁""谁家麟阁上"等诗句流传,以为人臣荣耀之最。

边塞的警戒事宜,看到赤白口袋,立即明白过来是边郡有紧急消息传递。他到驿站去打听,果然外敌入侵了云中、代郡。车夫连忙回去向丙吉禀告:"丞相,恐怕外敌侵入边郡了。依小人之见,丞相要赶紧想对策。"

不久,汉宣帝刘询果然下旨召见群臣:"诸位爱卿,外敌攻击边郡,诸位以为该如何是好?"

众位大臣尚未得知这一紧急军情,你看看我,我看看你,一脸茫然。而丙吉因为之前有车夫相告,早早地做好了准备,从容地就这件事发表了自己的看法。刘询听后连连点头赞同,嘉奖了丙吉。

事后,丙吉感慨道:"每个人都有自己的长处啊,如果当初我因为车夫喝醉酒的事情责罚了他,没有将他留下,那么今天我也不会被奖励了!"

宋代《问喘图》

中华好故事

丙吉问牛：管理有艺术

丙吉是西汉的名臣，为人沉稳忠厚，恪守职责。他担任丞相时，对朝廷的政务调度有方，对自己分内的事情更是尽心尽力。

一天，丙吉外出，巡视民情，了解百姓疾苦。丙吉沿着官道一路前行，忽然看到路上有两伙人争吵起来，吵着吵着还互相推搡，大打出手。丙吉视而不见，大步越过那群打架的人。随行官员有心阻止，但是见丞相已经走远，只好也快步跟了上去，心里却忍不住嘀咕："路遇纠纷却不管，丞相大人有失职守啊！"

走了一会儿，丙吉看到一位老人赶着牛车，那牛步履蹒跚，气喘吁吁。丙吉便叫停了牛车，问道："老人家，这牛走了几里路了？"老人连忙作答。丙吉又仔细询问了相关情况后，才让老人离开。

这时，随行官员忍不住了："大人，您为什么不管行人纠纷案，却如此关心一头小小的耕牛呢？小人甚是不解，还请大人解答。"

丙吉说："百姓斗殴的案件并不在我的职能范围内，这些案子自有长安令或者京兆尹处理，而我只需负责每年检查他们的政绩，然后上奏皇上即可。但是，现在尚是春日，那头牛却热得吐舌，我担心季节失调，引发灾害，因此要仔细询问，做好准备。而预防灾害，才是身为丞相要管的大事啊！"

明崇祯《丙吉问牛》青花笔筒

这位官员听了，深感佩服，惭愧地说："小人受教了！之前是小人目光短浅了！"

从丙吉问牛这件小事可以看出，丙吉果真是调度有方，深谙管理的艺术。

中华好故事

韩滉知人善用：一双善于察人的火眼金睛

韩滉，字太冲，是唐代京兆长安人。韩滉不仅是一位著名的画家，还是唐玄宗时期的宰相。韩滉在描绘人物上是一把好手，在官场上他也能够用他那双火眼金睛看透人心。韩滉常年镇守浙西和浙东，他在任命下属时，总是能挖掘出他们身上的闪光点，充分发挥他们的长处。

一次，韩滉一位故友的儿子前来投奔他："伯父，家父让我前来投奔您，想让我有用武之地，寻一个好前程。"

看到故友的儿子，韩滉感慨地说："我和你父亲一别多年，没想到你都这么大了！你父亲的身体如何？"

那年轻人行了一礼，说："多谢您的挂念，家父身体强健，一切都好。"

"贤侄无须多礼，快快过来坐。"韩滉招呼他坐下，然后问，"既然你父亲让你来投奔我，那你先说说看你有什么才能？"

年轻人的脸上浮出一层红晕，害羞地说："小侄惭愧，自认为天资平庸，没有什么特别的才能。"

由于对这个年轻人还不是很了解，无法直接任命职位，韩滉就说："你一路赶来也辛苦了，先在我府中歇息几日，我再给你安排职位。"

第二天，韩滉让夫人准备了宴席，为年轻人接风，并让下属们都来赴宴。

韩滉像

韩滉擅长绘人物及农村风俗景物，画牛、羊、驴等走兽神态生动，尤以画牛“尽得其妙”。韩滉所画之牛，姿态真切生动，具有一种浑厚朴实的风格，与画马名家韩幹齐名。其作《五牛图》为中国十大传世名画之一，是少数几件唐代传世纸绢画作品真迹之一，也是现存最古的纸本中国画，堪称“镇国之宝”。

宴席开始了，韩滉举起酒杯，高兴地说：“故人之子前来拜访本官，本官很是高兴！今日设下宴席，一是为了给故人之子接风，二是与大家同乐。大家不要拘束，干杯！”说完，他将杯中的酒一饮而尽。“敬大人！”下属们也都饮尽了杯中的酒。之后，韩滉就自顾自地吃菜饮酒，欣赏歌舞。

期间，这位年轻人一直端正地坐在自己的席位上。韩滉下属之中有人想打探这位故人之子的底细，就主动上前去招呼：“公子真是一表人才，我敬公子一杯。”只见年轻人举起酒杯饮完酒，顾全礼节之后就又坐回席位上。

“不知公子和大人是何关系？”那位下属又试探着发问。年轻人仍只是笑笑，并不多话。那位下属见打听不出来什么，只好回去了。

韩滉表面上是在饮酒、赏舞，实际上一直在悄悄观察着年轻人。韩滉发现他坐姿端正，别人若是来敬他酒，他也礼节周全，但不会主动和别人说话。对于那些打探性的话语，他则一笑了之，不作回复。直到宴席结束了，他还端端正正地坐在位置上。

随后，韩滉便安排这位年轻人入了军籍，让他去看守库门。年轻人担任了这个职位后，每天很早就到岗位上，端端正正地坐在库门门口，直到太阳下山。官吏和士兵们进出库房都要有令牌才能放行，闲杂人等没有一点儿投机取巧的机会。韩滉派部下去查看年轻人的工作情况，部下回来后将此情此景描述给韩滉听。韩滉听后，很是满意。

可见，即使是一个自认为平凡的人，韩滉都能从他的身上发掘出优点，韩滉果真是知人善用！

问：推理题(请根据已有的信息,按序号填空)

1	酿酒	2	木匠	戏曲
易牙	杜康	罗祖	鲁班	3

答：1. 厨师;2. 理发;3. 唐玄宗。

中华好故事

管仲慧眼识人:明辨是非

春秋时期,管仲在齐国担任国相,兢兢业业,大兴改革,为齐国的富强贡献了自己的一生。齐桓公对管仲一直心怀感激。在管仲临终前,齐桓公特意去看望他,期望他能再给自己提点几句。

管仲虚弱地躺在床上,行将就木。齐桓公伤心地说:“仲父,您的病竟然已经这么严重了,您还有什么要教诲我的吗?”

管仲勉强支撑起病体,颤巍巍地说:“国君,臣希望您能够疏远易牙、竖刁、常之巫和卫公子启方这些小人。”

齐桓公不解地问:“易牙不惜将自己的儿子煮了,来满足我的口腹之欲。竖刁虽是太监,但服侍我尽心尽责。常之巫能够勘破生死,驱鬼降魔,赶走疾病。卫公子启方忠心地侍奉了我十几年,连他父亲去世了,都没有赶回去奔丧。这几个人如此敬爱我,忠心耿耿,难道不应该重用吗?”

管仲说:“虎毒尚且不食子,易牙连自己的儿子都忍心杀死,那他还有什么事情是做不出来的呢?人们都爱惜自己的身体,竖刁能够狠下心来伤害自己的

拓展

易牙,一作狄牙,名巫,亦称雍巫,春秋时代齐国彭城人。易牙是一位著名的厨师,被评为中国古代十大名厨之一。传说,易牙是第一个运用味道调和的道理来烹饪菜肴的庖厨,他烹饪技艺很高,又是第一个开私人饭馆的人,所以被厨师们称作祖师。易牙是齐桓公宠幸的近臣,专门负责料理齐桓公的饮食。由于他擅长调味,善于逢迎,所以很得齐桓公的欢心。

管仲塑像

身体，那他对您的心会是忠诚的吗？生老病死都是命中注定的，而常之巫的行为简直就是怪力乱神。卫公子启方连父亲去世了都不回去奔丧，可见他毫无孝心。这几个都是大奸大恶之人，不能重用。”

不久之后，管仲去世了。齐桓公没有遵从他的遗训，继续重用易牙、竖刁、常之巫和卫公子启方。

几年后，齐桓公病了。常之巫便散布谣言：“国君命不久矣！”易牙、竖刁、卫公子启方听了这话，便仗着自己深受恩宠在宫中大肆作乱。他们对齐桓公的照顾也越来越不尽心。齐桓公缺衣少食，整日饥肠辘辘，苦不堪言。

常之巫伙同易牙、竖刁到处作乱，堵塞宫门，筑起高墙，不准奴婢出宫。而卫公子启方带着千户齐民投降了卫国。齐桓公无计可施，只能放任那些小人作乱。此时，齐桓公才悔不该当初，泪流满面地感慨：“仲父，你果然有识人的远见，孤有什么颜面再见你啊！”

最终，齐桓公用衣袖蒙住脸，死在了自己的宫里。几天之后，尸体发出了臭味，才被人发现。一代霸主，晚景如此，真是凄凉啊！

齐桓公的惨死，应验了管仲当初所说的话，可见管仲在识人方面深具慧眼，有独到的观点。他对易牙、竖刁、常之巫及卫公子启方等人的评语更是一语中的，发人深省。

问：三国时期，有一位名将不仅神机妙算，而且精通音律。传说他有特别灵敏的听觉，演奏中的任何错误都瞒不住他。只要乐师弹错一个音，他立马就能听出来，然后转过身子望一望演奏者，别人就知道一定是自己弹错了。请问这位精通音律的名将是谁？

答：周瑜。

中华好故事

顾曲周郎：曲有误，周郎顾

周瑜，字公瑾，是三国时期东吴的名将之一。周瑜相貌堂堂，一表人才，又足智多谋，志向高远。南宋诗人范成大就曾赞誉他为“世间豪杰英雄士，江左风流美丈夫”。

周瑜雕塑

周瑜的才情不仅体现在政治、军事上，在文学音律方面也造诣颇高。“顾曲周郎”这个故事，就体现了周瑜精深的音乐造诣。

一天，天气晴朗，阳光正好。趁着明媚的风光，周瑜与孙策二人携着各自的夫人，同游于吴郡的泛波园。四人对着园中无限风光，一边饮酒作乐，一边说话打趣，相谈甚欢。不知不觉间，周瑜已经饮下了不少酒，意识也有些模糊了。

突然，一位正在弹奏的歌女手轻微地颤了一颤，曲子便出现了些微小的偏差，错了个音。周瑜此刻虽然已经醉酒，却当即就听出有错音，立刻回头对着歌女，醉醺醺地道：“姑娘，刚才你弹错了。”

后来，此事不胫而走，在坊间流传开来。由于周瑜风姿俊朗，受到诸多女子的倾心仰慕，歌女们便常在周瑜出现的场合故意弹错曲子，只是为博得周郎的一个回顾。渐渐地，坊间也就有了“曲有误，周郎顾”的说法。

一时瑜亮：在小说《三国演义》里，基于文学创作的需要，周瑜被描写成与诸葛亮明争暗斗的人物，留下了“孔明三气周公瑾”的故事。最终，周瑜气得在马上大叫一声，箭疮复裂，坠于马下，临死前他仰天长叹：“既生瑜，何生亮！”

赤壁遗迹

问：《吕氏春秋》记载，孔子被困，整整七天没有饭吃。颜回外出讨米，带回来煮饭，孔子正躺着休息，隐约看到颜回偷偷抓起一把饭塞进嘴里，孔子很生气。不一会儿，颜回把煮熟的饭恭敬地递给孔子。孔子正准备责怪颜回，却听到颜回说，他刚刚看到有烟灰掉到锅里，想把脏饭扔掉又觉得可惜，于是就把脏的米饭抓出来自己吃掉了。孔子知道自己误会了颜回，感叹眼见未必属实。请问，故事中，孔子经过哪两个国家时被困绝粮？

答：陈国、蔡国。

中华好故事

颜回乞米救师：眼见不一定为实

孔子，名丘，字仲尼，是儒家学派的创始人，中国伟大的思想家和教育家。孔子有弟子三千，其中有七十二贤人。而颜回便是这七十二贤人中的一个，绝对称得上是孔子的得意门生。颜回安贫乐道，谦虚好学，是个德才兼备的君子，并且十分敬重自己的老师。

孔子曾带领部分弟子周游列国，到处游说国君，意图实现自己的政治理想。一天，他们路过陈国和蔡国的交界处时，蔡国的一位大臣担心孔子的学说会被接受而危及自身的特权，便设法将孔子及其弟子困在了陈、蔡的交界处。

师生们日日食不果腹。孔子日益虚弱，面黄肌瘦，严重时曾一度陷入昏迷。颜回也饿了几天，但是他见老师如此虚弱还每天都拖着疲累的身体出去讨米却常常无功而返，非常担心。

这日，见孔子又在饥饿中昏睡过去，颜回便出去讨米。皇天不负苦心人，这次颜回终于讨得了一碗米，他连忙回来烧火煮饭。煮着煮颜回好学不倦，但在二十九岁时已头发尽白，并且不久后便早早去世了。孔子悲痛欲绝，哭道："颜回啊颜回，自从我有了你这样好学的弟子，其他弟子们都更加亲近我了。你怎么早早地就去世了呢？"鲁哀公曾问孔子："您的弟子之中谁最好学呢？"孔子毫不犹豫地回答："自然是颜回了。颜回从不对人乱发脾气，同样的错误绝对不会再犯。现在他不幸去世了，我想我再也收不到如此好学的弟子了！"

着，锅里飘出阵阵饭香。孔子在昏睡之中也闻到了饭香，他睁开眼，却看到颜回正在用手抓锅里的饭吃。孔子非常生气，心想：颜回作为我的弟子，竟然弃礼仪于不顾，弃师徒之情于不顾！为师因饥饿陷入昏迷，他却独自一人享用美食。孔子心中气恼，但仍不动声色，装作睡觉的样子。

颜回像

不一会儿，饭熟了，颜回拿了干净的器皿将饭盛好，才去叫醒孔子："老师，您醒醒，学生把饭做好了。"孔子佯装转醒，但他没有立即用膳，反而感慨道："颜回啊，为师刚才梦见和先人一同用膳了。这饭很干净，我先用它祭祀过先人再吃吧。"

颜回说："不行，吃过的米饭不能祭祖。刚才烟灰飘到了锅里，上面一层米饭都脏了，但是这米饭丢了可惜，所以弟子先将那脏米饭给吃了。"

孔子知道自己冤枉了颜回，叹了口气，说："人应该相信自己的眼睛，但即便是眼睛看到的仍不一定可信；人依靠的是心，可是自己的心有时也依靠不住。学生们记住，了解一个人是多么不容易呀。"

可见有时即使是亲眼所见，也并不一定是事实的全部，所以不能妄下结论。

问：“替罪羊”是一个舶来品，但是在中国古代也有和“替罪羊”类似的故事。在春秋战国时，梁惠王曾经不忍心杀死某种动物，而选择用羊替代，请问这种动物是什么？

A. 猪　　B. 牛　　C. 兔　　D. 鸡

答：B. 牛。

中华好故事

魏国迁都：开封历史上的第一次建都

朝堂之上，魏惠王威严端坐，对大臣们说：“诸位，今日我召集各位前来，只为一件事情，那就是我打算要迁都。长久以来，我一直在考虑一个问题。在一次次的战争之中，我们魏国的国都安邑曾多次遭受危险。如果有一日，安邑再遭遇危机，何人能保证一定能毫发无损地躲过呢？所以我们应当考虑如何才能完全规避风险，永绝后患。思来想去，只有迁都这个法子最合适了。”

大将庞涓出列，躬身说：“臣赞同迁都之事。如今，我国国都安邑地处河东，周围有秦、赵、韩三国，并且只有上党山区有一线地与河内相连。如果将来有一日，赵、韩两国联合出兵攻魏，先是切断了这条唯一的交通线，再加上秦的进攻，那我魏国将亡矣。”

此时，公子昂也出列，说：“臣也赞同此事。大王，只是不知您属意何处作为我们魏国的新国都？”

“我心中确实有一个地方，此地方就是魏国的第一大市——大梁。”

自魏国李悝变法以后，大梁凭借天时地利人和得以快速地崛起，在农业和商业方面的发展十分迅猛。由此，大梁逐渐发展成为魏国第一大市。

一大臣说：“大王圣明，臣也赞同迁都，但臣仍有一些担忧。安邑

马陵古道碑

拓展

公元前341年，魏国发兵攻打韩国，韩国向齐国求救。齐威王以田忌为主将，孙膑为军师，出兵救助韩国。孙膑向田忌建议运用之前桂陵之战中的“围魏救赵”战法，率军直趋魏都大梁，诱使魏军回救，以解韩国之困。这次马陵之战中，孙膑利用庞涓的弱点，制造假象，诱其就范，在战局中始终居于主动地位。

与大梁之间的通行，只能向北绕道榆次、阳邑南下进入河内、大梁。这条交通线不仅着实麻烦，而且非常容易被切断。因为大梁的西面是韩国国土，北面是韩国的平丘、户牖、首垣三地，三地连成一线，把魏国的大梁地区呈弯月形半包围着。因此，大王若想迁都大梁，首要便是要将平丘、户牖、首垣三地拿在手中。”

公子昂说：“我们先拿地换地。此计不行，便出兵硬拿下就好。”

魏惠王觉得公子昂说得有道理，点点头表示赞同说：“有理，先礼后兵。”

之后，韩国迫于魏国的压力，同意了换地要求。然后，魏惠王又用地换取了赵国的泫氏，从韩国手中取得了轵道和郑鹿。魏国得到两个交通要道，极大地加强了安邑与魏国的河内地区的联系，巩固了疆土，为魏国的进一步发展提供了强大助力。

公元前361年，魏国迁都大梁，也就是如今的河南开封，这也是开封历史上的第一次建都。

问：传说白居易每写完一首诗，都要读给不识字的老婆婆听。所以他的诗浅显易懂，并且常常反映民生疾苦和社会弊端。《卖炭翁》是批判唐代的“宫市”制度，《杜陵叟》是伤感“农夫之困”。请问《上阳白发人》同情的是哪一类人？

答：宫女。

中华好故事

白居易为两块石头自责：虽一毫而莫取

白居易，字乐天，号香山居士，是唐代伟大的现实主义诗人。除了在文学方面颇有造诣之外，白居易还是一个清廉勤政的官员。白居易曾经在杭州担任刺史，在他任职期间，始终清正廉洁，尽心竭力地为当地老百姓服务，做了很多好事。因此，白居易深受杭州老百姓的拥护和爱戴。

三年之后，白居易辞去了刺史的官职，告别了杭州的百姓，回到了自己的家乡。

一天，白居易走进书房，想要拿本书认真研读。突然，书桌上的两块石头吸引了他的视线。他拿起这两块玲珑剔透的石头把玩，想到这是他在杭州任职期间去天竺山捡到的。

看着这两块石头，白居易突然觉得浑身不是滋味，因为他觉得自己擅自拿了杭州的石头，特别对不起杭州，对不起百姓。一时间，内心的愧疚难以释怀，白

拓展

白居易和刘禹锡都是一代文豪，并称为“刘白”，两人有很深的交情。比较有趣的是，白居易称刘禹锡为“刘二十八”，因为刘禹锡在家族的同辈人中以长幼排序是第二十八位。另外，白居易还推赞他为“诗豪”，清人王夫之则称刘禹锡为“小诗之圣”。后刘禹锡因参加“永贞革新”集团，改革失败被贬为朗州司马。元和十年(815)召回长安后，又因到玄都观赏桃花写了一首讽刺诗得罪执政者而迁连州刺史。刘禹锡的代表作品有《陋室铭》《杨柳枝词》《竹枝词》等，有《刘梦得文集》传世。

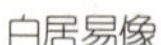
白居易像

清代吴友如《白居易诗意图》

居易放下石头，提笔洋洋洒洒写了一首饱含自责之情的诗。

就在这时，白居易的朋友刘禹锡登门拜访，两人如往常一样热情地交谈起来。刘禹锡偶然一瞥，发现白居易有了新作，于是他走过去，拿起纸一字一句地读了起来。读完后，刘禹锡问：“这区区两块小石头，你为什么要放在心上呢？竟然还写诗责怪自己！天竺山上这么多石头，你就捡了两块回来，又何妨呢？不值得，不值得。”

白居易摆了摆手，说：“话可不能这么说。你想，要是每个去天竺山游玩的游客都把那里的石头带回家，那天竺山秀美的景色怎么还能存在呢？虽然当时我只是想带回来做个纪念，但是现在想想，这种行为就像是我贪污了杭州百姓的千两黄金，你说，我怎么能够不自责呢？”

白居易这一席话皆是出自肺腑，字字恳切。刘禹锡连连点头说：“白兄，你说得确实有道理！”

问：毛主席有词云："今日长缨在手，何时缚住苍龙？"词中的"长缨"与汉武帝时的一位少年英雄有关。这位十八岁的少年，在大殿上慷慨陈词，只要汉武帝给他一条长缨，他便能把割据一方的南越王绑回长安。请问，这位少年英雄是谁？

答：终军。

中华好故事

终军请缨：少年英雄勇担当

终军雕塑

终军，字子云，是西汉著名的政治家、外交家。终军十分好学，小小年纪便已经是个博学多识之人。他曾经向汉武帝上书，谈及自己对国家大事的见解。他出色的文采和与众不同的见解令汉武帝大为赏识。汉武帝非常喜欢这个有才华的年轻人，觉得他前途无量，于是任命他为谒者给事中。

后来，朝廷要委派使者前往匈奴，终军主动请缨。他十分恳切地对汉武帝说："陛下，臣从未驰骋沙场，没有任何战功，但却担任宫中的侍卫，白白拿了五年的俸禄。既然现在朝廷边境需要使者，我想我应该义不容辞地披上盔甲拿起武器，为我大汉天朝冲锋在前。我虽然愚笨，不懂军事，但我愿意竭尽所能，全力以赴辅佐使者。"

汉武帝问他："朕知你是有勇有谋的人，但你为何只是请求辅佐使者呢？"

"陛下，臣年纪尚小，全无经验，自知能力根本不足以胜任使者这

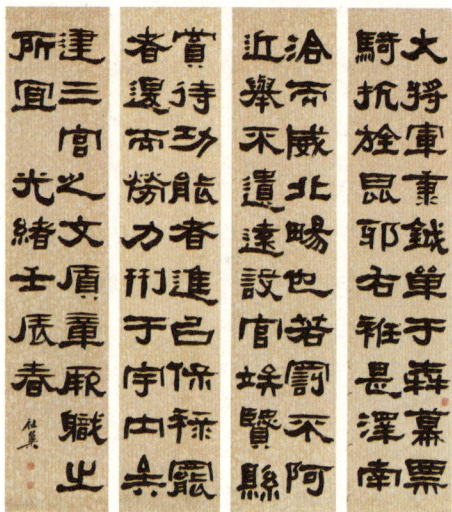

清代张祖翼所书《汉书·终军传》

拓展

《清平乐·六盘山》是毛泽东翻越六盘山时的咏怀之作。全诗是："天高云淡，望断南飞雁。不到长城非好汉，屈指行程二万。六盘山上高峰，红旗漫卷西风。今日长缨在手，何时缚住苍龙？"这首词生动地表现了毛泽东及其率领的红军不畏艰难险阻的英雄气概，抒发了将革命进行到底的壮志豪情。

一职务。但是，臣心中一直热切希望能为国效力，所以，臣今日斗胆请皇上给臣一个学习的机会。"

汉武帝听了终军的一番话，觉得终军非常有觉悟，就任命他为谏大夫。

之后一年，南越同汉朝和亲。皇帝找来终军，对他说："你去趟南越，替我说服南越王，让南越成为我们汉王朝的诸侯国。"

终军领命，又说："臣手持长缨，一定要用这绳子把南越王捆到朝廷来。"

于是，终军就前往南越游说南越王。

南越王听了终军的话后，答应归附汉朝，但南越的宰相吕嘉却不同意这个提议。吕嘉举兵攻击南越王和汉朝使者，终军不幸被杀，死时年仅二十岁，所以世人又称终军为"终童"。

问：明末清初戏曲家李渔酷爱一种食物，是当时他所在的如皋和兰溪等地的特产。一次他病得很厉害，非常想吃这种食物，但医生认为这种食物性热，不要说多吃，吃一点就会丧命，便拒绝了他的要求。李渔觉得自己反正都快死了，死前一定要再享用一次这种食物，于是坚持要吃，没想到吃了以后，没过几天，他的病竟然痊愈了。请问这种食物是什么？

A. 樱桃　　B. 梨子　　C. 羊枣　　D. 杨梅

答：D. 杨梅。

中华好故事

救命的杨梅：李渔嗜杨梅如命

李渔，字谪凡，号笠翁，是我国明末清初文学家、戏剧家。他自幼便极为聪慧，有才子之名，世人称其为“李十郎”。这位才高八斗的大戏剧家有一项特别的嗜好，就是爱吃杨梅。

有一年，李渔的家乡瘟疫流行。李渔的邻里乡亲很多都身患此病，很快就波及李渔一家，全家多人被感染。人们被疾病折磨得天天呻吟，愁眉不展。

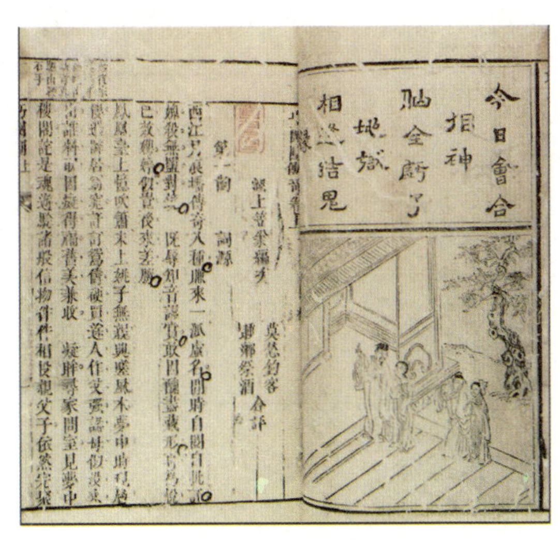

李渔撰《巧团圆》书影

李渔也没能幸免，且病情颇为严重。他卧病在床，身体极为虚弱，好像随时都会撒手人寰。

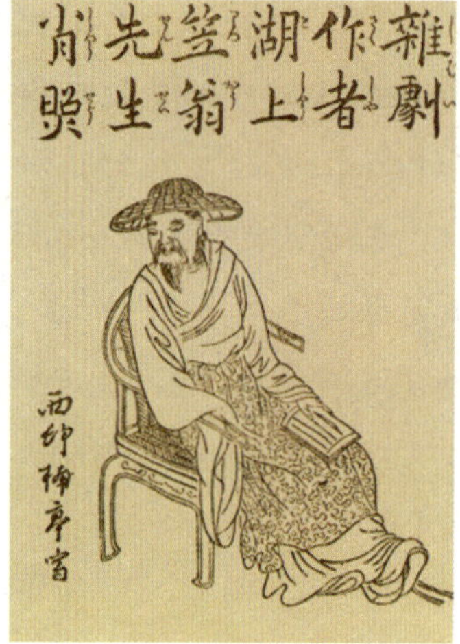

李渔像

拓展

李渔曾家设戏班至各地演出，积累了丰富的戏曲创作和演出经验，提出了较为完善的戏剧理论体系，被后世誉为“中国戏剧理论始祖”“世界喜剧大师”“东方莎士比亚”，是休闲文化的倡导者、文化产业的先行者，被列为世界文化名人之一。他一生著述丰富，著有《笠翁十种曲》《无声戏》《十二楼》《闲情偶寄》《笠翁一家言》等五百多万字，还批阅《三国志》，评点《金瓶梅》，倡编《芥子园画谱》，是中国文化史上一位不可多得的艺术天才。

而当时，正值杨梅丰收的季节，躺在病床上奄奄一息的李渔突然想起了自己最爱的杨梅。一念既起，心头痒痒，口水一咽再咽，再也止不住了。他竭尽所有的力气喊来妻子，要求妻子马上去集市购买杨梅来解馋。

第二天，李渔的妻子并没有去集市，而是悄悄找到了一位老郎中。郎中连连摇头说：“夫人，这杨梅可是万万吃不得啊！老爷的病不能吃杨梅，一颗都可能要了老爷的命啊！”

听了郎中的话，李渔的妻子交代了家里所有人，一颗杨梅都不能买给李渔吃。

李渔的家正好临街，天天有卖水果的吆喝声。这一天，李渔正好听到了小贩叫卖杨梅的声音。李渔把妻子叫到床头，大声说：“我就是死也要吃，快去给我买，让我吃了杨梅再说。”没办法，妻子只好去集市给李渔买了一斤杨梅。

一颗杨梅下肚，李渔反而觉得浑身舒畅，五脏六腑似乎都被洗涤了一遍。接下来的几天，李渔时不时吃几颗杨梅。没想到，这病情竟越来越见好转，很快李渔就不治而愈了！

问：《变形金刚》是很多人童年时代难忘的记忆，其中汽车人统领——“擎天柱”这个霸气的译名来源于中国的古典小说。在小说《水浒传》中，身高一丈、自称“擎天柱”的任原在泰安的东岳庙摆擂台。他口出狂言“相扑世间无对手，争跤天下我为魁”，两年之间，未逢敌手。一位梁山好汉上擂台与他比武，凭借巧劲，因势利导，借力旋转，把擎天柱头朝下、脚朝上，摔出擂台。请问这位“智扑擎天柱”的好汉是谁？

答：浪子燕青。

中华好故事

浪子燕青：忠仆忠心

燕青绰号浪子，是小说《水浒传》中一百零八将之一。在梁山大聚义时，他排第三十六位，上应“天巧星”，担任步军头领。

燕青从小失去父母，被当时北京的有钱人家卢俊义抚养长大，成了他的心腹家仆。燕青对主人卢俊义忠心耿耿，数次冒死救下卢俊义的性命。

当时，宋江刚当上梁山的寨主，为了壮大梁山的实力，便派军师吴用设计去骗卢俊义上梁山。吴用假扮算命先生来到卢俊义家，骗其逃离京城，往东南方向行千里以避灾。

鹁鸽旋，古代一种相扑游戏的招数，既像蒙古摔跤中的招数之一，也类似今日相扑招数中的掬投。施耐庵《水浒传》第七十四回《燕青智扑擎天柱》中写梁山好汉燕青在太原与擎天柱任原相扑时，把任原头向下、脚在上直摔出擂台，这个招数就是鹁鸽旋。

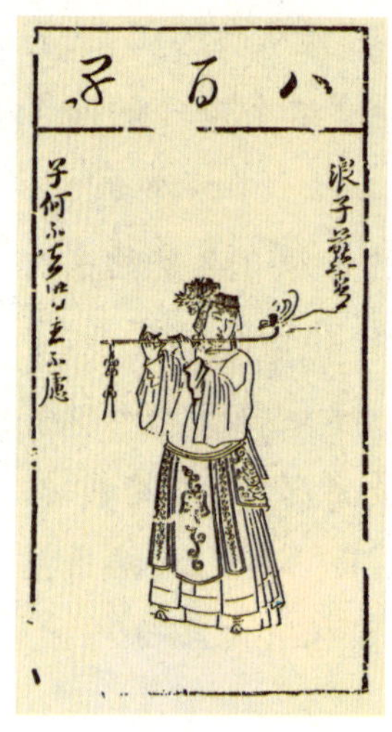

明代陈洪绶《水浒叶子·燕青》

燕青极力劝阻。但是，卢俊义不识燕青的忠心，还拒绝燕青和他一同前往，要他留下在家看守库房。果然，卢俊义半路经过梁山泊时，浪里白条张顺将其活捉上了梁山。

卢府的管家李固早就暗中与卢俊义的妻子私通，得知卢俊义被梁山英雄活捉，不禁大喜。他不但不积极救主，还向官府告发卢俊义与山贼勾结，并趁机强占了卢家的家产，更把忠仆燕青赶出了卢家。

卢俊义在梁山泊住了两个月后，入京回府，在京城门外遇到被赶出家门沦为乞丐的燕青。燕青劝告说："老爷，那小人李固趁您不在，霸占了卢家的家产，还和夫人有了苟且之事。他们把我赶出卢家，沦落至此。为了您的安全，您现在还是先不要回府了吧！"然而，卢俊义不听劝告，不相信家仆会做这样的事情害自己，执意回府。

李固听闻卢俊义回京，立刻告发称卢俊义在外勾结叛匪，此次回京是为了里应外合攻打大名府。于是，卢俊义还没踏进家门就又被抓进了衙门。他被屈打成招，关进了死牢。幸好，小旋风柴进用钱财打通关节，让卢俊义免除死罪改判为刺配。但是，李固觉得卢俊义活着一天，始终是个祸患，于是暗中买通了押送的差役，想要在路途中暗杀卢俊义。

千钧一发之时，卢俊义为燕青所救。两人无家可归，只得投奔梁山泊。然而在前往梁山泊的路上，官军抓走了卢俊义。逃脱的燕青只能去梁山求救。后来在梁山军的围攻下，卢俊义终于被救出牢笼。

李固与卢俊义妻子贾氏也一同被铲除。

之后，卢俊义与燕青终于在梁山泊落草。

填字游戏

	1	A					F		
	2				3D				
			B						
	4					E			
									G
		5		C		6			

横排(1—6)

1. 月色下的追赶,只为挽留难得的人才
2. 指甲很长的美丽仙女
3. 假喜欢,怕真的
4. 大才子改名换姓做教书先生,历经考验抱得美人归的爱情喜剧故事
5. 象征爱情的神鸟,雌雄同飞
6. 庄子对惠子学识的赞赏

竖排(A—G)

A. 最牛神仙偶像天团中唯一的女明星

B.《三国演义》中徐庶是这样形容得到诸葛亮的刘备的

C. 王莽所定的六体书之一,为篆书变体,多刻于兵器之上

D. 从一自然现象推知相关季节,预测变化趋势

E.《红楼梦》中的一个女孩子虚心请教、刻苦学习的故事

F.“述而不著”的孔子对待传统文化的态度

G. 东汉的饱学之士陈太丘年岁渐高、辞官归家的故事

答：

	萧	何	月	下	追	韩	信		
		仙					而		
	麻	姑			叶	公	好	龙	
					落		古		
			如		知				
	唐	伯	虎	点	秋	香			
			生			菱			悬
		比	翼	鸟		学	富	五	车
				虫		诗			告
				书					老

中华好故事

唐伯虎点秋香：回眸一笑定姻缘

唐寅，字伯虎，是明朝时有名的才子，诗、文、书、画无一不精，与祝允明、文徵明、徐祯卿并称为“吴中四才子”。关于唐伯虎的逸事典故有许多，最为人津津乐道的还是“唐伯虎点秋香”的故事。这个故事出自冯梦龙的《警世通言》第二十六卷《唐解元一笑姻缘》。

唐寅虽文才出众，诗词歌赋一挥而就，但是生性放浪不羁，不拘小节。在中了乡试解元后到京城参加会试时，他被当时的会试主考

官程敏政所赏识，说今年的会元必定是唐伯虎了。唐伯虎为人坦率，在与朋友喝酒的席间便夸口说："今年的会元必定是我唐伯虎的了。"旁人一听，便怀疑程敏政心有不公。谣言越传越盛，最后被言官知道了，便在朝堂上弹劾程敏政，结果唐伯虎也被牵连其中，革出了榜单。唐伯虎无奈回乡，此后再也不追求功名，终日放浪形骸，以酒为乐。但唐伯虎毕竟文才出众，名满天下，随便一幅书法字画都被人重金抢购，世人于是称唐伯虎为"唐解元"。

唐寅像

有一日，唐伯虎邀友人一同去茅山进香。一行人乘船路过无锡时，唐伯虎顺便上岸进城闲逛。走着走着看见一顶轿子自东而来，侍女如云。唐伯虎看着众人从自己面前走过，却被其间的一名青衣女子吸引了眼球。这青衣侍女眉清目秀，体态婀娜，转过头来看到唐伯虎，掩面轻笑。唐伯虎被她瞧得心神荡漾，拉住旁人问："你可知道这是谁家的轿子？""正是无锡华学士府里的轿子。"唐伯虎愣愣地看着远去的轿顶，远远地跟随，直到众人在一座府院门前停下。唐伯虎抬头看了看府匾，果真是华学士的府邸。

唐伯虎回到船上借故与同行的友人告别，又在城外换了一身破衣破裤，随后化名"康宣"想到华府寻个差事。华府的主管听说唐伯虎读过一些书，又见他字写得不错，便把他引荐给主人华学士。

华学士细细打量唐伯虎，见此人虽然穿着麻布粗衣，但仪表堂堂，便问："曾读过什么书？"

唐伯虎答："考过几次童生，但始终没能进榜，不过读的那些经书

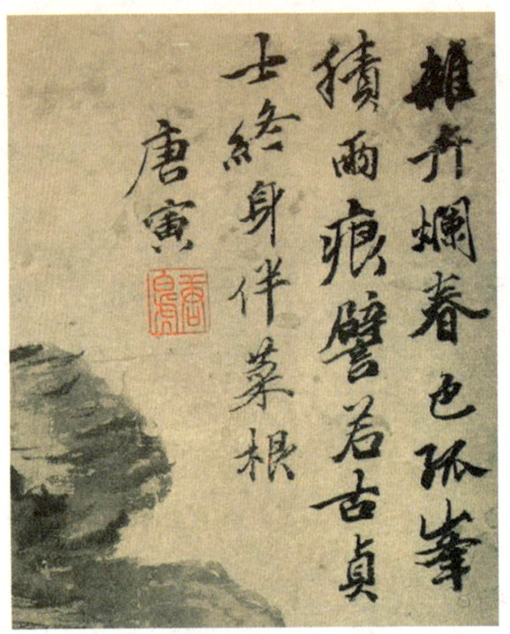

明代唐寅《立石丛卉图》(局部)

倒还记得。”

华学士又考问了些与学问有关的问题,唐伯虎的回答虽不尽善尽美,却也颇有学识。华学士很高兴,让唐伯虎去做公子的伴读,又问他要多少月钱,唐伯虎回禀道:“小人不敢奢望钱银,华府能予我衣食就够了。若是小人能得老爷青睐,希望能赏我一房好媳妇。”华学士很高兴,还给唐伯虎赐名“华安”。

华安在给华府公子做伴读时,看见公子所写文句有不妥的地方,都会一一指正。华府公子看华安学识渊博,平日里有什么疑问之处也会向他请教。不久之后,华府公子的学问大有长进。授课的先生看到公子进步斐然,便向华学士夸奖公子。华学士听了心生奇怪,拿来公子最近的文章细细看了,摇头叹道:“这个一定不是他自己能写出来的,如果不是抄的话,一定是有人教他。”于是,华学士将公子叫来问话。公子便把华安教他学问的事情原原本本地说了出来。

华学士又将华安叫来,出题让他作文。只见华安不假思索,提笔就写,洋洋洒洒,一挥而就。华学士拿过华安的文章看,文笔、意境皆为上品。华学士感叹自己得了一个人才,大大赏赐了华安。为了能够将华安留在华府,华学士便与夫人商量,想为华安寻一门亲事。华安听到消息后便向华学士请求,希望能在华府中选一个侍女成亲。华学士闻言,欣然答应。

这天晚上,华夫人端坐在厅堂中,让府里的丫鬟侍女都盛装打扮，站立成排。华夫人传来华安，对他说："这都是我华府的侍女，你中意哪个，就选出来许配给你。"华安仔细看了看堂中的众侍女，却没有见到当日的青衣女子，便不作声了。华夫人看着华安的样子，愠怒道："这么多年轻貌美的姑娘，你一个都瞧不上眼吗？"华安回禀道："华安能得老爷青睐，已是感恩万分。只是夫人身边的侍女却不尽在此处，既然得了赏赐，还是希望能都看看。"华夫人被气笑了，道："原来是怕我藏私，罢了，我还有四个贴身侍女，便都叫来给你看看。"

明代唐寅《秋风纨扇图》

不一会儿，四名侍女便都到了厅堂中，当日那青衣女子果然在其中。华安细细地问过四位的名字，原来这四位是夫人身边掌事的婢女，分别唤作春媚、夏清、秋香、冬瑞，而那青衣女子便是为夫人打理衣服的秋香。

最后，华安终于得偿所愿，点了秋香为妻。华府也为两人准备了干净的屋舍做婚房，备齐家具衣物，选了吉日，在华府

"唐伯虎点秋香"这个故事的雏形，最早出现在明代的笔记体小说中。其中，明代小说家王同轨先生的《耳谈》里叙述的故事情节和现在我们知道的"唐伯虎点秋香"基本吻合。大意是说，苏州才子陈元超，放荡不羁。一次，他和朋友游览虎丘，与秋香不期而遇，秋香对陈公子粲然一笑。陈公子怦然心动，于是暗访秋香踪迹，发现她是一户官宦人家的婢女。陈公子乔装打扮，到这户官宦人家里做了两位公子的伴读书童。不久，陈元超觉得时机已到，因为他发现两公子已经离不开他，便谎称要回家娶亲。两公子说："府上有这么多婢女，你随便挑。"陈公子说："既然这样，恭敬不如从命，我就点秋香吧。"陈公子遂心如愿，结成姻缘。这就是《耳谈》中因笑传情、因情结缘的一个爱情故事。后到了明朝末年小说家冯梦龙的手中，就变成了《唐解元一笑姻缘》。

中成了亲。成亲后的第二日，华安夫妇却不见了人影，房中物品一样没少，只在屋内墙上留了八句诗：

拟向华阳洞里游，行踪端为可人留。

愿随红拂同高蹈，改向朱家惜下流。

好事已成谁索笑？屈身今去尚含羞。

主人若问真名姓，只在康宣两字头。

华学士对着这首诗，细细琢磨，片刻后恍然大悟。

原来，这首诗前六句讲了唐寅偶遇秋香屈身入府的原委。最后一句中“康宣”二字同“唐寅”是同样的字头，这是暗暗道明自己的身份。

清代粉彩瓷板画《三笑姻缘》

中华好故事

麻姑献寿：赠你长命百岁

在道教的神话体系中，代表长寿的神仙有一男一女两位。男性的神仙是彭祖，女性的神仙便是麻姑。由于中国崇尚长寿，古时候的人很多都会去拜神仙，以求无病无灾，长生不老。故而，麻姑在古时民间的名气可不小，也被称为寿仙娘娘。

明代仇英《麻姑献寿》

关于麻姑的故事，在葛洪的《神仙传·麻姑传》中略有记载。据说在汉桓帝时期，有个叫王方平的神仙，降临在江苏吴县一个名叫蔡经的人家里。蔡家人为了迎接神仙，大摆筵席，准备了丰盛的饭菜。

王方平从天边飞来，周身彩云环绕，仙乐鸣奏，十分气派。王方平在蔡经家落脚后，又派人前往天界请麻姑下凡来一同赴宴。不久，又听到仙乐从天边由远及近地飘来，麻姑也到了蔡经家。令人感到惊讶的是，翩翩而来的麻姑看上去不过是个十七八岁的小姑娘，容颜娇美，乌亮的长发直垂到腰，再加上华丽的衣饰，一时竟让人挪不开眼。

麻姑与王方平一同入席，相互攀谈起来。

麻姑对王方平说：“你我已经很久没见面了啊！上次与你见面后，我看那东海变成桑田又变成东海已经有三次了。前段时间，我去蓬莱的时候也发现那里的海水比当初开群仙会的时候少了一半，看来不久之后蓬莱也要变成陆地了啊。”

王方平听着麻姑的话，感叹道："是啊，先人早就说过沧海桑田，就算是大海中也能扬起尘沙呀。"

……

就这样，麻姑与王方平聊了许久。待聊完，麻姑与王方平又一一见过了蔡经家中的女眷。这时，麻姑看到蔡经的弟媳前些日子刚生下孩子，便让她从厨房拿些米来。众人不解，疑惑地看着麻姑。只见麻姑将米粒洒在地上，顷刻之间，这些米粒都变成了一粒粒仙丹。王方平见状，也毫不吝啬，把他从天庭带来的佳酿分给蔡家人喝。

这时，蔡经看到麻姑修长的指甲，竟然起了歪念："女神仙的指甲这么修长，就跟鸟爪似的，要是能给我挠背，一定很舒服。"

王方平洞察到蔡经的心思，转过头来呵斥道："麻姑是女仙，你竟然想用她的手来给你挠痒抓背，大胆！"说罢，他就用仙法把蔡经捆起来鞭打。

周围的人听到蔡经大声叫痛，却看不见鞭子，更未曾看见挥鞭之人，大惑不解。王方平看透了旁人的心思，冷声说道："平常人是无福消受我的鞭笞的。"

清代黄慎《麻姑献寿》

教训过蔡经之后，麻姑便同王方平一同返回了天庭。

后来人们因为麻姑在席间说她已经看过了三次沧海变桑田，对这个看上去只有十七八岁的神仙的真实年龄猜测纷纷。但不管怎么说，沧海变成一次桑田都不知要经过多少万年，更何况是三彭祖是中国古代神话传说中长生不老的代表人物，有书籍记载彭祖活了一百三十多岁，还有的说他活了八百多岁。但无论是哪种传说，于先秦时期人们的平均寿命而言，彭祖都是极为长寿的了。

次，所以世人就尊麻姑为长寿之神。

民间传说王母娘娘每年农历三月初三过生日时，天庭都要举办蟠桃盛会，各路神仙都要赶来祝寿。麻姑便在绛珠河畔以灵芝酿成仙酒，献给王母祝寿。这便是在我国流传很广的“麻姑献寿”的神话故事。

清代《麻姑献寿》矾红五彩瓶

因为麻姑代表长寿，她的故事在民间口耳相传，到了后世便有了以《麻姑献寿》图为贺礼做寿的方式。图中的麻姑多为妙龄少女，手捧酒壶或寿桃，身旁伴有仙鹤。通常来说，《麻姑献寿》图送给女性长辈更为合适，以寓意长寿。

清代德化窑《麻姑献寿》摆件

中华好故事

叶公好龙：经不起考验的喜欢

汉朝刘向所著的《新序·杂事》中有一则故事，生动而又辛辣地讽刺了某些表里不一、口是心非的人。

春秋时期，有一个叫叶子高的人，大家都叫他叶公，他十分喜欢龙。叶公经常对别人说：“你们一定不知道我有多喜欢龙。你们看，这龙是多么好看、多么神气啊！我告诉你们，龙可是这世上最厉害的神兽了！”叶公不仅在言语上经常表达他对龙的喜爱之情，还在他家的厅堂、屋梁、房柱、门窗乃至墙壁等地方都让工匠刻上了龙的形象，甚至连他穿着的衣物、佩戴的玉器、使用的碗筷等生活用品上也都想方设法地画上了龙的形象。

叶子高痴迷于龙的事很快传开了，连天上真正的龙都知道了这件事。

一天，天上的真龙想给这位十分喜爱自己的人一个惊喜，便从天上下来，来到叶子高的家。但是，由于真龙的身形实在太长，所以它只能将头伸进叶子高家的窗户里，而尾巴却还在前院的厅堂里。这时，叶子高正在书房中仔细地画着他所钟爱的龙，突然听到外头有动

清末民初俞礼《叶公好龙》扇面

静，便放下笔走出去，想看看发生了什么事。

刚走出书房，叶子高就看见真龙那硕大的脑袋，两只铜铃般的眼睛正紧紧地盯着他。这场景实在出乎叶子高的意料，他不由得大吃一惊，心生恐惧，当即吓得瘫坐在了地上。真龙看到叶子高的庐山真面目很高兴，想转过头来靠近些与他说说话。岂料，叶子高看见真龙靠近，更是吓得连连后退，嘴里还大声呼喊着："别过来！别过来！来人啊！救救我啊！"

真龙听到叶子高的喊叫声很是奇怪，出声问道："我本在天上，耳闻人间有一人很喜欢我。他不仅经常与人说这件事情，还在家中处处刻画上我的形象。这人不就是你吗？你既然如此喜欢我，为什么要怕呢？我可是真正的龙，今日特地从天上下来和你做朋友的。"

可是，叶子高像是没听见真龙的话，慌张地从地上爬起来，一溜烟儿跑得无影无踪。看到叶子高此举，真龙觉得他并没有像传说中那样喜爱自己，反而十分惧怕自己。原本抱着极为兴奋和期待的心态而来的真龙心中既失望又难过，只能垂头丧气地飞回天上去了。

叶子高明明时不时地述说自己喜爱龙已经到了痴迷的地步，怎么见到了真龙没有欢天喜地，反而被吓得屁滚尿流呢？原来，叶子高并不是真正地喜爱龙，仅仅是形式上、表面上的喜爱。

因此，后世就用"叶公好龙"来比喻那些表面上喜欢某种事物，其实并不是真的喜欢的人或事。

传说鲁哀公经常向别人说自己渴求人才，喜欢有才干的人。有个叫子张的人听说鲁哀公如此求贤若渴，便从很远的地方风尘仆仆地来到鲁国，请求拜见鲁哀公。然而子张在鲁国一直住了七天，也没见到鲁哀公的影子。原来鲁哀公说自己喜欢有才干的人只是想博得"爱才"的美名，并非真的爱才，对前来求见的子张根本没当一回事。子张很失望，也十分生气，于是他就向鲁哀公的车夫讲了一个故事，并让车夫转告鲁哀公后就自行离去了。后来鲁哀公终于想起了子张，派人去请时才知道子张早就走了。鲁哀公疑惑不解，车夫就向鲁哀公转述了子张所说的故事，而这个故事就是"叶公好龙"。

问：家庭是社会的细胞，亲情是家庭的纽带。国家的兴盛离不开家庭的和谐。中华民族五千年的文明史留下了很多感人至深的亲情故事，请将下列故事按时间先后进行排序。

A. 伯俞泣杖　　B. 焚须侍姊

C. 替父从军　　D. 考叔舍肉

E. 邓攸保侄

答：D A E C B。

中华好故事

伯俞泣杖：打在儿身，痛在娘心

汉朝时，有一个大孝子名叫韩伯俞。他的母亲家教很严，不论他犯了多么小的过失，母亲都会用拐杖打他。而伯俞总是跪在地上，毫无怨言地任母亲责罚。

有一天，伯俞的家中又传来一阵严厉的呵斥声："伯俞，趴下！"只见伯俞的母亲满脸怒容，手持一根竹棍，一下又一下地打在伯俞的屁股上。伯俞的母亲也很心疼自己的孩子，但是为了教育好孩子她也不手软："让你浪费粮食！让你不听话！一粒米就是一滴汗，你知不知道？看你以后还敢不敢浪费粮食。"

伯俞忍着痛，哼哼着说："孩儿……孩儿知道错了。以后再也不敢浪费粮食了，请娘息怒。"

金代砖雕《韩伯俞泣笞伤母》

伯俞家的邻居听到动静，都围在门口，小声地议论着。一位大娘很心疼伯俞，气愤地说："这怎么又打起孩子来了？"

其他人也纷纷替伯俞打抱不平："这孩子也真是的，挨打了从来都不吭一声……”

过了一会儿，门突然打开了，伯俞满脸疑惑地看着邻居们，问道：“你们这是在干什么？”

大家立马围了上来，关切地说道：“孩子你受苦了！”

伯俞摇摇头说：“我没事！是我做错了事，惹我娘生气。打在儿身，痛在娘心，我想我的母亲更是心痛。”

大家看伯俞这么懂事，更加心疼了，于是又问道：“伯俞，你娘打你的时候，你怎么不哭啊？”

伯俞回答说：“我做错了事就应该受惩罚，为什么要哭呢？”

“那你疼不疼呢？”

伯俞揉了揉屁股，说：“当然疼了，可是这样也好，让我记住以后不能再犯同样的错误。”听了这话，大家都夸伯俞懂事，又安慰了伯俞几句，然后才各自回家。

日子一天天地过去，伯俞也慢慢地长大了。但是，母亲对伯俞的严厉教育却一直没有改变。

又有一回，伯俞为卧病在床的母亲

现代张善孖《伯俞遗风图》

“伯俞泣杖”这个故事出自于汉朝刘向的《说苑》。《说苑》，又名《新苑》，记述了春秋战国至汉代的遗闻轶事。其中以记述诸子言行为主，不少篇章中有关于治国安民、家国兴亡的哲理格言，主要体现了儒家的哲学思想、政治理想以及伦理观念。书中按类编辑了先秦至西汉的一些历史故事和传说，并夹有作者的议论，带有一定的哲理性。同时，该书善于叙事，对话描写生动，文字简洁精到，具有很高的文学价值。

煎药,端药时不小心碰翻了药罐。看到此景的母亲一边咳嗽着,一边呵斥道:“伯俞,你都长这么大了,怎么还毛手毛脚?拿藤条来!”

伯俞低着头,双手捧着藤条递给了母亲。伯俞的母亲拿着藤条,一下一下地打在伯俞的背上。以前被打时从没有哭过的伯俞,这次却留下了眼泪,止不住地抽泣。

伯俞的母亲十分惊讶,停下了手,问道:“伯俞,你这是怎么了?以前娘打你的时候,你就是再疼,也不会哭的啊。”

伯俞抹了抹眼泪,难过地说:“娘,您以前打我的时候我觉得很疼,这就说明您有力气,身体很健康。可是您今天打我,我一点儿也不觉得疼,我想您是年纪大了才没有力气。我是因为这才忍不住伤心落泪,更后悔不该惹您生气。”说着,他又止不住地流下了眼泪。

伯俞的母亲听了这话,非常感动,摸着伯俞的头,感慨道:“儿啊,你是真的长大了,懂事了!”

《挨杖伤老》浮雕

焚须侍姊：亲人无可替代

李勣像

唐朝有个大臣叫作李勣，字懋功。他的本姓是徐，叫徐世绩，后来改名为李勣。当时太宗皇帝李世民跟随父亲唐太祖李渊打天下，李勣追随李世民父子俩南征北战，出生入死，为唐朝的建立立下了赫赫战功。之后，唐太宗为了表彰他为国家立下的汗马功劳，赐他李姓，还封他为英国公，并让他做了宰相。

当了宰相的李勣并没有沾沾自喜，一直牢记自己的使命。多年在外为官，李勣很想念在老家的姐姐。因为姐姐自小就非常照顾李勣，李勣心里一直记着姐姐的好。一天，他叫来随从，吩咐道："你去安排准备一下，明天我要回老家一趟。"

第二天，李勣就带着一批侍从和礼物浩浩荡荡地返乡探亲。回到家乡，李勣见到了很多乡亲旧邻，大家都对李勣的到来表示热烈欢迎。见完了各位长辈，李勣马上就带领一行人去姐姐家。

还没跨进大门，李勣就看到一些行色匆匆的仆从，他抓住一个问道："你们这么着急做什么，是出了什么事吗？"

仆从一看是李勣，连忙跪下回答道："回大人，是我们夫人生病了，大家在急着拿药、煎药呢。"

一听这话，李勣心里一紧，紧紧抓着仆从的手说："快，快带我去见你们夫人！"

仆从连连称是，带着李勣去见他姐姐。刚走进姐姐的房间，一股刺鼻的药味让李勣眉头紧锁，刚想开口，就传来一阵咳嗽声。循声看去，李勣发现了卧病在床的姐姐，他赶忙上前问道：“姐姐，你还好吗？”

李勣的姐姐一看是弟弟来了，非常激动：“你怎么来了？公事不繁忙吗？”

“不忙不忙，太久没有见姐姐了，我这次是特地过来的。”

李勣的姐姐很欣慰，连连点头说：“好，好，咳咳咳……”

听着姐姐的咳嗽声，李勣心里非常不好受。他对身边侍候的仆人说：“你们在这里好好照顾，我去给你们夫人熬碗粥。”大家听了李勣的话，非常惶恐，堂堂宰相竟然要亲自熬粥，但是看到李勣坚定的眼神都不敢违抗。李勣又吩咐了几句，就起身去了厨房。

李勣一生身经百战，功勋卓著，然而所得赏物如黄金、丝帛等，大部分都分赐给了手下将士。李勣还非常知人善任，举贤荐能。武德初年(618)，李勣得到了黎阳仓，前来领取粮食的多达数十万人，其中就有魏徵、高季辅、杜正伦、郭孝恪等人。李勣见了便招呼致意、以礼相待，甚至引入卧室，相谈甚欢而不知疲倦。后来，李勣平定武牢，俘获了郑州长史戴胄。在了解了戴胄的品行、才能后，李勣不久就释放了他，还向皇帝推荐他。经过李勣引荐的人后来有多位成为显达之人，李勣也被当时的人们称为有“知人之鉴”。

唐高宗所书《李勣碑》拓片

古时候，熬粥并不是件简单容易的事，李勣只能蹲在外面用烧柴的炉子来煮粥。不料，一阵风吹来，柴火竟然把李勣的胡子给烧着了。旁边的仆人看到了，赶忙拿水把火浇灭。然而，被烧掉胡子的李勣并不介意自己狼狈的样子，端着粥走到姐姐的床前。

昭陵李勣墓

姐姐早就从仆人那知道了事情的经过，看到李勣的胡子，她心疼地说："我们家里仆人这么多，你为什么还要亲自去做这种粗活呢？为什么要让自己这么辛苦呢？"

李勣摇摇头，回答道："我并不是因为没有仆人使唤才自己亲自去熬粥，只是因为姐姐你现在年纪渐渐大了，而我也慢慢变老了，我们姐弟俩还能有多少时间相聚在一起呢？我为姐姐煮粥的机会越来越少了，所以才要亲自去做啊。"

李勣的姐姐听到这话，非常感动，一口一口地把李勣煮的粥全都喝完了。

在外做官的李勣，与姐姐相聚的机会实在是太难得了，姐姐于他而言是任何人都代替不了的，他对姐姐的这份亲情也不会因为时间、距离而有所消退。

考叔舍肉：为君解忧

颍考叔像

颍考叔是春秋时郑国的大夫，以孝闻名天下。颍考叔曾在颍谷担任地方守边的官职。有一回，他得知郑庄公正为一件事情苦恼。原来，庄公的母亲与弟弟太叔段意图谋反，庄公对母亲立下了不到黄泉不再见面的毒誓。后来，庄公后悔了，却又不知道该怎么与母亲重归于好。颍考叔知道了事情的来龙去脉后，就想为庄公排忧解难。他思索了一天，终于想到了一个好办法。

第二天，颍考叔借着进献物品的机会，带着一些仆从去见庄公。路上，颍考叔的随从按捺不住内心的好奇，问道："大人，您真的有办法让国母和国君母子团聚吗？"颍考叔摸了摸胡子，说道："这办法不一定成功，不过可以一试。"

到了庄公处，颍考叔把礼物呈献给庄公。庄公非常高兴，对颍考叔说："爱卿如此有心，那么寡人就赐给爱卿一只羊腿吧！"说着，庄公就吩咐侍从把准备好的精美食物端上来。

颍考叔双手接过盘子，小心翼翼地放下，却迟迟不动筷子。庄公见此情景，觉得非常奇怪，于是问道："爱卿，你为什么不吃呢？肉凉了可不好吃了。"

颍考叔听了庄公的话，笑着点了点头，从怀中掏出一张纸，小心地将肉包了起来。郑庄公看到颍考叔的举动，更为惊讶，问道："爱

卿，你这是在干什么？寡人赐你羊腿，你为什么不吃？难道是嫌弃寡人不成？”

颍考叔见庄公有些生气，赶忙回答道：“微臣不敢！”

“那你为什么要把羊腿包起来呢？”庄公又问道。

颍考叔理了理衣服，毕恭毕敬地回答说：“启禀主公，微臣家里有个老母亲，今日主公把如此上等的美味赏赐给微臣，但家母还没有尝到，微臣怎么敢独自享用呢？这肉微臣打算带回家去，做成肉羹，供母亲享用。”

听了颍考叔的话，庄公十分动容，说道：“爱卿真是个孝子啊！”说着，他长长地叹了口气。

颍考叔问道：“主公为何长叹？”

庄公紧锁着眉头，犹豫了一会儿，开口道：“你有老母可以奉养，可是寡人贵为诸侯，却反而不如你。”

“国母无恙在堂，主公为什么这么说呢？”

颍考叔祠墓

周郑交质：郑庄公是周平王的卿士。周平王分权给虢公，郑庄公怨恨在心。于是周王、郑国交换人质以证明互信，即周平王的儿子姬狐在郑国做人质，郑庄公的长子忽在周王室做人质。这说明周王室自平王东迁以后，日渐衰微，再也无法控制诸侯国了。

现代傅抱石《郑庄公见母》

庄公的表情更加凝重了，说道："实不相瞒，国母因与太叔段串通谋反，寡人已经当众立誓，不到黄泉就不与母亲见面。寡人如今很后悔，可是为时已晚。"

"如今太叔段已经死了，国母只有主公您一个儿子。恕微臣斗胆直言，主公如果不奉养国母，与那些动物有什么区别呢？"

在场所有人听了颍考叔的话都大惊失色，纷纷看向庄公，担心庄公动怒。没想到庄公喃喃说道："爱卿指责得对，可是我已经当众立誓，又怎么能食言呢？"

颍考叔笑了笑，回答道："如果主公是迫于黄泉见母的誓言，微臣有一计，既能使主公见到国母，又不违背誓言。"

庄公十分欣喜，急切地说："究竟是什么计策？快些说来听听！"

颍考叔不紧不慢地回答道："主公可以命人掘地，当见到地下泉水的时候，就在那里修建一座地室。这样，主公与国母就可以在那地室中相见，既实现了主公的愿望，也不算违背了主公的誓言。"

庄公听了颍考叔的话，非常高兴，赶紧命人去掘地造室。母子俩终于在地室得以见面，冰释前嫌，和睦如初。

问：《射雕英雄传》中，黄蓉中了裘千仞的铁砂掌，性命危在旦夕。郭靖背着她去找一灯大师疗伤，被一灯大师手下的渔、樵、耕、读四大弟子拦住去路。书生朱子柳斗智斗不过黄蓉，心有不甘，看郭靖背着黄蓉，便说了一句“男女授受不亲”。黄蓉气不过，用黄药师作的一首诗反唇相讥。“乞丐何曾有二妻？邻家焉得许多鸡？当时尚有周天子，何事纷纷说魏齐？”请问，这首诗里的故事出自哪一部经典？

答：《孟子》。

中华好故事

孟母三迁：昔孟母，择邻处

孟子是战国时期伟大的思想家、教育家，世人将他与孔子并称为“孔孟”。孟子的弟子以及再传弟子将孟子在教学中的语录记录下来汇编成书，成了如今的“四书”之一——《孟子》。书中记录了孟子及孟子的弟子在政治、哲学、教育等方面的思想观点与活动。

孟子小时候是个调皮贪玩的孩子。三岁时，他的父亲就去世了，母亲独自将他抚养长大。孟子的母亲对孟子的教育问题十分注重。当时，孟子一家住在墓地旁边。有一天，孟母路过孩子们玩耍的地方，看到孟子与其他孩子正学着那些祭祀的人的样子跪拜、哭号，玩着办丧事的游戏。孟母看到这一幕，皱着眉头想：“我的孩子每天都这样玩的话，怎么能成才呢？不行，我要搬家换个地方。”

清初沉香木雕《孟母教子》笔筒

“昔孟母，择邻处”一句出自中国传统启蒙读物《三字经》。《三字经》中所涉及的题材广泛丰富，包括经史子集、百家之说、历史地理、圣贤故事以及英雄事迹等方面。书中内容通俗易懂、生动活泼，利于儿童诵读及理解。《三字经》一问世便广为流传，对后世影响深远，后人多有对它进行增订或注释。今天它已是家喻户晓的一部蒙学读物，被称为“蒙学之冠”，与《千字文》《百家姓》合称为“三百千”。

清代顾见龙《孟母三迁》

第二天，孟母就带着孟子离开了原来的房子，搬到了集市边上。集市上来来往往的小贩商户特别多，从早到晚都能听到商贩们的叫卖声。过了几天，孟母发现孟子模仿小贩在玩做生意的游戏。孟母心想：“这样下去，长此以往，我的孩子也就只能成为这集市上的一名商贩了。不行，我还是得搬家。”

于是，孟母又带着孟子离开了集市，搬到一个屠宰店附近。可惜好景不长，孟母又发现孟子在模仿屠夫玩杀牛羊的游戏。孟母再次下定决心，带着孟子搬了家。

这一次，孟母带着孟子搬到了一家学堂附近。学堂里的学生每天大声背诵诗书，跟着老师学礼仪。孟子也每天在学堂外听里面的老师上课，看里面的学生对老师行礼跪拜。孟母看着孟子有这样的表现，十分满意，心想：“住在这里才能使我的孩子成为有才能的人啊。”

孟母为了孩子的成长环境，三迁住所，最终让孟子有了学习的兴趣。所谓“近朱者赤，近墨者黑”，这大概就是用环境来影响人的最好例子吧。

中华好故事

五十步笑百步：半斤对八两

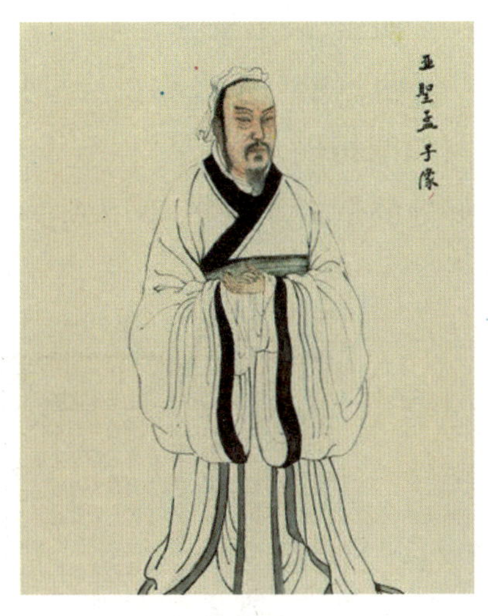

亚圣孟子像

战国时期，各诸侯国之间经常打仗，导致长年战火，百姓不得安居。孟子主张仁政，便周游列国去游说那些好战的国君。

一次，孟子来到了梁国。梁国的君王梁惠王见到孟子，便对他说："我对这个国家，已经够尽心尽力了啊！黄河北岸收成不好闹饥荒的时候，我就把那些灾民送到河东，还把粮食送到黄河北岸。河东收成不好的时候我也是这么做的。我之前考察周边国家的政治时，没有哪个国家的君王像我这样尽心，可是为什么他们的国民却从来不减少，而我的国民也从来不见多呢？"

孟子回答道："大王喜欢打仗，那我就用战争来作比喻吧。大王，两军在战场上交战，战鼓已经敲响，厮杀后一定会有一方处于劣势。处于劣势那方的士兵害怕了，丢盔弃甲地逃跑。有的人跑了一百步停下，而有的人跑了五十步停下。那跑了五十步的人看到跑了一百步的人，却耻笑他贪生怕死。"

"你说的这个故事倒也有趣。"梁惠王听完故事后莞尔一笑。

孟子问梁惠王："大王，那您觉得这跑了五十步的人嘲笑跑了一百步的人对不对呢？"

梁惠王大笑着回答说："不管是跑了五十步还是一百步，他们都是战场上的逃兵。两人半斤对八两，谁又能耻笑谁呢！"

孟子说："大王如果懂得这个道理，那就不要希望自己的百姓比邻国多了。您虽然在政务上亲力亲为，但是您喜欢打仗，到处征战，这对百姓而言却不是一件好事。其他国家的百姓知道了这样的情况，自然不会全都来投奔您的国家了。大王，您不觉得您的行为就如同这五十步吗？”

听罢，梁惠王哑口无言。

虽然梁惠王自称在治国上尽心尽力，但在孟子眼中，这种“尽心”与邻国相比，不过是“以五十步笑百步”。孟子认为真正能带给百姓好处的是施以仁政，不用战争消耗百姓，不用繁重的劳役折磨百姓。

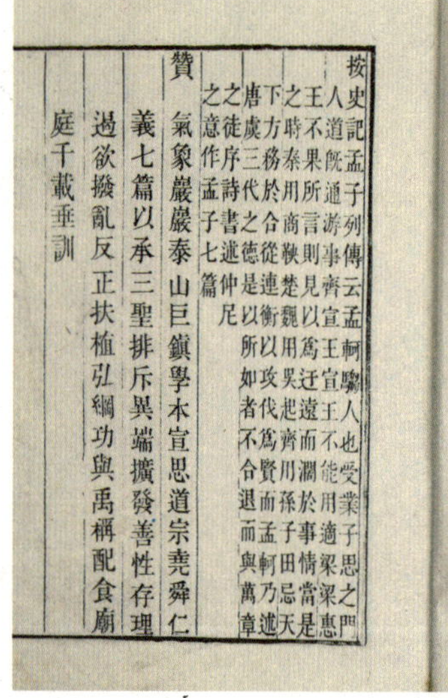
按史記孟子列傳云孟軻騶人也受業子思之門
人道旣通游事齊宣王宣王不能用適梁梁惠
王不果所言則見以爲迂遠而濶於事情當是
之時秦用商鞅楚魏用吳起齊用孫子田忌天
下方務於合從連衡以攻伐爲賢而孟軻乃述
唐虞三代之德是以所如者不合退而與萬章
之徒序詩書述仲尼
之意作孟子七篇
贊 氣象巖巖泰山巨鎮學本宣思道宗堯舜仁
義七篇以承三聖排斥異端擴發善性存理
過欲撥亂反正扶植弘綱功與禹稱配食廟
庭千載垂訓

《孟子圣迹图》书影

孟子继承和发展了孔子的德治思想，发展为仁政学说，成为其政治思想的核心。孟子的“仁政”在政治上提倡“以民为本”，他认为对一个国家来说“民为贵，社稷次之，君为轻”。孟子反对兼并战争，认为战争太残酷，主张以“仁政”统一天下。

问：“至今思项羽，不肯过江东。”其实据《史记》记载，垓下之围后，项羽率领麾下勇士八百骑，从南边突破包围网，本可以逃回江东，然而却在阴陵这个地方迷了路。项羽向路旁一个农夫问路。农夫给项羽指了一个方向，结果使得项羽一众人马全部陷进了大沼泽地中，这才使刘邦的军队能够追上来。如果当初农夫没有指错路，项羽就不会深陷沼泽，历史可能就改写了。请问，农夫给项羽指的方向是左还是右？

答：左。

中华好故事

鸿门宴：醉翁之意不在酒

秦末，刘邦和项羽各自率兵起义。公元前206年，刘邦领军攻入函谷关，进入关中地区。入关后，他与百姓们约法三章，并派人驻守函谷关。后来，项羽到达函谷关，得知刘邦已经攻陷了关中后勃然大怒，下令挥兵攻陷了函谷关，将军队推进到戏水的西面，驻扎在鸿门。这时，刘邦的军队正驻扎在霸上，还没有和项羽兵戎相见，但两军相距并不远，且双方实力悬殊，项羽有四十万兵马，而刘邦只有区区十万。

就在这一触即发的时刻，刘邦军中的曹无伤叛变，暗中向项羽传递了消息说刘邦想要在关中称王。项羽当即放言要攻打刘邦。项羽的叔父项伯与刘邦的手下张良私交甚笃，听说此事后立即通知了张良，劝张良赶紧逃走。

张良深知项伯所说之事关系重大，连忙上报给刘邦。刘邦急得团团转，赶紧询问张良有什么对策。只见张良略一沉吟，说：“事到如今，只有您亲自去向项王说明情况，以表忠心了。”

第二天，刘邦带着一百多随从前来拜见项羽。到了鸿门，刘邦连忙下马，对项羽一再道歉："我和将军合力攻秦，将军在黄河以北作战，我在黄河以南作战，但是我自己也没想到能够先入关。如今能在这里见到将军，我心怀感激。但万万没想到，现在竟然有小人挑拨将军和我之间的关系。"

"这是沛公身边的曹无伤告诉我的，不然，我怎么会这么生气呢？"项羽听了刘邦的解释，心中更信了他几分，毫无防备地就说出了叛将的名字，"来人，备好酒宴，我要和沛公好好宴饮一番。"

酒席备好，众人入座，项羽和项伯朝东坐，谋士范增朝西面坐，刘邦朝北面坐，而张良朝西面坐着陪侍。席间，范增数次向项羽使眼色，再三举起随身的玉佩示意项羽。原来，谋士范增一直认为刘邦是项羽称霸路上的障碍，曾向项羽进言，应当趁机赶快收拾了刘邦，以防他日刘邦势力坐大。因此，范增暗示项羽在宴席上杀了刘邦，但项羽对此却没做出任何反应。范增暗恼，气得起身出了军营，准备再施一计。他召来了项庄："大王

为人仁慈，不忍对刘邦下手。待会儿你去向大王敬酒，敬完酒后再请求舞剑，伺机将刘邦杀死！”

项庄依言行事，走进军营先向项羽敬酒，敬完酒后说：“大王和沛公饮酒，着实无趣了些，军中也没有什么好玩乐的，不如由臣舞剑助兴，您看如何？”

“你且舞来。”

项庄拔出佩剑，“唰唰唰”地舞了起来。项伯见项庄面露杀机，便也拔出佩剑，和他一同舞剑。每次项庄想要接近刘邦时，项伯就故意挡住他的去路。直到舞剑结束，项庄也没能找到杀死刘邦的机会。

张良见此情形，起身走到军营外去见刘邦手下的猛将樊哙。樊哙问：“今天的事情怎么样了？”

“情况不妙！项庄拔剑献舞，我看他是醉翁之意不在酒啊！他定是想刺杀沛公！”

樊哙一听，顿时火急火燎地说道：“太欺负人了！您让我进去和他们拼了！”说完，他就拿着佩剑和盾牌，大步流星地冲入军营，然后张大眼睛瞪着项羽，怒发冲冠，目眦欲裂。

项羽不动声色地握住自己的佩剑，起身问道：“这位壮士是谁？”

张良介绍：“这是沛公身边的樊哙。”

“哈哈哈，好！看来是个有胆色的人！来人，赐酒！赐猪腿！”

士兵端给樊哙一大杯酒和一只没煮熟的猪腿。樊哙不卑不亢地接过酒杯，道了声谢，站着把酒喝了，然后席地而坐，把盾牌扣在地上，再把猪腿放在盾牌上用佩剑切着吃，好不自在。

“这位壮士，你还能再饮一杯吗？”项羽问。

“笑话！臣死都不怕，难道还怕这小小一杯酒？秦王有虎狼之心，残暴不堪，全天下的人都揭竿而起。怀王和诸位将军约定‘先攻破秦国入主咸阳的人就可以称王’，如今沛公率先打败秦军，进入咸阳。但沛公不敢私占一点儿财物，等待大王的到来。而沛公之所以派兵把守函谷关，也是为了防备盗贼和其他的意外事故。如此种种，

西汉壁画《鸿门宴》

项庄舞剑，意在沛公：指项庄在席间舞剑，他真正的意图是想刺杀刘邦。比喻说话和行动的真实意图别有所指。

都是出自沛公内心深处对大王的敬重啊!”樊哙义愤填膺地说道，“沛公劳苦功高，但是没想到大王竟然听信了小人之言，想要诛杀有功之人。臣以为，大王万万不能这样做啊!”

项羽沉默了一会儿，竟无言以对，许久才请樊哙坐在张良的旁边。

此时刘邦深感此地不宜久留，于是在宴会又进行了一会儿后，以上厕所为由退到帐外，带着一帮手下马上逃回了自己的营地，只留下张良应对项羽。

就这样，这场险象环生的鸿门宴结束了，刘邦顺利脱险。

对此，范增气急败坏，叹道：“哎！将来夺得天下的人一定是沛公，终有一天，我们都将成为他的俘虏!”

后来，这场楚汉争雄果然以项羽乌江自刎、刘邦取得胜利而告终。不知那天在乌江边，项羽是否心中后悔当年鸿门宴错过时机，致使养虎为患而落得如此下场啊!

问：历史上奇计退敌的故事比比皆是。有一位名将在城中被敌人重重包围，形势危急。他突发奇想，竟然在城墙上开了一个演唱会，一会儿撮口长啸，一会儿又演奏胡笳。敌人听了，无不起思乡之情，居然弃围逃走了。请问，这位传奇将领是谁？

A. 祖逖　B. 陈庆之　C. 檀道济　D. 刘琨

答：D. 刘琨。

中华好故事

吹笳退敌：一曲《胡笳五弄》智退匈奴

刘琨像

刘琨，西晋政治家、文学家、音乐家和军事家，是西汉中山靖王刘胜的后裔。他的祖父刘迈，曾任相国参军、散骑常侍。父亲刘蕃，官至光禄大夫。

刘琨的诗词歌赋写得非常好，很有名气。当朝贾太后之侄贾谧依靠贾氏的权势，在当时权力颇大，于是身边就聚集了一群贵族豪绅出身的文人，大家互相唱和，饮酒作诗，号称“二十四友”，刘琨也在其中。

光熙元年（306），司马越为了扩张势力，派刘琨出任并州刺史，加振威将军，领匈奴中郎将。刘琨带领一千余人辗转离开首都洛阳，终于在永嘉元年（307）春到达晋阳。当时的晋阳历经战乱，几乎成了一座空城，却仍旧腹背受敌，南面是强大的匈奴前赵，北面是正在崛起的鲜卑代国，东面是和段部鲜卑结盟的幽州刺史王浚。刘琨在被强敌四面包围的环境中安抚流民，发展生产，加强防御。不到一年的时间，晋阳就恢复了生气，成为晋朝在中原少数几个存留抵抗的势力之一。

刘琨精通音律，尤其善于吹胡笳，创作了《胡笳五弄》（包括《登陇》《望秦》《竹吟风》《哀松露》《悲汉月》五首琴曲）。这些曲子是在传统的琴曲中加入北方游牧民族的音调改编而成的，因此对于北方游牧民族来说也是耳熟能详。

有一次，数万匈奴兵包围了晋阳。此时的晋阳还没有从战乱中恢复过来，兵力虚弱，如果与敌军硬拼，必然会导致兵败城破。局势如此明显，刘琨苦于没有计策，只能一边严加防守，一面修书请求援军支持。然而，过了七天，援军却仍迟迟没有到达，晋阳城内的粮草快接济不上了，士兵们都陷入了极度的惶恐不安之中。

一天，刘琨登上城楼，俯瞰城外驻扎的敌营，冥思苦想退敌的对策。忽然，他想起了“四面楚歌”的故事，心生一计。

刘琨下令让会吹卷叶胡笳的将士全部到帐下报到，并对这些将士说：“如今大敌当前，而援军却久久没有到来，我们只能孤注一掷，效仿‘四面楚歌’试试看！”于是，众将士对着敌营吹起了刘琨自创的《胡笳五弄》。胡笳的声音哀伤又凄婉，对面的匈奴兵听了之后心生哀思，开始怀念起自己的家乡，军队开始骚动起来。

半夜时分，刘琨再次命人吹起了《胡笳五弄》。匈奴兵在听到这哀伤的乐曲之后，纷纷掉下眼泪，再也无心打仗。

就这样，刘琨用一曲《胡笳五弄》不战而胜。

金谷二十四友是西晋时期的一个文学政治团体，依附于鲁国公贾谧，其中比较出名的成员有“古今第一美男”潘安，“闻鸡起舞”的刘琨，“洛阳纸贵”的左思，三国名将陆逊的孙子陆机、陆云二兄弟，以及与人斗富争豪的石崇等。他们经常在石崇的金谷园活动，举行过史上著名的文人聚会“金谷宴集”。

问：《三国演义》中有一个人过目不忘。一次，他看到曹操新写的兵书《孟德新书》，嘲笑说："这本书的内容，我们那儿的小孩子都会背，哪是什么新书，根本就是抄袭的。"说完，真的把这本兵书背了下来，一字不错。曹操一气之下把书烧了。请问这个过目不忘的人是谁？

答：张松。

中华好故事

张松献图：礼贤下士才能广纳人才

东汉末年，张松是益州牧刘璋的部下。他非常有才华，拥有过目不忘的本事，但是长得非常丑陋，身材矮小，走路一瘸一拐。汉献帝兴平元年(194)，张松受命于刘璋出使曹营，想联络曹操来治理蜀中。他带了随从和礼品，还私自带了一份特殊礼物来到了许都。

当时，曹操刚平定了西凉马超的叛乱，准备进攻汉中。正志得意满的曹操见张松相貌丑陋，言语中又有顶撞，就将张松乱棍赶走了。

刘备很快得知了张松的境遇，于是在路上安排了赵云和关羽接待他。张松到达时，刘备又亲自率领文武官员出城迎接，对他礼遇

民国楠木雕刻大漆彩绘《张松献图》

三国时期，张松向刘备献西川形势图之事，相传就发生在关羽屯兵的秦楚古道湖北荆门境内的掇刀石大营。那里至今还有关于张松献图的民间传说。

有加。

三天后，张松准备离开，刘备在十里长亭为张松设宴送行。张松心想，刘备如此宽待仁人志士，我怎么能舍弃这个机会呢？不如说服他，让他收服西川。于是，张松对刘备说："我看您在荆州，东边有孙权，北边有曹操，他们都想吞并这个地方，不宜久留。"刘备回答说："确实如此，但一直都没有找到能够安心驻扎的地方。"

张松说："益州是个险要之地，土地有几千里，社会安定，百姓富足。有智慧的人都仰慕您的才德，若能领导荆州和襄阳的百姓往西边拓展，霸业就可完成，汉室便可兴旺了。"刘备说："我怎么敢这么做呢？刘璋也是汉室宗亲，统治蜀中很久了，地位不是随便可以动摇的。"张松接着说："刘璋虽然有益州这个地方，但是他性格懦弱，不能任用贤能。加上张鲁在北面，时刻想着入侵，导致益州人心涣散，益州百姓迫切希望能有明主来领导。我此行本来是为了拉拢曹操，但是不承想他态度傲慢，所以特地来见您。我愿意辅佐您入主中原，不知您意下如何？大丈夫处世，应该努力建功立业。现在不取，若之后被他人所取，那后悔就晚了。"

最后，张松从袖子里取出准备已久的秘密礼物——一幅西川地图。刘备将地图展开，只见上面对地理行程、山川险要、府库钱粮等都绘得非常明白。刘备拱手谢道："青山不老，绿水长存，他日事成，必当厚报。"张松说："我遇到了明主，不能不尽情相告啊，哪里还敢期待什么回报呢？"说完，张松就离开了。

根据张松的地图，刘备制订了"立足荆州，谋取西川，北图汉中，直指许昌"的立国战略。汉建安十六年(211)，刘备带着三万精兵，领导庞统、黄忠、魏延等大将进入了川地。

18

问：昭陵六骏中，飒露紫旁边站着的人是谁？

答：丘行恭。

中华好故事

刻石表功：忠心护主英勇退敌

丘行恭出身将门世家。他的祖父丘寿是西魏的将领；父亲丘和是隋末唐初的将领，官至左武侯大将军、稷州刺史等。丘行恭本人也富有勇气和力量，擅长骑马、射箭等。

义宁元年(617)五月，李渊在太原起兵反隋，攻入了关中地区。

丘行恭率领一批人在渭北迎接李渊的儿子李世民，归顺李渊义军。李世民当即任命丘行恭为光禄大夫。

武德四年(621)，丘行恭跟随李世民讨伐王世充，与王世充的军队在邙山决战。战前，丘行恭跟着李世民一起去刺探军情。他们带领数十名骑兵，却被王世充的军队发现了，大军立时围了上来。乱军之中，李世民和众骑兵走散了，只有丘行恭跟随着李世民，情况十分危急。

几名骑兵追上来，乱箭射中了李世民的战马。丘行恭立刻射箭还击，箭无虚发，把敌军逼迫得暂不敢向前追赶。他趁

拓展

六骏是李世民在唐朝建立前先后骑过的战马，分别名为“拳毛騧”“什伐赤”“白蹄乌”“特勒骠”“青骓”“飒露紫”。为纪念这六匹战马，李世民令工艺家阎立德和画家阎立本用浮雕描绘六匹战马列置于陵前。唐太宗还亲作《六马图赞》，由欧阳询书写。六骏象征了唐太宗一生经历的最主要的六大战役。

机下马，拔出李世民战马上的箭，并把自己的战马让给李世民，自己在马前步行，手执长刀开路，大声呼喊，并一连斩杀数名敌军，成功保护李世民突出了重围。最终，唐军打败了王世充。

贞观年间，唐太宗李世民为了表彰丘行恭的功绩，下令镌刻了一座石雕，表现的正是丘行恭从战马飒露紫上拔箭的英勇模样。这座石雕被立在昭陵阙前，永远向世人昭示着丘行恭忠心护主的英勇事迹。

金代赵霖《昭陵六骏图》

问：清朝的郑板桥非常喜爱一种植物。他在山东潍县任知县时，每天晚上听到树叶沙沙作响，都会联想到民间的疾苦之声，于是写诗道："些小吾曹州县吏，一枝一叶总关情。"请问，郑板桥喜爱的是哪一种植物？

答：竹子。

中华好故事

郑板桥刻苦习字，独创六分半书

郑板桥是清朝时期有名的文学家、书画家。他原名郑燮，字克柔，人称板桥先生。自幼时起，郑板桥就勤奋好学，废寝忘食，博览群书。年轻时，他是当地很有名的秀才，曾在山东担任县令，后来居住在扬州，以卖画为生。

他的诗、书、画，被世人称为"三绝"，他的画比诗绝，书又比画绝。其中，他的书法以"六分半书"而闻名。

"六分半书"是他自创的一种书体。这种书体是把隶书的笔法形体掺入行楷，创造出一种介于楷、隶之间，隶书又多于楷书特点的字

清代郑板桥《幽兰》图

郑燮书自撰《唐多令》词扇面

体。由于隶书通常被称为八分书，所以，他戏称这非隶非楷的书体为“六分半书”，世人又称之为“板桥体”。

郑板桥早年练习书法时，不管是哪个名家的字体，他都能模仿得极为神似。但是，郑板桥并没有就此满足。有一天，郑板桥又开始钻研起书法，由于手边没有笔墨纸砚，他便就近在妻子背上画来画去。郑板桥的妻子有点不耐烦了，说：“你有你的体，我有我的体，你老在人家的体上画什么？”

一语惊醒梦中人，郑板桥恍然大悟：不能老是去模仿别人，只有在个人感悟的基础上，另辟蹊径，才能创造出属于自己的精彩。

从此以后，他就把楷、隶、行、草四体糅合成一体，又将画兰、竹时的方法融入写字的方式中，力求使书法中蕴含画意，经过不懈地探索和练习，终于创出了独领风骚的“板桥体”。他的作品单个字体看似歪歪斜斜，但总体感觉错落有致，别有韵味。

竹子枝竿挺拔、四季青翠、凌霜傲雨，自古以来备受人们的喜爱，有梅、兰、竹、菊“四君子”，松、竹、梅“岁寒三友”等美称。古今文人墨客嗜竹咏竹者众多。东晋的王子猷爱竹爱到痴狂的程度，据《世说新语》记载：“王子猷尝暂寄人空宅住，便令种竹。或问：‘暂住何烦尔！’王啸咏良久，直指竹曰：‘何可一日无此君！’”宋代大文豪苏东坡则说：“宁可食无肉，不可居无竹。无肉令人瘦，无竹令人俗。人瘦尚可肥，士俗不可医。”郑板桥亦有《竹石》诗云：“咬定青山不放松，立根原在破岩中。千磨万击还坚劲，任尔东西南北风。”

20 关键词猜人物

吓着宝宝了　古之召虎　合肥　五子良将

答：张辽。

中华好故事

张辽威震逍遥津：将在外，军令有所不受

张辽，字文远，是三国时期一位著名将领，跟随曹操四处征讨，建立了赫赫战功。逍遥津之战是他生平最辉煌的战绩。

建安二十年(215)八月，孙权带着十万大军进攻合肥。此时合肥城内有张辽、李典等将领以及七千余人驻守。两军僵持不下，但魏军人数较少，合肥危在旦夕。

在魏军将领会议上，张辽拍案而起，大声说道："救兵远在千里之外，如果援军迟迟不来，我们恐怕迟早被吴军击破。而现在吴军才刚到达，立足未稳，我们应趁这个机会主动出击，挫挫他们的锐气！"主将乐进对此提议犹豫不决。

张辽更加愤怒，他对着诸位将军大吼道："成败就在此一战，如果诸位将军还有所顾虑，那么就让我张辽一个人出战吧！"

第二天清晨，张辽带领着前一晚征募的八百死士，对敌方大吼道："张辽在此！"接着，他率军冲入了敌营。

这时，吴军根本没有任何准备，张辽的意外出现让吴军不知所措。张辽趁乱连续击杀了数十人，并斩杀了敌军的两名大

张辽像

张辽《威震逍遥津》雕塑

将，直逼孙权帐下，要取孙权的性命。孙权急忙逃上了一座高丘，持着长戟防卫。张辽毫无惧色，带兵在吴军阵中左冲右突，冲出了吴军的包围。此时，李典也带着兵马来接应。

这一场仗打下来，吴军伤亡惨重，因此士气大挫。之后，孙权虽然围城十余日，但是始终无法破城，只得撤军回去了。在吴军撤退之际，孙权和少数将领在逍遥津北岸巡视，刚好被魏军发现。于是，张辽立即率步兵突袭。吴军将领甘宁、吕蒙、凌统等人奋力抵抗，才保护着孙权得以逃脱。

拓展

"五子良将"指的是曹操手下的五位著名将领，即张辽、乐进、于禁、张郃、徐晃五人。这五人跟着曹操参加过很多大大小小的战役，在行军作战时曹操非常看重他们的才能，经常让这五个人作为先锋，或者撤军时让他们断后。西晋陈寿在《三国志》中将五人合传，并在评论中说："时之良将，五子为先。于禁最号毅重，然弗克其终。张郃以巧变为称，乐进以骁勇显名，而鉴其行事，未副所闻。或注记有遗漏，未如张辽、徐晃之备详也。"后人由此称五人为"五子良将"。

问：钟山虎踞，石头龙蟠，描述的是古都南京。位于紫金山南麓的明孝陵是明朝开国皇帝朱元璋和他的皇后马氏的陵寝。星沉月落，兔走乌飞。六百年的沧桑销去了它的红砖绿瓦，恢宏的木质结构早已不复存在，然而，残留至今的石雕碑刻依然诉说着泱泱大明的赫赫之风。通往陵墓的主墓道叫作神道，又称司马道。神道两侧放置石人石兽，象征帝王生前的仪卫。沿着司马道向前，可见狮子、骆驼等六种石兽，每种两对，一跪一立，夹道相迎。石兽体现了等级森严的封建礼制，象征着皇陵的至高无上。在这些形态各异的石兽中，我们发现了一只长相奇特的怪兽，它的脸部像羊，头上独角。请问，这只中国的“独角兽”象征着什么？

A. 礼节　B. 音乐　C. 文学　D. 法律

答：D. 法律。

中华好故事

朱元璋斩“石将军”：天子护女

明孝陵位于现在的南京，是明朝太祖皇帝朱元璋与其皇后的合葬陵墓。在明孝陵的神道两边，人们可以看见一对对的石像，当中有石人、石马、石骆驼等等，个个栩栩如生，而且它们的姿态皆是威风凛凛，好不神气，衬得陵墓十分庄严肃穆。这些石像都是用一整块的大石头一次性雕刻而成，只有一个是例外——一个手持金瓜的武将，他的头是另外安上去的。那么，为何会有这样一个例外呢？

在明朝洪武年间，有一天，朱元璋思来想去，决定要替自己修造一座规模很大的陵墓。于是，他征集了很多有名的石匠，下令让他们

朱元璋像

雕刻出各种各样的石像。

自从明孝陵修建完之后，周边就成为了禁地，任何人都不准靠近一步，但只除了一个人。此人正是朱元璋的小女儿。她生性调皮，常常背着自己的父亲带着几个宫女跑到这里来玩。而这里的石像更是讨小公主的欢心，尤其是其中的一座武将石像。小公主每每到了这里，就站在这座武将像面前，抬头呆呆地看着，有时还会不由自主地伸出手摸一摸将军的盔甲，或是抱抱它。

一次，一名宫女无意中见到了小公主出神的样子，便打趣道："原来，公主是迷上这帅气的将军啦！我们赶明儿跟皇上说说，请皇上把公主您许配给这位将军吧！"

周围的宫女一听这话，都捂着嘴嘻嘻地笑着围上来，附和道："这主意不错！这武将生得相当俊朗，配得上我们公主。我们啊，就先在这里提前恭喜公主啦！"

小公主昂着头说："嫁就嫁，谁怕谁啊！只要他来迎亲，本公主就敢嫁给他！哼！"

这天夜里，刚到起更时分，皇宫里就回荡着一阵阵"轰隆轰隆"的响声，大家都被这嘈杂的声音吵醒了。

朱元璋刚要开口问，就看到御林军

拓展

在中国的古代神话中，独角兽被称为龙马。龙马是一种吉祥之物，平日里它不出现，只有在履行使命时才会出现。它的出现也被人们视为美好时代的一个重要象征。传说大约5000年前出现了第一只龙马，并将文字传授给伏羲。又大约在4700年前，另一只龙马出现在了黄帝的花园里，它的出现被视为预示着黄帝的统治将千秋万代，和平繁荣。

在西方神话中，独角兽身形就像一匹白马，额头上还长着一只螺旋角，代表着高贵、高傲和纯洁，有的独角兽还长着一对大大的翅膀。当然，也有些独角兽是黑色的。

明孝陵神道石像

头目急急忙忙地跑进来，上气不接下气地报告："启禀皇上，不好啦！那孝陵神道旁的石将军来迎娶公主了，说是公主亲口许婚。"

朱元璋急忙把公主叫来，问道："你今天又偷跑到石像那儿去玩了？是不是答应嫁给那个石将军了？"

小公主知道了前因后果，吓得哭起来。朱元璋又气又恨，但见自己的宝贝哭得如此伤心，只得立刻求助于军师刘伯温。

刘伯温皱着眉头思索了一会儿，便附在朱元璋的耳边嘀咕了一阵，朱元璋眉头顿时舒展开了。

只见朱元璋理了理衣服，走到宫门外，对着石人说："小女既然当初允诺于你，自然会履行。而且对于这门亲事，朕心里也是十分欢喜的。但是，公主下嫁，非同小可，嫁妆和礼仪都非朝夕可办。将军今晚就暂且回府，等朕选个黄道吉日，定让你们二人完婚。"

石将军听了朱元璋的话，当下就答应并且转头回去了。

第二天，刘伯温就带着一群人去明孝陵神道找到石将军，在那儿施起了法术，接着举起剑，只听"咔擦"一声，就把石将军的脑袋给砍掉了。而这个石像的头一直等到朱元璋驾崩下葬，才被重新安了上去。

问：“渐入佳境”是我们熟悉的成语。成语故事出自东晋著名画家顾恺之。据说顾恺之吃一种东西的时候，别出新意，与众不同，先吃不甜的部分，再吃甜的部分，所以才叫“渐入佳境”。请问顾恺之吃的是什么？

答：甘蔗。

中华好故事

渐入佳境：吃甘蔗的哲学

顾恺之，字长康，是东晋时期晋陵无锡（今属江苏）人。他博学多才，精通诗赋与书法，尤擅绘画，时人称其为三绝——画绝、文绝和痴绝。

在绘画方面，顾恺之精于绘人像、佛像、禽兽、山水等，与曹不兴、陆探微、张僧繇合称为“六朝四大家”，代表作有《洛神赋图》《女史箴图》等。顾恺之作画，意在传神，其“迁想妙得”“以形写神”等论点影响极大，为中国传统绘画的发展奠定了基础。

另外，民间也流传着一些关于顾恺之的趣闻轶事。

有一年，顾恺之作为参军跟随着大将军桓温去江陵视察。得知这个消息后，江陵当地的官员自然是纷纷前来拜见桓温将军，并且还让人送来很多当地的特产——甘蔗。

桓温见了这些甘蔗，十分惊喜，本着独乐乐不如众乐乐的想法，赶紧招呼周围的人过来，说：“来来来！大家赶紧过来！这里的甘蔗非常有名，味道甘甜，快来尝一尝！”于是，每个人都怀着些许的好奇拿着甘蔗吃起来。尝罢第一口，众人皆是止不住地惊叹。有人一边吃，一边不住地夸道：“将军，这甘蔗真是好吃啊！我从未尝过比这更甜的甘蔗了，怪不得这么有名，果然好吃啊！”

桓温将军见大家吃得如此欢喜，心中也相当高兴。突然，他发现

东晋顾恺之《洛神赋图》(局部)

唯独有一人不同于正满心喜悦的其他人,一个人静静地坐在窗边,出神地欣赏着窗外的如画美景。此人正是顾恺之。桓温将军见顾恺之认真的样子,不觉起了戏谑之心,想逗一逗他。

桓温仔细地在剩下的甘蔗里挑挑拣拣,故意选了一根特别长的,然后把甘蔗末梢一把塞到顾恺之手中。甘蔗的末端是整根甘蔗里最不甜的一段,一般人自然是不愿意啃这段的,常常会舍弃。但令人没想到的是,顾恺之拿着甘蔗的末端竟然泰然自若地啃了起来。

拓展

“六朝四大家”指的是三国吴画家曹不兴、南朝梁画家张僧繇、南朝宋画家陆探微、东晋顾恺之。

曹不兴擅长画龙、虎、马和人物。相传孙权命曹不兴画屏风，他误将一滴墨滴在了屏风上，于是就把这滴墨画成了蝇。孙权见了以为是真的，还拿手去掸拂。

张僧繇擅写真、释道人物，亦善画龙、鹰、花卉、山水等。当时梁武帝崇尚佛教，佛寺内的壁画大多请张僧繇来画。他绘制的佛像自成一体，被称为“张家样”。

陆探微善画人物故事，备六法，参灵酌妙，动与神会。唐人张怀瓘评价陆探微创作的人物形象时认为“秀骨清象，似觉生动，令人凛凛，若对神明”。

桓温见此情景，觉得他是犯傻了，忍不住捧腹大笑，并拍着顾恺之的肩膀说：“这甘蔗怎么样，甜不甜啊？”

旁边的人也觉得好笑，跟着打趣顾恺之道：“我们觉得这甘蔗美味极了！不知道顾参军的甘蔗吃起来怎么样？”话音未落，众人一阵哄笑。

这下顾恺之才回过神来，看到手里的甘蔗末梢，立刻明白了大家都在笑什么。但他也不以为意，坦然地举起甘蔗对着众人说：“你们还真的别笑我，依我看，倒是你们根本不懂这甘蔗的正确吃法，吃甘蔗可是有很大的讲究呢！”

大家被他一本正经的样子镇住了，狐疑地问：“不过是吃个甘蔗而已，还有什么特别讲究吗？”

“自然是有的，且这讲究大着呢！”

“哦？我等愿闻其详。不过，顾参军可不要胡说，随意诓我们啊！”

顾恺之清了清嗓子，回答道：“你们一开始就吃最甜的那一段，越吃到后面便越是不甜，到最后就几乎没有什么甜味了，可对？”

众人听了觉得有理，都微微点头表示赞同。

“而我呢，从这最不甜的末端吃起，吃到后来就是越吃越甜，越来越有味道。我这种吃法啊，叫作‘渐入佳境’！”

众人大悟，认同地说：“不愧是顾参军啊，考虑得真是周到！”

“渐入佳境”这个成语便是由此而来，用以比喻境况逐渐好转或兴趣逐渐浓厚。另外，还有“蔗境”一词，比喻先苦后甜，有后福。

其实，我们的日常生活有时候也像吃甘蔗一样，从平平淡淡开始，也能够越过越有滋味。

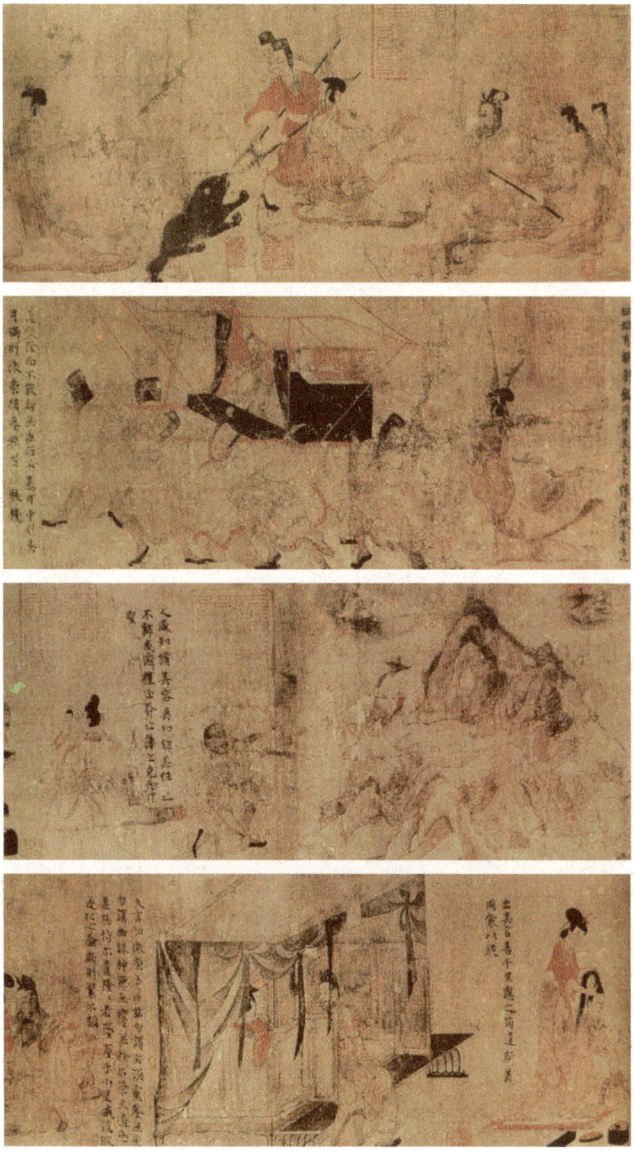

东晋顾恺之《女史箴图》（局部）

甲戌之秋寫為
黄賓虹畫

会试之路

23

问：根据历史记载，唐高祖李渊是通过比武招亲、箭射孔雀的方式才娶到他的妻子窦氏的。窦家跟北周皇室有关系，北周武帝宇文邕是窦皇后的舅舅。事实上，李渊自己跟隋朝皇室也有很近的血缘关系。请问，如果按照亲戚辈分，唐高祖李渊应该管隋文帝杨坚叫什么？

答：姨父。

中华好故事

雀屏中选：古代的创意招亲

宣政元年(578)五月，因为突厥骚扰边境，北周武帝宇文邕亲自带兵征讨。但是，由于长年累月的征战，武帝早已经积劳成疾，身子不堪重负，所以在征讨途中不幸病倒，很快便离开了人世。武帝去世后，北周由盛转衰，一天不如一天。终于有一日，大臣杨坚篡位。

明晚期《雀屏中选》黑漆嵌白铜盒

杨坚篡位的消息传得沸沸扬扬，武帝的外甥女窦惠叹了一口气，说：“可惜我是个女儿身，如果我是个男儿家，定能够帮助舅舅家解除困境。”窦惠的父亲窦毅听到女儿这么说，吓了一跳，赶紧看了看四周，确认没有旁人，才松了一口气，随即低声警告她：“休要胡说！你可知道隔墙有耳？如果你的话被人传到杨坚的耳中，不仅是你要人头落地，我们窦家全族都会被波及。”但是窦惠不以为然，暗暗下定决心要成为一个优秀的人。

日子一天天过去，窦惠出落得越发水灵，亭亭玉立，俨然一副大家闺秀的姿态。

现代徐操《雀屏中选》扇面

窦毅对女儿也非常满意，认为女儿无论是从容貌还是言行举止上都是众位闺秀中的佼佼者。眼见着女儿越长越大，窦毅开始琢磨女儿的婚姻大事。他对妻子襄阳公主说："你看，咱们的女儿如此不凡，以后定然会大富大贵，她的婚事我们一定要好好把关，不能随随便便地把她嫁了。"

襄阳公主连连点头，赞同道："我也正有此意，可是怎么样才能够为女儿挑选到一个如意郎君呢？"

拓展

传闻，隋炀帝看到李渊的脸上皱纹多，便戏称李渊是"阿婆"。李渊回家后很不高兴，妻子窦氏问清原因，马上贺喜道："这是吉兆啊，你继承的是唐国公，'唐'便是'堂'，'阿婆面'就是指'堂主'啊！"窦氏指的是李渊将来要做皇帝，取代隋炀帝。

窦毅也很苦恼，两人思索了良久，忽然窦毅灵光一闪，说："有了，不如我们命人在门屏上画两只孔雀，前来求娶惠儿的人一定要能射中孔雀的眼睛，才有娶她的资格。因为能够射中孔雀眼睛的人一定心细如尘，有勇有谋，且沉得住气，这样的人必定能成大事，绝对不会委屈了我们的女儿。"

"果然是个好主意。"襄阳公主听了眼前一亮，急忙让仆人去做好准备。

清代吴友如《雀屏中选》

窦惠正值婚龄，许多王公贵族都想求娶她，然而这些贵族大多是纨绔子弟，不要说射中孔雀的眼睛，有些人连弓弦都拉不开，闹了不少笑话。当时，担任皇帝侍卫的李渊也被人拉来凑热闹，他的朋友们纷纷起哄："李渊，你的骑射功夫那么好，赶紧去试试，指不定就能成为窦大人的乘龙快婿。"窦毅见李渊一表人才，忍不住心生欢喜，心想："这个小伙子相貌堂堂，一表人才，和我女儿倒是般配，就是不知道他能不能通过考验。"

其实，李渊早就听说了窦惠美若天仙且贤惠大方，朋友们一起哄，李渊也起了试一试的心思。在众人的起哄声中，李渊闭上眼睛，定了定神，然后睁开眼睛，猛然拉满弓弦，瞄准，射出两箭，动作行云流水，一气呵成，没有一丝停顿。原本正哄闹的众人顿时屏息而待，只见射出的两支箭稳稳地插在孔雀的眼睛上，人群中爆发出阵阵欢呼声。而窦毅更是喜出望外，当即就答应了这门亲事。窦惠对李渊也十分满意，婚后两人相敬如宾。两个人有相同的兴趣爱好，时常坐在一起读书写字，谈论诗词歌赋。

婚后第八年，窦惠为李渊生下一子，起名叫作李建成。开皇十八年(598)，窦惠又生下次子，取名李世民。李世民从小胆识过人，聪慧敏捷。窦惠和李渊都觉得李世民非同一般，格外地疼爱。之后，窦惠又为李渊生下了第三个儿子李元吉和女儿平阳公主。李渊称帝后追封窦惠为皇后。

问：乾隆五十年，乾隆皇帝在乾清宫摆下千叟宴，有3900多名老者同赴盛宴。民间传说，乾隆皇帝为九十岁以上的老者亲赐御酒，并在赐酒时悄悄询问一位老寿星贵庚，出了一个上联"花甲重逢，增加三七岁月"，想要考考纪晓岚能否算出这位老者的年龄。纪晓岚听到上联后，没有直接回答，而是巧妙地对了一个下联。请将纪晓岚的下联补全。

花甲重逢，增加三七岁月

(　　)双庆，更多一度春秋

答：古稀。

中华好故事

千叟宴：老寿星齐聚一堂

"千叟宴"是指千人以上的老叟参加"养老尊贤"的盛大宴会，自清朝康熙帝时开始，在乾隆时期达到鼎盛。可以说，千叟宴是清时期宫廷内规模最大、参与宴会人数最多的御宴。

康熙五十二年(1713)，恰逢康熙帝六十大寿。为了向世人显示清朝在自己的治理下国泰民安，同时又为了向老人表示关怀与尊敬，康熙便决定要在畅春园举办一次千人的宴会。在此次宴会上，康熙帝赋诗一首，名为《千叟宴》。由此，这个宴会就有了"千叟宴"的名称。

乾隆像

乾隆五十年(1785)，盛世太平。同样是为了彰显物阜民丰，乾隆帝仿效其祖父康熙帝，在乾清宫

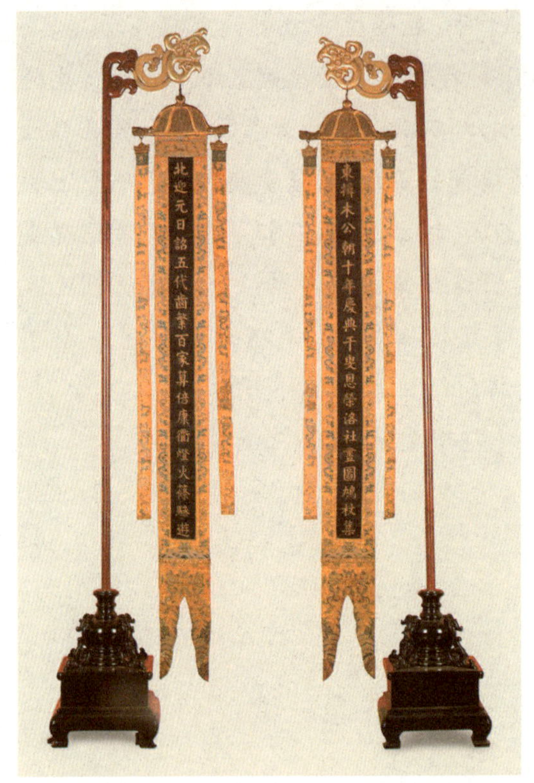
清乾隆御制“千叟宴”宫绣灯联

举办了一场千叟宴。这次宴会规模较之于当年有过之而无不及，光是与会人数方面就已经达到了三千多人。这些老人有的是皇亲国戚，有的是朝廷旧臣，也有的是选自民间奉旨进宫的普通百姓。这次的千叟宴还有个一直为后世津津乐道的趣闻。

相传在千叟宴上，乾隆帝亲自为九十岁以上的老人斟酒。乾隆在给这次千叟宴中年纪最长的老人斟酒时偷偷地向老寿星询问：“老寿星，您今年贵庚？”老寿星恭恭敬敬地说出了答案。乾隆听了后大吃一惊，突然心生趣味，当即叫来朝臣纪晓岚，想考考他。

“爱卿，朕刚问了这位老人贵庚，朕来出个上联，爱卿来猜猜老人家贵庚如何？”

“圣上请讲。”

“这上联是‘花甲重逢，增加三七岁月’。”乾隆说完，笑着看向纪晓岚。

纪晓岚微微一想，缓声对答道：“古稀双庆，更多一度春秋。”

原来，这位老寿星今年一百四十一岁。乾隆的上联中花甲是六十岁，花甲重逢就是一百二十岁，再加三七是二十一，正好一百四十一岁。纪晓岚的下联中古稀是七十岁，古稀双庆就是一百四十岁，再加一个春秋也正好是一百四十一岁。纪晓岚不愧为当代才子，这下联对得堪称一绝。

公元1796年，乾隆已经八十五岁高龄了，为了不逾越祖父康熙帝六十一年的在位时间，便将皇位禅让给自己的第十五个儿子颙琰，也就是嘉庆帝。嘉庆元年（1796）正月初四，已成为太上皇的乾隆又在皇极殿举办了一次千叟宴。因为此时的乾隆已八十有六，所以本次千叟宴的与会资格就从六十岁提高到了七十岁。

清乾隆竹诗文“千叟宴”臂搁

这次在宁寿宫皇极殿举办的千叟宴，参与人数多达三千零五十六人。从王公贵族到平民百姓，从天子脚下到边远地区的老人都齐聚皇极殿共享盛典。

尊老敬老是中华民族的传统美德。在远古社会，因为社会生产力水平低下，人们的衣食都难以自足，没有劳动力的老人就成了家庭的负担。而随着社会的发展，生产力水平提高，赡养老人、尊重老人、敬爱老人，逐渐成为社会的道德标准。几千年的沿袭造就了如今我国这一优良传统。

千叟宴始于康熙朝，盛于乾隆朝，是清宫中规模最大、与宴者最多的盛大御宴。按照惯例，每五十年才举办一次。宴会上，每桌共有十道菜，每道菜均与一个乡镇或特产有关，具体为金玉汤（永福镇）、寿桃（桃城）、麻姑献寿（百寿镇）、果汁鸡球（三皇乡）、佛果酿（龙江乡）、马蹄胶（苏桥镇）、常安官丁（永安乡）、板峡竹鱼（堡里乡）、锦寿面（罗锦镇）、福敬亲人（广福乡）。

问：中华好故事不仅仅是中国人自己的故事，也可以是外国人讲的中国故事。有一部意大利歌剧，讲的是外国人想象中的中国爱情故事。这个爱情故事发生在中国的元朝，讲的是一位流亡的王子巧破元朝公主的三个谜语，最后获得美人芳心的故事。请问这是哪部歌剧？

答：《图兰朵》。

中华好故事

图兰朵：爱与勇气

《图兰朵》是一个西方人讲述的东方故事。话说在元朝的时候，有一个公主叫图兰朵，在蒙古语中是“温暖”的意思。有一天，她让大臣公布了三条谜语，并承诺只要有人能够把谜底都答对，那个人就可以成为驸马。但只要有一个答错，就要被处死。这个消息让民间很多青年都跃跃欲试，但始终没有一个人能够全部答对。

一天，大臣走到城墙上向簇拥着的百姓宣布：“波斯来的王子已经败在公主的谜语下，马上就要押送刑场，还有人要来尝试猜谜吗？”人群中立刻议论开了，有人嚷嚷着要去看波斯王子被处死，有人为可怜的波斯王子叹息，也有被吓坏了的人惊慌失措地带着孩子往家里跑。在慌乱的人群中，有一个老人被推倒了。他身边的一个年轻姑娘一边拼命想把老人扶起来，一边恳求周围的人不要再拥挤。但是，人群实在是太乱，姑娘着急得都快哭了。这时候，一个帅气的年轻人拨开人群冲了过来，帮助年轻姑娘扶起老人走到了安全的地方。

三人平静下来后看向对方，大吃一惊。原来这个年轻人就是逃亡在外的鞑靼王子卡拉夫，那个老人正是同样在外逃亡的他的父亲鞑靼国王，而年轻的姑娘则是鞑靼宫廷里的侍女柳儿。鞑靼国王和王子因为奸臣谋权篡位，被迫流亡海外，并且失散了。

歌剧《图兰朵》剧照

由于忠诚的侍女柳儿一直细心地照顾着老国王，如今三人才有了在异乡重逢的机会。王子卡拉夫激动地握着侍女柳儿的手说："柳儿，你是多么勇敢，多亏了你对我父王的照顾。可是你明明可以有更好的生活，为什么要和我们一起过着逃亡的生活？"

侍女柳儿害羞地笑了："因为王子您当年对我的微笑……"

不等柳儿说完，人群中又喧闹了起来，大家吵吵嚷嚷地唱着："铜锣敲响，刀剑磨光，又一个痴心人要上刑场！我们的公主美貌天下无双，可她的心冷若冰霜。三条谜语实在难猜，却总是有人为她疯狂！铜锣敲响，刀剑磨光，又一个痴心人要上刑场！"

月亮升起来了，只见远处一个脸色苍白的年轻人被士兵们押上了刑场，他就是年轻的波斯王子。人群中发出阵阵唏嘘声，还有人在为波斯王子说情，可是图兰朵公主却丝毫不为所动。

众人都在感叹公主图兰朵的冷酷和无情，老父亲拉了拉王子卡拉夫，想要赶紧离开这个地方，然而王子卡拉夫却被公主的美貌深深地吸引，他坚定地告诉父亲："我要去猜那三个谜语，我要当公主图兰

朵的驸马!”王子卡拉夫不顾父亲的劝阻,推开人群向公主走去。周围的人都劝王子卡拉夫不要冒这个险,连公主身边的大臣也劝阻他,然而卡拉夫却很执着:“我一定会答出那三个谜语!”人人都为这个来自异乡的年轻人捏了一把汗,就连元朝皇帝也很怜惜这个年轻人,他深知女儿的冷酷,不想让一个鲜活的生命再次消失。

出乎所有人意料的是,王子卡拉夫真的答对了公主的所有问题。这三道谜题的答案是“希望”——对图兰朵公主的希望,“鲜血”——能温暖图兰朵公主冷酷的心的鲜血,“图兰朵”——能让卡拉夫燃起烈火的图兰朵。

人们知道卡拉夫答对了所有题目后欢呼雀跃,连公主的父亲都松了一口气:“终于有人能让自己的女儿不再无止境地杀人了。”

然而,公主图兰朵却恼羞成怒,她恳求父王不要将自己嫁给异邦人。王子卡拉夫见公主不愿意嫁给自己,便走向公主,对她说:“公主若真的不愿嫁给我,只要您能在天亮前猜出我的名字,我不仅不会娶你,还甘愿受刑。”

羞愤的图兰朵为了知道王子的姓名,便偷偷派人将侍女柳儿抓起来严刑拷问,但是柳儿忠心护主,以自尽的方式保守了秘密。这使图兰朵深受触动。

天亮了,图兰朵仍然不知道王子的姓名。这时,卡拉夫自己将名字告诉了图兰朵,并用热烈的吻和真情感化了冷面公主图兰朵。图兰朵没有将王子的真名公布,而是向世人宣布王子的名字叫作“爱(Amora)”——在蒙古语中是恋人或者太平的意思。图兰朵最终嫁给了王子卡拉夫。

《图兰朵》的故事始见于17世纪波斯无名氏的东方故事集《一千零一日》中的《卡拉夫王子和中国公主的故事》,后来意大利著名作曲家贾科莫·普契尼将其改编为三幕歌剧。这是普契尼最伟大的作品之一,也是他一生中最后一部作品。

26

关键词猜昆虫

梦　谢逸　滕王阁　万松书院

答：蝴蝶。

中华好故事

庄周梦蝶：真假虚实难分辨

庄子像

庄周是战国中期著名的思想家、哲学家和文学家，也是战国时期道家学派的主要代表人物之一，世人尊称其为庄子。他平时安于常分，强调事物发展应该顺其自然，逍遥自得一直是他的处世原则和中心思想。所以虽然身处一个战乱频发的时代，庄周内心仍非常向往自在如风的生活。

那是一个惬意的午后，庄周略感疲惫，于是放下手中的书卷，决定小憩一下。书房的木窗半开半掩，有阳光透进来，洒向床铺上侧卧的庄周，他渐渐进入梦乡。

等再有意识时，庄周感觉自己的身体异常轻盈，他疑惑地检查自己的身体，猛然发现自己竟凭空生出了一双美艳的蝶翼。蝶翼上的纹路闪着低调又动人的蓝紫色光泽，一如窗外一泓湖水在日光下泛起的粼粼波光。不知为何，那波光无比吸引着他，他试着过去一探究竟，飞过那只可容小孩身形出入的窗子，停在湖面一株开得正好的睡莲上。

睡莲感受到了陌生者的来访，睁开睡意蒙胧的眼睛，上下打量了一番庄周，好奇地问道："你是谁？我在这一带很少见到你这样子的蝴蝶。"

庄周一惊，又展翅在湖面上转了几个圈，趁机仔细端详了一番自

己在水中的倒影：可不是嘛，他看见的就是一只普普通通的蝴蝶，翅膀上透着蓝紫色的光泽。

他飞回睡莲身旁，沉吟片刻，幽幽地笑道：“我只是一只蝴蝶，但很有意思的是，我好像做过一个梦，在梦里我是个人类，而且是个喜欢钻研文书、思考世间道理的人类。我的一些作品也很受世人欢迎，在那个梦里，我好像叫庄周。”

睡莲顿时满眼钦佩，问道：“这样奇特的事情都能被你梦到，那你跟我说说，梦里的人类世界好玩吗？我经常看见他们结伴来这湖边吟诗作对、把酒言欢，又或者趁四下无人时独自在夜晚过来对月悲泣、顾影自怜，实在是搞不懂他们啊！”

庄周仔细回想了一番，却发现自己的记忆一片模糊。他只感到周身无比轻巧和自在，不愿过多地去思考复杂的人类世界到底是什么样的。此时此刻的他，想飞到更远的地方，见更多的事物和同类。

元代刘贯道《梦蝶图》

“庄周梦蝶”的故事因其深刻的意蕴、浪漫的情怀和开阔的审美想象空间而备受后世文人们的喜爱，同时也成为了后世诗人们借以表达离愁别绪、人生慨叹、思乡恋国、恬淡闲适等多种人生感悟和体验的一个重要意象。

又或者，只是停在某棵柳树枝头感受微风拂过他那触感无比灵敏的翅尖和肢体。仿佛又只是想法一现，他就已经离开睡莲，翩翩飞舞，进了万花丛中。

乱花渐欲迷蝶眼，庄周渐渐感到有些疲惫，便就近停在了一片马蹄叶上。他与在同片叶子上的甲虫友好地打了个招呼，便合拢翅膀，闭上眼准备小憩一会儿。

而就是这么一闭眼的瞬间，他又清醒了过来。

庄周试着挥动翅膀，但身体没有丝毫反应。他疑惑地起身，发现自己的手脚还是那副手脚，桌上的书卷还是那份书卷，庄周也还是那个庄周。到底，是自己在梦中变成了蝴蝶，还是蝴蝶在梦中变成了自己呢？

他惆怅地走到窗边，望着窗前那片湖水，睡莲正静静绽放。

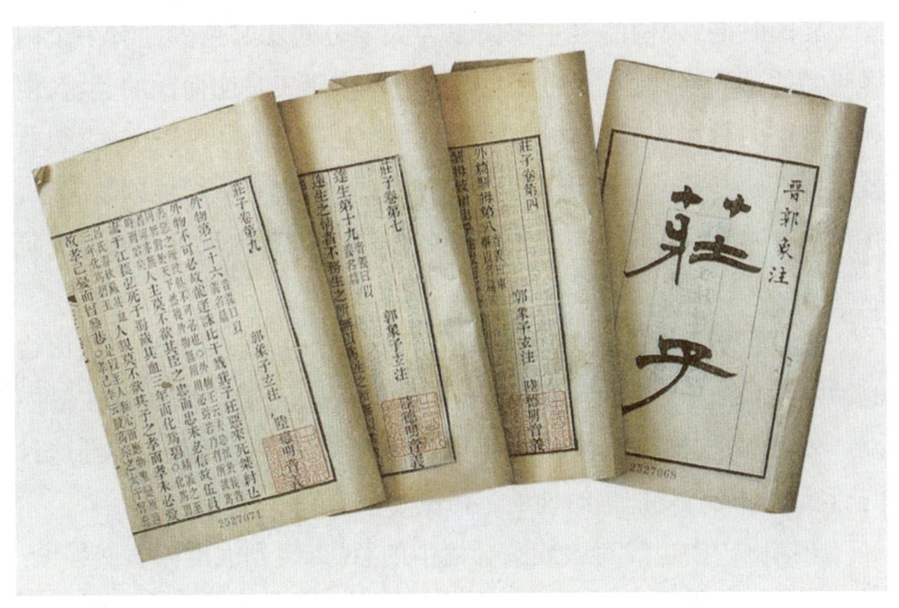

清光绪刊本《庄子》

问：梁祝化蝶的故事家喻户晓，然而还有一对夫妇的爱情故事同样凄美感人。传说韩凭与妻子何氏遭康王拆散，相约殉情。夫妇俩死后，康王也不愿让他们合葬。然而韩凭夫妇的爱情感天动地，至死不渝。他们的墓上长出了两棵大树，合抱在一起，树上栖息着一对鸳鸯，叫声哀伤。后人为了纪念韩凭夫妇凄美的爱情，怎样称呼这棵树？

答：相思树。

中华好故事

韩凭夫妇：生死相依，矢志不渝

战国时期，宋国的君主宋康王为人十分残暴好色。他有一个门客叫韩凭，娶了何姓人家的女儿做妻子。宋康王贪恋何氏的美貌，便利用自己的权力将其夺来占为己有。韩凭当然十分怨愤，一直想营救出自己的妻子。然而还未等他有所行动，宋康王就把他囚禁起来，并判他有罪去服苦刑，让他夜里辛苦地修筑长城、白天站在城墙上防敌寇。

韩凭的妻子何氏十分思念韩凭，但又无计可施，只能暗中送信给他，并故意在信中用曲折隐晦的语句，使旁人无法看懂。她在信中说："久雨不止，河大水深，太阳照见我的心。"不久，宋康王得到这封信，但是看不懂，就把信给他的亲信臣子们看。

亲信臣子中也没有人能解释信中的意思，直到大臣苏贺回答说："久雨而不止，是说心中对韩凭的思念和因此引起的愁苦之情无法终止；河大水深，是指迫于种种因素他们两人长期不得往来；太阳照见她的心，是说明她内心已经下定了死的决心。"不久之后，韩凭自杀了。韩凭妻子何氏听到这个消息后伤心欲绝，暗中把自己的衣服弄得破烂不堪，以此来表示对丈夫逝去的悼念。

之后有一天，宋康王和何氏一起登上高台，何氏趁宋康王不注意，从台上纵身一跃。宋康王的随从赶忙想拉住何氏，但是因为她的衣服已经朽烂，手一拉就破了，何氏就这样从高处坠落身亡。

韩凭妻何氏像

随从准备将何氏好好安葬，竟意外发现她死前还在衣带上写下了遗书，当即上交给宋康王。遗书写道："宋康王希望我在他身边，我却希望死去。虽然生前无法和我爱的韩凭在一起，但请把我的尸骨赐给韩凭，让我们两人死后能够合葬在一起。"

宋康王非常生气，没有理睬何氏的请求，反而把韩凭夫妇的坟墓分开，令他们彼此遥遥相望。他还气愤地说："哼，你们夫妇二人看似恩恩爱爱，但还是没有好结果。假如你们二人死后还能使坟墓合起来，那我就心服口服，不再阻挡你们在一起。"

拓展

《韩凭夫妇》是晋代文学家干宝的作品，出自《搜神记》卷十一。这个中国古代民间爱情故事写了韩凭夫妇坚贞不渝的爱情及其反抗精神，赞扬了韩凭妻不慕富贵、不畏强暴的美德，歌颂了劳动人民的坚贞爱情及追求美好生活的强烈愿望，同时揭露了统治者强夺人妻的罪行。

令人意外的是，一夜之间，有两棵梓树分别从韩凭夫妇的坟墓顶端长出来，且长势很猛。不到十天，这两棵树就长得已经有一个人手臂环抱起来那么粗了。并且，由于两棵树都往对方方向生长，就像是两个人渐渐地互相靠近。

虽然韩凭夫妇的坟墓不在一起，但从坟墓上长出的梓树却彼此相连，难分难离。它们不仅树枝交错生长，而且连根也在地下相交，

这就好像两个相爱的人紧紧拥抱在一起。后来，从天际飞来了一雌一雄两只鸳鸯，经常停在树上栖息。它们时常会彼此依偎，发出悲鸣，声音十分哀怨动人。有人说，这对鸳鸯就是韩凭夫妇的精魂变成的。虽然他们生前被残忍的宋康王拆散，但是死后终于可以在一起了。

宋国人听到这对鸳鸯的叫声，就会想起当年的韩凭夫妇，不由得为他们的爱情而感到悲伤。慢慢地，夫妇二人的故事被广泛流传，而那棵树便被称为相思树。

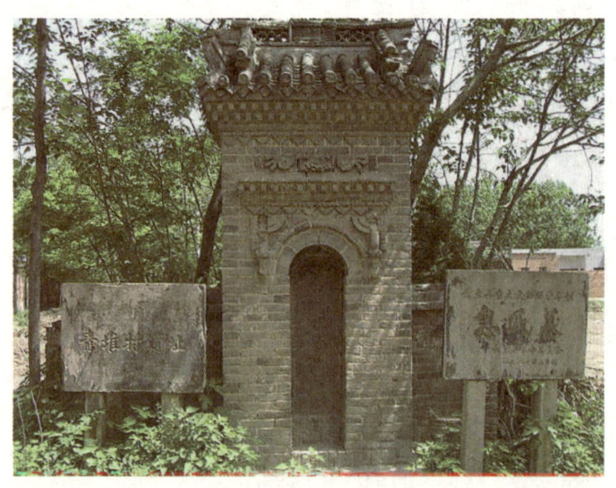

河南省封丘县息氏墓

明朝末年，通俗文学家、戏曲家冯梦龙在汇总各种资料的基础上，经过认真考订，认为韩凭夫妇的故事发生地在“封父之墟”，即今河南省封丘县，“何氏”则为“息氏”。《封丘县续志》中载：“青陵台，在县北二十五里之青堆。《彤管新编》：‘宋康王欲夺其舍人韩凭妻，筑台望之，凭妻息氏恐，乃作歌以拒之，自缢死。今台虽没，而息氏冢则犹存云。’”在封丘县留光乡至今还保存有息氏墓，墓前有康熙时知县王锡魁题写的“战国息氏贞烈之墓”碑。青陵台相思树的故事在这里广为传颂。

问：“南柯一梦”这个成语出自唐传奇《南柯太守传》，说的是淳于棼来到大槐安国，享尽荣华富贵，看透世态炎凉，最后发现原来只是一场春梦。淳于棼梦到的大槐安国看似国力雄厚，无与伦比，其实只是大槐树下的一个虫窝。请问传说中的大槐安国是哪种昆虫的居所？

答：蚂蚁。

中华好故事

南柯一梦：一场空欢喜

相传唐代有个人叫淳于棼，他平日不拘小节，还非常喜欢喝酒。他生日那天，在庭院里的大槐树下摆生日宴席和朋友饮酒作乐。因为在兴头上，淳于棼喝了不少的酒，最后烂醉如泥，站都站不稳，友人只好扶他到廊下小睡。

迷迷糊糊中，淳于棼仿佛看见有两个紫衣使者请他上车。于是，他不自觉地乖乖上了那辆颇为气派的马车。马车缓缓而行，朝大槐树下的一个树洞走去。淳于棼原以为树洞容不下马车，但是一个晃神，已经连人带车进入了树洞。经过一段黑暗，光明扑面而来。洞中仿佛是另一个世界，晴日高悬，建筑和洞外的世界并没有什么不同。马车载着他又行了数十里。淳于棼从车窗里看着外面，只见路上全都是来来往往的行人，十分热闹，异常繁华。

昆剧《南柯一梦》剧照

拓展

与"南柯一梦"类似的故事还有"黄粱一梦":卢生在邯郸旅店住宿,入睡后做了一场享尽荣华富贵的好梦,醒来的时候小米饭还没有熟,因而大彻大悟。两个故事立意相近,揭示功名富贵和人生短暂虚幻的矛盾,渗透着"浮生若梦"的人生无奈。

清代焦秉贞《南柯一梦》

就在淳于棼疑惑的时候,马车停在了一扇朱门前,门上悬着一块金匾,上面写着"大槐安国"四个镀金大字。紫衣使者扶着他下车,有一位朝廷大臣打扮的人立刻出门相迎,激动地说道:"欢迎淳公子来到槐安国!鄙人为此国丞相,奉国君之命在此候君多时。国君一直想将公主许配给公子,招您为驸马,不知公子意下如何?"

淳于棼十分惶恐,又十分惊喜,只能唯唯称是,还没回过神来,就已经被迎入宫殿,和公主就地举行了婚礼。婚礼上国君对这个女婿表示十分满意,委任他为"南柯郡太守"。淳于棼到任后决定不辜负国君的厚爱,勤政爱民,把南柯郡治理得井井有条。

不知不觉中,他在这槐安国待了二十年。这二十年里,淳于棼上获君王器重,下得百姓拥戴。而此时的他,也已儿女满堂,官位显赫,家庭美满,万分得意。

不料,就在他以为可以在此地安享晚年时,檀萝国入侵了槐安国。淳于棼奉命率领军队抗击敌人,哪知道屡战屡败。不巧的是,公主又在这一时期不幸病故。淳于棼连遭不测,只能主动辞去太守职务,带着公主的棺材回到首都,之后还失去了国君的宠信。从那以后,他一直闷闷不乐,终于在某一天,想起了树洞外

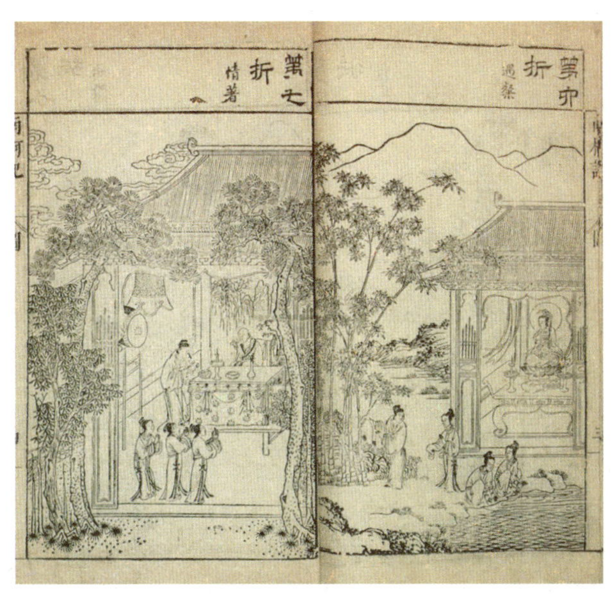

明万历刻本汤显祖《南柯记》

的世界。他小心翼翼地跟国君请示,没想到国君爽快地准许他回家乡探亲。回去的路上,他乘坐的似乎还是二十多年前他来到槐安国时接他的那辆马车,送行的也依旧是那两名紫衣使者。

马车驶出洞穴,家乡山川依旧。淳于棼返回家中,只见自己身子睡在廊下,不由得吓了一跳,惊醒过来。眼前仆人正在打扫院子,两位友人在一旁洗脚,生日宴席的狼藉尚未收拾完全,落日余晖洒落在墙上。友人见他醒来,揶揄地笑道:"哟,淳公子这次酒醉得挺厉害啊?竟睡了整整两个时辰!"

淳于棼这才意识到刚刚只是一场梦,而梦中的经历好像已经整整过了一辈子。淳于棼心有余悸,把梦境告诉众人,大家感到十分惊奇,便随他一齐寻到大槐树下,果然掘出个很大的蚂蚁洞,旁有孔道通向南枝,另有小蚁穴一个。梦中的"南柯郡""槐安国",原来如此!

现在,"南柯一梦"这一成语用来形容一场大梦,或比喻一场空欢喜。

问：这个元青花瓷器上的图案描绘的是哪个古代故事？

答：昭君出塞。

中华好故事

昭君出塞：主动和亲以保家卫国

汉宣帝在位的几十年，是汉朝比较强盛的时期。公元前49年，汉宣帝病死，太子即位，这就是汉元帝。过了几年，郅支单于侵犯西域各国，还杀了汉朝派去的使臣。西域各国请求汉朝出兵，于是汉朝发兵打败了郅支单于。

郅支单于一死，他的弟弟呼韩邪单于坐稳了匈奴王位。呼韩邪在公元前33年亲自到达长安，请求和汉朝结亲。汉元帝也愿意同匈奴交好，自然答应了和亲这个提议。随后，他吩咐大臣到后宫去传话："谁愿意到匈奴去的，就把她当作公主看待。"

清代康恺之《昭君出塞》

后宫的宫女都是从民间选出来的，她们好像关在笼子里的鸟儿，几乎永远没有飞出去的可能。可是要她们离开本国到遥远的匈奴去，谁都不乐意。其中有

金代宫素然《明妃出塞图》

个宫女叫王嫱，又名王昭君，很有见识。为了两国修好，她自愿报名到匈奴去。负责和亲事宜的大臣正为没有人应征而焦急，难得王昭君肯去，马上上报朝廷。于是，汉元帝就吩咐相关人员准备嫁妆，择了个日子，让呼韩邪单于和王昭君成亲。

到了结婚那一天，呼韩邪单于见王昭君年轻美貌，打心眼里感激汉元帝。不说别的，那份嫁妆已经够让他高兴的了，光是绸缎布帛就有一万八千匹，丝绵一万六千斤。从汉朝方面来说，能与匈奴交好，使其不再来侵犯，让边界上的居民能够安居乐业，也十分满意。因此，在呼韩邪单于夫妇离开长安那一天，汉元帝在宫廷里举行了盛大的宴会欢送他们。

王昭君在汉朝和匈奴官员的护送下，骑着马，离开了长安。她冒着塞外刺骨的寒风，千里迢迢来到匈奴地域，做了呼韩邪单于的妻

乌孙公主刘细君，是西汉时期江都王刘建之女。元封六年（前105），汉武帝为抗击匈奴，派使者出使乌孙国，乌孙王表示愿与汉通婚。于是，汉武帝钦命刘细君和亲乌孙，并令人为她做一乐器，以解遥途思念之情，此乐器便是“阮”，亦称“秦琵琶”。

南宋陈居中《昭君和亲图》

子。虽然匈奴和家乡的生活习惯十分不同，但昭君为了两国的和平，努力使自己慢慢地融入当地的生活，并且和匈奴人友好相处。她一方面劝谏单于不要轻易挑起战争，一方面把中原的文化传给匈奴，使匈奴和汉朝和睦相处了六十年。

王昭君死后，被葬在大青山，匈奴人民十分尊敬和爱戴她，为她修了坟墓，称为“青冢”。

后世文人十分钟情于王昭君。据统计，历代文人为王昭君写的诗歌有七百余篇，其中有不少重量级人物，如李白、杜甫、白居易、康熙皇帝等，此外还有不少相关的戏曲、小说，如马致远的戏曲《汉宫秋》、清朝的《昭君传》等等。

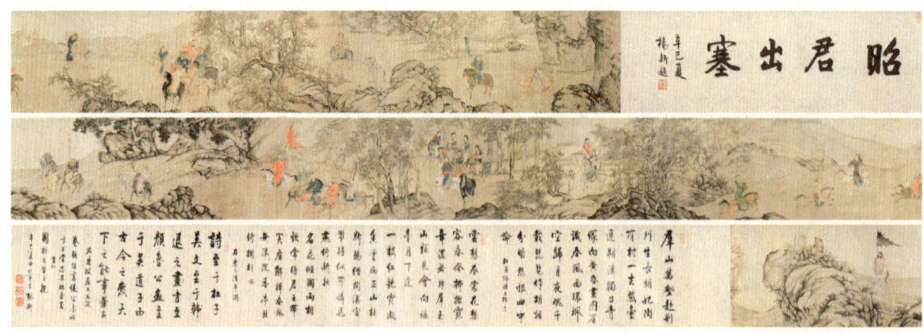

明代仇英《昭君出塞》手卷

问：“桂香吹老月中秋，人在西风雁过楼。半夜枕寒清梦断，银河影挂玉帘钩。”这首诗描写的是中秋节。下面汉字墙中的优美诗句全都与中秋有关，每一句至多只有一个关键字，请从中找出一个六个字的成语故事。

桂香吹老月中秋，人在西风雁过楼。
半夜枕寒清梦断，银河影挂玉帘钩。
数年不对中秋月，月色依然不负秋。
懒问仙人修玉树，且陪帝子上琼楼。
斗牛低绕天枢转，河汉斜横左界流。
却望蓬莱宫阙远，几随清影重回头。
月明又作中秋好，白发相望在两州。
漠漠淮烟天际晚，萧萧山雨坐中秋。
归途亦及中秋月，乘兴同登何处楼。
走马亭中看明月，不知今夜是中秋。

答：风马牛不相及。

中华好故事

风马牛不相及：南来北往没关系

“风马牛不相及”出自《左传·僖公四年》，常用来比喻毫无关联的事物。

据《左传》记载，春秋时期，齐桓公任用管仲为宰相，在国内实行改革，采用军政合一、民兵合一的制度，使得齐国国力逐渐强盛。后来，齐桓公受到周天子赏赐，成为中原第一个霸主。

因齐国国力强大，中原地带的其他诸侯国都听从齐国，不敢得罪。但是，南方的楚国实力也不弱。随着自身实力的不断变强，楚国对于众诸侯国对齐国伏低做小的姿态不太看得惯。它不仅不依附齐

国，还暗暗与之抗衡，有问鼎中原的勃勃野心。

公元前656年，齐桓公率领齐、鲁、宋、陈等八个诸侯国的军队攻打蔡国。蔡国因国力实在是太过薄弱，交战不久就溃不成军，齐军轻松获胜。在击败蔡国后，齐桓公并没有直接率军回国，反而又下令准备攻打蔡国的邻国——楚国。楚成王看到齐桓公带领军队向自己的国家行进，马上调集军队驻守在边界准备迎战。与此同时，他又派遣大夫屈完前往齐国军营与对方谈判。

在齐国军营里，屈完看到管仲，对他说："你们齐国远在北方，而我楚国则在南方，我们两个国家距离遥远，风马牛不相及，没想到你们的军马竟然进入了我们楚国的境地，这是为什么？"

屈完义正词严地责问管仲，然而管仲不愧为一代名相，当下回答道："我国先君齐太公被召康公任命的时候就有过嘱托，让我们辅佐周室王朝，五侯九伯要是有什么不妥的地方，我们齐国都可以征伐。而且召康公还赐给我国先君可以征伐的范围，向东直到大海，向西直

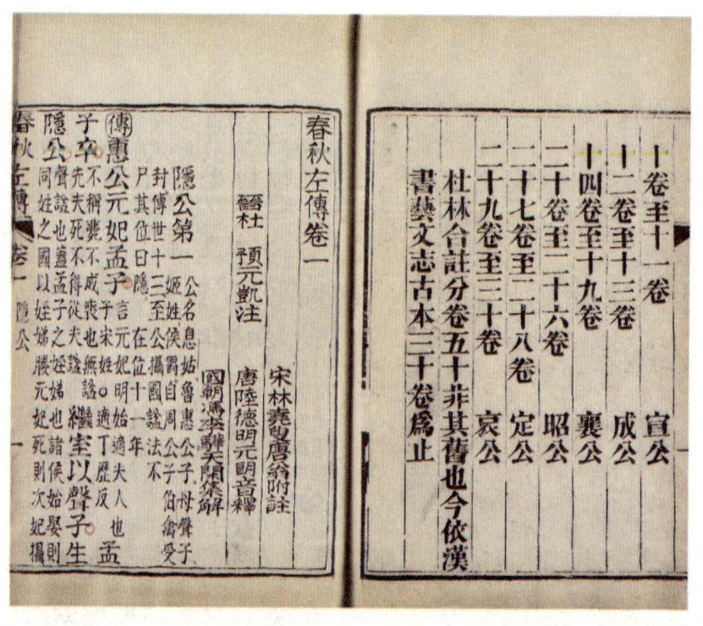
十卷至十一卷　宣公
十二卷至十三卷　成公
十四卷至十九卷　襄公
二十卷至二十六卷　昭公
二十七卷至二十八卷　定公
二十九卷至三十卷　哀公
杜林合註分卷五十非其舊也今依漢
書藝文志古本三十卷爲止

春秋左傳卷一
晉杜預元凱注
唐陸德明元朗音釋
宋林堯叟唐翁附注
國朝馮李驊天閑集解
隱公第一
傳 惠公元妃孟子
孟子卒
繼室以聲子生隱公

清代刻本《春秋左传》

到黄河，向南直到穆陵，向北直到无棣。你们楚国不按时进贡包茅，让天子在祭祀的时候缺了物资，我们就是为此来问罪的！而且周昭王在南巡以后就没有回国，我还要仔细查问你们呢！”

屈完听后，也不慌忙，镇定自若地回答道：“没有按时进贡，的确是我国国君不对。我们楚国又怎么敢少了上供呢？我们一定马上补上。但是，周昭王南巡未返，这就不是我们楚国的过错了，你要问还是去水边问问吧。”

屈完此次交涉并没有什么成效，齐桓公依旧率领军队继续向楚国挺进，一直到楚国的北境才停止前进就地驻扎。于是，屈完又再次奉命来到齐国军营谈判，在一番唇枪舌战和利害分析后，齐桓公终于同意退兵至召陵。之后，屈完还和齐桓公达成协议，与各诸侯国订立了“召陵之盟”。

拓展

召陵之盟，又称召陵之会，是春秋时期齐国为首的中原诸侯国与楚国的会盟。

春秋初期，楚国向中原挺进。公元前656年，齐桓公率领中原诸侯讨伐蔡国。楚成王援救蔡国，后齐楚两国在召陵（今河南郾城东）会盟，双方达成盟约。齐桓公并没有以武力压服楚国，但是抑制了楚国的北扩，使齐桓公的霸主地位更加稳固。这次交锋最后以和平的方式解决，这是齐、楚两国实力抗衡的结果，也是两国政治家的明智选择，避免了一场大规模战争，使南北社会经济文化免遭破坏，表现出了双方的政治远见和外交智慧，对当时各国之间的政治格局产生了深远的影响。

故事中，屈完所用“风马牛不相及”的比喻也就此流传下来。“风”在此处理解为“走失”的意思，形容齐楚两国距离甚远，走失的牛马也不会跑到对方的国境内。

问：明末清初的大学问家顾炎武在撰写他的名著《音学五书》时，曾经五易其稿，才最终成书。顾炎武自己却说，他之所以能够勤奋刻苦地不断修改，全是一种小动物的功劳。请问是下列哪种小动物？

A. 老鼠　B. 猫咪　C. 狗狗　D. 呆鹅

答：A. 老鼠。

中华好故事

顾炎武读破万卷书：可怜天下父母心

顾炎武像

顾炎武，本名绛，字宁人，后因仰慕文天祥学生王炎午的忠贞品格，改名为炎武。又因为顾炎武的故居旁有亭林湖，所以很多学者都尊称他为亭林先生。顾炎武是明末清初杰出的思想家、经学家、史地学家和音韵学家，与黄宗羲、王夫之并称为明末清初"三大儒"。

"天下兴亡，匹夫有责"这一句气壮山河的名言曾激励了无数的志士仁人，它最初正是出自顾炎武所提的概念，后由梁启超总结出这八个字。

顾炎武出生在江南水乡，小时候曾经生了一场非常严重的疾病，生命危在旦夕。顾炎武的母亲连夜请来了郎中，郎中把了把脉后叹息道："这孩子的病真是非常严重，我看他得的是天花急症。"

顾炎武的母亲听了非常着急，含泪对郎中说："求求你救救我的孩子吧！"

郎中叹了口气，说道："你先别急，我这里有一副药，你先给孩子

明末清初顾炎武《访友图》扇面

喂下。如果明天醒过来，那就有救了，只是这脸上的麻点可能一时半会儿消不下去。”

第二天，顾炎武渐渐苏醒，终于逃过一劫。日子一天天地过去，顾炎武的身体开始慢慢恢复。顾炎武的母亲怕耽误儿子的学业，便决定让他去上学。但是，顾炎武说什么也不肯去，向母亲乞求道：“我不想去上学，同学都笑话我的脸。”

母亲安慰道：“孩子，外貌不重要，有学问才是关键啊！”

好说歹说之下，顾炎武终于同意去学堂上学。但是没过几天，顾炎武又闯祸了，他在玩耍的过程中不小心把同伴推到了河里。母亲知道了，伤心地说：“你这样不知用功，成天贪玩打架，我该拿你怎么办？”

顾炎武愧疚地低下头，抽泣道：“母亲，我知道错了，以后一定用功读书！”

之后几天，顾炎武果然开始认真学习。然而，毕竟还是小孩心性，没过几天顾炎武又开始三心二意，玩心不减。顾炎武的母亲看到儿子依然这么调皮，就把他叫到跟前，拿出剪刀将一

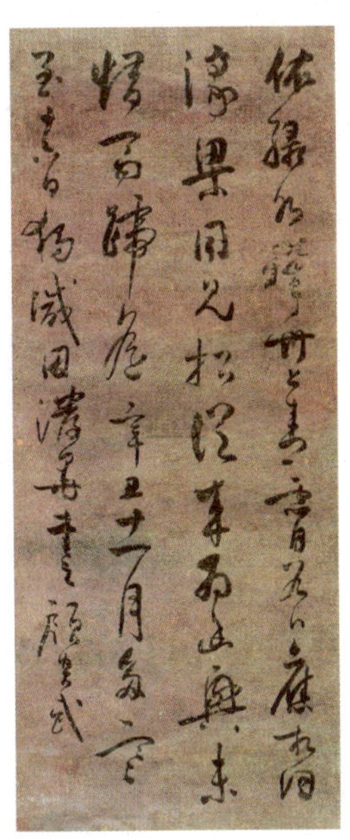

顾炎武手迹

匹辛苦织好的布剪坏了。顾炎武见状，慌了神，说："母亲，您这是干什么？"

母亲看了他一眼，问："你可知道这匹缎子是怎么来的？"

顾炎武不假思索地回答道："这是用蚕丝织成的。"

母亲又问："那蚕丝呢？"

"从蚕茧里抽出来的！"

母亲点点头，继续问："那蚕茧呢？"

顾炎武摸了摸头，迟疑地说："蚕吐了丝，变成了蚕茧。母亲，您问这干什么啊？"

顾炎武的母亲叹了口气，说道："你看，织成一匹绸缎要花费多少力气，可是我把它毁于一旦却不费吹灰之力，你还不明白其中的道理吗？"

顾炎武恍然大悟："母亲，孩儿知道错了！孩儿不专心读书，就会像这匹缎子一样成为废物。"说着，顾炎武流下了悔恨的泪水。

那天之后，顾炎武手不释卷，认真学习，读的书也越来越多。

后来，顾炎武的爷爷送给顾炎武一套《资治通鉴》，并嘱咐道："这套书你不但要读完，还一定要读懂。重要的章节要牢记在心，把它背下来。"

顾炎武点点头，说："爷爷，我一定不会半途而废！"从此，他便立下了看遍天下藏书的志向。

中年之后的顾炎武边游历名山大川边读书讲学，长达二十五年，实践了他"读万卷书，行万里路"和"天下兴亡，匹夫有责"的誓言，终于成为一代思想家和大学者。

拓展

《资治通鉴》是北宋著名史学家、政治家司马光及其助手刘攽、刘恕、范祖禹、司马康等人历时19年编纂的一部规模空前的编年体通史巨著。这部书记载了从战国到五代共1362年的史实。《资治通鉴》的内容以政治、军事和民族关系为主，同时还包括了经济、文化和历史人物评价，目的是通过对事关国家盛衰、民族兴亡的统治阶级政策的描述警示后人。全书共294卷，约300多万字，另有《考异》《目录》各30卷。

问：东晋名将陶侃心思缜密，勤劳节俭。他还懂得变废为宝的循环经济。据《晋书》记载，有一年陶侃负责造船，命人登记造船剩下的木屑和竹子，并且派人妥善收藏。当时人们还不以为然，觉得莫名其妙。后来遇到紧急情况，这两样东西都派上了用场，人们才佩服陶侃未雨绸缪。请问，造船剩下的木屑后来有什么用途？

A. 生火煮饭，度过饥荒

B. 雨雪冰冻，铺地防滑

C. 敌军来犯，用于火攻

D. 洪水来袭，填充大坝

答：B. 雨雪冰冻，铺地防滑。

中华好故事

陶侃运甓：时刻准备着为国家而战斗

陶侃，字士行（一作士衡），是东晋时期的名将。他的曾孙就是我国著名的田园诗人陶渊明。

陶侃很小的时候，他的父亲就不幸去世了。由于家中失去了顶梁柱，陶侃的家境一直十分贫寒。长大后，他先是在县里担任一名小吏，后来经过友人范逵的推荐，被任命为枞阳县令。才华出众的陶侃很快就升迁为江夏太守，并加封为鹰扬将军。

陶侃像

陶侃以忠臣之节，义无反顾，奋勇作战，功勋卓著，但他的仕途并不算平坦。不久，因受到权臣王敦的猜

清末民初黄山寿《运甓》

拓展

晋明帝司马绍性情极为孝顺，而且有文才武略，敬贤爱客，喜好文章辞藻。他十分看重当时的名臣，从王导、庾亮到温峤、桓彝、阮放等。司马绍还曾经与大臣们辩论圣人真假之意。除此之外，司马绍又好习武艺，也时常会安抚将士。当时江东人才济济，远近都归心于司马绍。

忌、排斥，他被调到当时较为偏远的广州担任刺史。但是，这些并没使陶侃灰心丧气，他仍想着要在收复中原的战斗中建功立业。

陶侃到了广州，对南方的叛乱采取安抚政策，得到了百姓的拥护，地方也很快安定下来，每天需处理的公务也逐渐减少。空闲时，陶侃总是提醒自己千万不能虚度光阴。有一天，处理完政事，陶侃看

清代钱慧安《柴桑侯运甓图》成扇

到家里堆着一堆砖块，突然有了一个特别的想法。于是，他站起身，挽起袖子，走到院子里拿起砖块，开始往屋子里搬砖。就这样，陶侃进进出出，耗时许久才总算把砖块搬完了。到了第二天这个时候，陶侃又把砖块搬回房外。而第三日的时候，他则再把砖块搬到屋内。如此反复，持续了好些天。

明代郭诩《斋居运甓》

一个替陶侃送茶水的仆人看到陶侃乐此不疲地搬砖，终于按捺不住内心的疑惑，问道："将军，您每天把这些砖头搬来搬去是为什么啊？"

陶侃放下手中的砖，擦了擦汗说："当然是为了强筋健骨啊！"说着，他从仆人手中接过茶水，喝了一口，然后眼睛一下子光芒四射，豪气地说道："我时刻准备着为国效力，收复河山。如果平时闲散惯了，等到国家需要我的时候，再操练就来不及啦！这样怎么能够担当重任呢？"

仆人听了恍然大悟，被陶侃的话深深感动，心想："将军一定能够实现自己的理想抱负！"

后来，苏峻起兵叛乱，攻陷了建康。晋明帝司马绍将陶侃提升为征西大将军兼荆州刺史，派他举兵讨伐苏峻，最终平定了叛乱。尽管陶侃在后半生一直都没有实现收复中原的伟大志向，但在保卫东晋王朝上功不可没。另外，陶侃一生为官清廉，四十年如一日，十分难得。而"陶侃运甓"这一典故，也被后人用来形容不安于悠闲的生活，励志图强，磨炼自己。

问：汉武帝临终托孤，将八岁的小儿子刘弗陵托付给四位顾命大臣。而在这四位大臣中，有一位曾经是地地道道的匈奴王子，人们常说“非我族类其心必异”，心胸宽广的汉武帝却对他委以重任，寄予厚望，展现了汉王朝协和万邦的大国精神。你知道这位匈奴王子是谁吗？

答：金日磾。

中华好故事

刘弗陵识破谗言：不可小觑的少年天子

汉昭帝刘弗陵，是汉武帝刘彻的少子。汉昭帝继位时年仅八岁，那时候大将军霍光掌握了汉朝政府的最高权力。而汉昭帝有个哥哥，被封燕王，名叫刘旦。刘旦因为没有被立为皇帝，心存怨恨。他便伙同一些政治势力，试图杀死霍光，废掉刘弗陵，自己称王。

始元六年(前81)，刘旦和上官桀等人加紧筹划政变之事。这些人细细地筹划了很久，收买了不少大臣，同时决定使用“清君侧”这一名头。之后，他们用刘旦的名义上书给汉昭帝，说霍光居心不良，有谋朝篡位之嫌疑，且霍光如今已经有所行动，正在检阅京都的兵备，京都附近的道路也已经严格戒备。另外，他们还诬陷霍光偷偷将被匈奴扣留十九年的苏武召回是意图在调取所属兵力的同时还想借助匈奴的兵力，来实现推翻汉朝的统治。

唐代阎立本《历代帝王图·汉昭帝刘弗陵》

按当时的制度，这份奏折是要先经过霍光先行批阅的。所以，上官桀只有等到霍光不在之时，将奏章直接送到刘弗陵手里。但让他们没想到的是，刘弗陵收到奏章后就将它丢弃在一旁不予理睬。

不过，这件事后来还是被霍光知道了。霍光思索了一阵，独自站在张贴着汉武帝赠予的《周公辅成王图》的画室中，不肯去上朝。

朝堂上，刘弗陵见霍光没来上朝，就问其他大臣："你们可知霍大人为什么不来上朝？他去哪儿了？"

上官桀一看机会来了，眼珠子一转就走上前，对昭帝说："陛下，臣认为霍大人是因为被揭露了罪状，不敢来上朝了！"

刘弗陵并没有回应上官桀的话，而是下令说："来人，去找霍大人，把他叫过来！"

不一会儿，霍光就被人带进宫。一见到昭帝，霍光就摘下将军冠，跪下来说道："陛下，臣罪该万死！"

没想到刘弗陵却面带微笑，摆摆手说："将军，你这是干什么，我还什么都没说呢！我知道那封奏章是在诽谤将军，所以才不予理睬。我知道将军你是无罪的！快起来吧！"

霍光抬起头，问道："陛下您是怎么知道的？"

刘弗陵摆正了身子，说道："将军之前去广明亭只是为了召集郎官部署而已。如果你有心要调动手下兵力，根本用不了十天时间。而燕王远在外地，他怎么会知道你的动静呢？况且我还这么小，你要是真的想推翻我，根本不需要如此大动干戈！"

拓展

"清君侧"指的是清除君主身旁的亲信、坏人，本应是正义之举，但总是成为叛乱发动者反抗中央政府的主要理由。我国历史上第一次著名的"清君侧"发生在西汉初年的汉景帝时期。御史大夫晁错向皇帝上疏，建议削藩，为汉景帝所采纳。而当时的各藩国中，吴和楚的实力最强，吴王刘濞为了保住自己的实力，集结了包括楚国在内的七个藩国，以"诛晁错、清君侧"为名，发动叛乱，史称"七国之乱"。

刘弗陵讲得轻轻松松，句句在点上，他的表现让霍光和在朝的所有大臣都震惊不已。万万没想到，当时年仅十四岁的少年天子竟然有着比成年人还要清晰的政治头脑。在这之后，霍光的地位反而更稳固了。

上官桀等人见自己的阴谋败露，非常害怕，他们恳请昭帝说："陛下，我们知道错了，希望陛下宽宏大量，不要再追究这些错误了。"

再后来，这群人又寻机继续诋毁诬陷霍光。此次，刘弗陵非常愤怒，斥责道："霍光将军是忠臣，先帝让他辅佐朕，如果还有谁再继续诋毁他，就论罪处置！"这之后，上官桀等人才不敢再进任何谗言。

《周公辅成王》画像砖

周公名叫姬旦，是周文王的儿子、周武王的弟弟。周武王灭商后，建立了周王朝，但不久武王便得重病去世了，他的儿子姬诵继承王位，是为周成王。当时成王年幼，且刚刚建立的周朝也并不稳固，周公便承担起了辅佐成王治理朝政的重任。周公忠心不二、尽心尽力，排内忧、平外患，巩固了周王朝的统治，为"成康之治"奠定了坚实的基础。

填字游戏

A1		C					G		
					E2			H	
		3							
B4									
						F5			
		6		D					
						7			

横排(1—7)

1. 吕布战斗过的地方
2. 张邦昌的女婿做官
3. 《三侠五义》里猫和老鼠的故事
4. 关二爷上战场，速度快，效率高
5. 夏侯惇、马援、陈登、孙秀都被授予这个封号
6. 负荆请罪
7. 喝多了酒，乱画一气，多此一举

竖排(A—H)

A. 陶渊明、陆修静、慧远三个人的友情故事

B. 孝子无论夏天还是冬天，都无微不至地照顾父母起居

C. 史上最艰难的辞职过程，不仅要闯关，还要护送嫂嫂

D. 和信任有关的故事，制成传国玉玺的原料

E. 周朝的一次大搬家

F. 人文始祖的伟大绘画

G. 霍去病的舅舅，也是他的引路人

H. 汉光武帝的得力助手

答：

虎	牢	关					卫		
溪		羽			平	步	青	云	
三		过			王			台	
笑		五	鼠	闹	东	京		二	
		关			迁			十	
温	酒	斩	华	雄				八	
席		六				伏	波	将	军
扇		将	相	和		羲			
枕				氏		画	蛇	添	足
				璧		卦			

中华好故事

三英战吕布：桃园兄弟一条心

“三英战吕布”是中国四大名著之一《三国演义》中的经典桥段，说的是刘备、关羽、张飞三人大战吕布的故事。

董卓是东汉时期的大奸臣，他权倾朝野，倒行逆施，手段极其残忍，因此招致了许多民愤，百姓们都希望除掉这个祸害。于是，各地的英雄豪杰在曹操的号召下，组成联军一同讨伐董卓。

董卓的军队与联军对阵在洛阳的虎牢关前，形成剑拔弩张之势。董卓先是派出了大将华雄战于军前，但不敌关羽，被斩于马下。

这时候，董卓的干儿子吕布主动请缨，前去迎战。

清末《三英战吕布》年画

吕布也是个厉害的人，生得高大威猛，本事十分了得，几乎难有敌手。他辅助董卓打了不少漂亮仗，是其麾下的一名猛将。

> 虎牢关前三英战吕布，让虎牢关名闻天下。但"三英战吕布"是小说《三国演义》中的一个情节，并不是史实。据史书记载，参与讨伐董卓的盟军中并没有"三英"，因此小说中"温酒斩华雄"以及"三英战吕布"都是杜撰的。实际上斩华雄和击败吕布的是孙坚。

这一天吕布头戴紫金冠，身穿兽面吞头连环铠，披着红锦百花袍，腰上还系着一条玲珑狮蛮带。他手持方天画戟、驾着赤兔宝马而来，英气逼人，果然是"人中吕布，马中赤兔"。吕布在阵前，威风凛凛地对着联军喊："我乃吕布，你们要入此关，必须同我较量一二，今日你们有谁愿意来同我比试比试！"

吕布实力强劲，联军的几名大将先后应战，没几个回合就都纷纷败下阵来，只得驾马后退。吕布见对手如此不堪一击，大笑着策马直追："哈哈哈，知道我吕布的厉害了吧！尔等哪里逃！"正当他就要追上的时候，从联军中传来一声大吼："你不过就是董卓小人的一介家奴，休要在这里猖狂，就让我张飞来讨教讨教！"话音刚落，一名满脸络腮胡的黑脸大汉瞪圆着双眼，手持丈八蛇矛从军阵中策马而出。此人正是与刘备、关羽在桃园结为兄弟的张飞。

吕布见张飞声如洪钟、面色黝黑，一看就与先前应战的大将气势不同，也不敢大意，立即勒马回头，准备应战。吕布、张飞打得热火朝

现代徐操《三英战吕布》扇面

天，两人你来我往，一时之间也分不出个高低。在军阵中的关羽见战况迟迟不明朗，十分恼火，提着青龙偃月刀冲出军阵，与张飞一同夹击吕布。然而吕布也并非浪得虚名，面对张、关二人的协力合击竟也丝毫不落下风。就这样，三人在阵前交手了三十多个来回，张、关二人始终没能将吕布打败。

三人打得难分难解，两军的士兵都看呆了眼。而这时，桃园三兄弟中的刘备也拿着雌雄双剑拍马前来助战。吕布虽然骁勇善战，威猛不凡，但以一敌三终究势单力薄。不多一会儿，吕布便觉力弱，于是奋起要取那三人中看似武功最差的刘备性命。刘备大吃一惊，立即侧身躲闪。岂料，吕布原来耍了一记虚招，趁着刘备躲闪的空隙突围了出去。待三兄弟反应过来要追时，吕布已驾着赤兔马逃远了。

清康熙《三英战吕布》将军罐

联军见一连击退多名大将的吕布退逃回阵地，不由得气势大振。而刘、关、张三英大战吕布于虎牢关前的英勇表现也在天下群雄间传了开去，桃园三兄弟名扬天下。

中华好故事

将相和：深明大义为国家

在战国时期，齐、楚、秦、燕、赵、魏、韩七个诸侯国各据一方，相互争斗，史称“战国七雄”。其中，秦国自商鞅变法后逐渐强大，便经常欺辱实力不如他的国家。赵国自然也吃过几次亏。

有一次，赵国得了一块举世闻名的玉璧——和氏璧，秦国听到消息后便想强夺这块璧。赵国怕得罪秦国，又怕白白失了这无价之宝，左右为难。幸亏，赵国的蔺相如想出妙计，凭着胆量与谋略，使得“完璧归赵”。之后，秦王又约赵王在渑池相会，趁机用言语侮辱赵王。蔺相如挺身而出，据理力争，保住了赵国的颜面。赵王见蔺相如才德兼备，胆略过人，便封他为上卿（相当于宰相）。

赵国有位大将叫廉颇，是战国时期有名的将领，与白起、王翦、李牧并称为“战国四大名将”。他为赵国立下不少汗马功劳，其勇猛善战之名在诸侯国之间也是响当当的。

廉颇听闻蔺相如受封的官位比他还要高，很不服气，常对周围的

京剧《将相和》剧照

秦昭襄王为集中力量攻打楚国，主动与赵国交好，约赵惠文王会于渑池（今河南渑池西）。赵惠文王害怕但又不敢不去，蔺相如便陪同赵王前往渑池。在赵王被迫鼓瑟的情况下，蔺相如为了使赵国取得对等的地位，据理力争，迫使秦王不得不击缶。后来，秦国向赵国索要十五座城为秦王贺寿，蔺相如寸步不让，提出以秦国国都作为交换，最终使秦国毫无所得。

人说："我廉颇作为赵国将领，打了那么多仗，有着许多的功绩，赵国的一些城池都是我拼着性命一个一个攻打下来的，他蔺相如只不过是口舌之利，仅凭了区区几句话，怎么就比我的官位还高了？若我见到蔺相如，一定要好好羞辱他！"这话说得多了，也就传到了蔺相如的耳朵里。此后，蔺相如便常推脱生病不去上朝。若是在路上远远地看到廉颇，也立马掉头走开，不愿与他争论。

蔺相如的门客看廉颇如此嚣张跋扈，而蔺相如却一味退让，便一齐向蔺相如进言道："大人，我们这些人是因为仰慕大人您高尚的德行才忠心耿耿地追随您至今。如今廉颇官位比您低，却口出狂言，屡次羞辱大人您，但大人却始终躲闪退让，畏惧于他。这就算是普通人都无法忍受的，何况是大人您这样的将相之才呢？我们没有这样忍受屈辱的能力，还请大人允许我们就此告辞，不再侍奉您了。"

民国《将相和》粉彩琮式瓶

蔺相如连忙挽留道："你们且听我一言。你们觉得廉颇将军与秦王相比，谁更厉害？"

众人回答："自然是秦王

更厉害了。”

元代《负荆请罪》青花梅瓶

“既然大家都知道秦王比廉将军更厉害，那我能在秦王面前大声叱喝，保全赵国的颜面，怎么反而会怕廉将军呢？我之所以一再礼让，不过是想着秦国对我们赵国虎视眈眈，却始终没有攻打我们的国家，就是因为有我和廉将军在啊！若是我与廉将军争斗，势必会折损一人，到时候秦国不就渔翁得利了？我岂能因为个人恩怨而使国家陷入危难啊！”

众人听了蔺相如的话，恍然大悟，纷纷感叹其气节。后来这事被廉颇知晓了，他才明白蔺相如往常种种躲避并不是胆小怕了他，而是以国家为先才不与他计较，顿时觉得自己心胸眼界太小，羞愧难当。

当即，廉颇便脱了上衣，背着荆条到蔺相如家门前请罪。他单膝跪地，双手抱拳，歉疚地说道：“我这个粗人竟不知道大人如此宽厚啊！”说着，廉颇取下背上的荆条，双手奉上，意为愿受蔺相如的责罚，以赎自己的罪，求得原谅。蔺相如见状，连忙双手扶起廉颇，说：“廉将军何至于此，你我二人此后当齐心协力，同为赵国鞠躬尽瘁。”

蔺相如与廉颇从此交好，成为一生的朋友，共同守护着赵国。

由此，还有了一个成语——负荆请罪，后被用来表示真心诚意地向他人道歉。

中华好故事

伏羲画卦：八卦祖师

伏羲，被认为是中华民族文化的始祖，也是中国古籍中有记载的最早的王。相传，八卦图是由伏羲所创造的，因此他还被世人尊称为八卦祖师。那么，伏羲是如何创造出八卦图的呢？

远古时期，人们对自然规律尚不了解。人们不明白为什么会有生老病死，不明白为什么会有春夏秋冬、花开花落。在遇到突发事件无法解决时，人们就会不知所措，十分慌张。于是，人们有了困惑就去询问伏羲。但是，伏羲也不知道这些问题的答案。之后，伏羲为了寻找答案，每天观察日升月落、斗转星移、花开花落等自然现象。在总结了一些规律后，伏羲就开始用蓍草占卜。

一天，伏羲在捕鱼的时候偶然抓到了一只白色的大龟。他将大龟养在池子中，每天都投食喂养。这天，伏羲正给白龟投食，忽然听到外面有人在喊：“快来看啊，蔡河里出了个怪物！”伏羲一听，赶紧来到蔡河边，果然看见有个不知名的生物。这怪物看起来似龙非龙，似马非马，在水面上来来回回地走，如履平地，丝毫没有要落入水中的迹象。

伏羲画卦像

伏羲想要走近看个仔细，不承想那怪物竟然主动靠了过来。伏羲细细地观察，发现那怪物的背上长着神奇的纹案：一六居下，二七居上，三八居左，四九居右，五十居中。伏羲看着这纹案，马上拔了地上的蓍草梗，在一片树叶上照着纹案画了下来。等伏羲刚画完最后一笔，那怪物就倏地腾空而起，转瞬间就不见了踪影。

周围的群众都被吓了一跳，见怪物突然消失，马上围上来问伏羲："伏羲，你可知道那怪物是个什么东西啊？怎么还会飞？"

伏羲望着怪物失踪的方向，说："既然它又像龙又像马，那就叫它龙马吧。"

说完，伏羲就拿着那片树叶研究上面的图案去了。可是，伏羲想了很久都没有琢磨清楚这纹案到底是什么意思。

相传伏羲人首蛇身，与女娲兄妹相婚，生儿育女。他根据天地万物的变化，发明了占卜八卦，又创造了文字，结束了"结绳记事"的历史。他又结绳为网，用来捕鸟打猎，并教会了人们渔猎的方法。他还发明了瑟，创作了曲子。伏羲称王共一百一十一年，民间留下了大量关于他的神话传说。

又有一天，伏羲坐在养着白龟的池子边继续研究树叶上的图案，忽然池子中传来一阵"哗啦啦"的划水声。伏羲放下手中的树叶，探头一看，只见白龟从池子的另一边游到他面前，两只眼睛直直地盯着他，接着还朝他微微点了三下头，之后就把脑袋往壳里面一缩，趴在池子边一动也不动了。

和田玉雕《伏羲演卦》

伏羲见白龟行为奇怪，开始仔细地观察和思考起来。渐渐地，伏羲发现白龟的龟盖上也有花纹，中间五块，周围八块，外圈十二块，再外圈二十四块，排列方式竟然与树叶上的纹案相似。伏羲如醍醐灌顶，从这纹案中悟出了自然的规律，即天地万物虽然变化多端，但终究逃不过一阴一阳的变化。

最后，伏羲用八种图案与龟盖上的花纹排列相结合，画出了一直沿用至今的八卦图。

中华好故事

画蛇添足：多此一举反有害

相传楚国有一户贵族在举行完祭祖的仪式后，把一壶祭酒赏给了帮忙办仪式的那些门客。然而，问题就随之而来了。门客有好几个，酒却只有小小一壶，即便是一人一杯都不够分，还不如干脆给一个人喝，倒是能喝个痛快。那么，这酒到底该给谁喝呢？

门客们围着这壶酒手足无措，想不出什么好法子。这时，有一个人见旁边的草丛中爬过一条青蛇，他灵光一现，大喊道：“我有个主意，你们快来听听！”众人的视线纷纷聚集在这人身上，连连示意让他快快说下去。“我们就比谁画蛇画得又快又好，谁就一人独享这壶酒，如何？”其他门客一时间也想不到其他什么更好的主意，便纷纷同意。

片刻后，门客们各自寻了树枝，占了块空地，准备妥当，蓄势待发。一声令下，门客们一起拿着树枝，低着头，专心快速地在地上画起蛇来。

弄巧成拙：孙知微是北宋时期一位有名的画家。有一次，他受人所托画一幅《九曜星君图》。画好草图后，他因临时有事，便让弟子们负责着色。结果，有弟子以为孙知微漏画了侍童手中水晶瓶里的花，便自作聪明在瓶中补上了一支莲花。不承想这水晶瓶本就是用来降妖镇魔的宝物，添了花以后就成了普通的花瓶，反倒弄巧成拙。

没过一会儿，就有一个门客画好了。他抬起头，四处张望，看别人还在低头描绘，心里好不得意，然后潇洒地上前拿起酒壶就要喝。不过这人突然想到，其他人画得这么慢，不如再乘机展现一下自己的本事，好让他们心服口服。正想着，他大笑几声，对众人说：“你们这些人画得实在是慢，真是没用，我早早地就画好了。现在，我再去给那蛇添上四只脚，还是比你们快！哈哈哈哈……”说着，这门客便一只手拎着酒壶，一只手拿着树枝在刚才画好的图上为蛇添起脚来。

正当这人得意洋洋地画着最后一只脚的时候，他手里的酒壶突然被人给抢了过去。原来，另一个门客在他给蛇画脚的时候也把蛇画好了。

这门客觉得那人莫名其妙，怎么能抢他的酒呢？他忙大声说道："哎，你这人怎么如此无礼，竟然抢我的酒！"

民国《画蛇添足》插画

"我先画好了蛇，这酒自然是归我所有，我拿这酒理所应当！"

"你胡说！我可是第一个画好了蛇的，要比你快许多，这壶酒该是我的！快把我的酒还回来。"这为蛇添脚的门客已经有些气愤了。

"本来是你的，可是你现在不是还在画吗？"

"你这是强词夺理，胡搅蛮缠！"

"你才强词夺理！让大家来评评理吧。我问你，你画的这真的是蛇吗？众所周知，蛇无脚。你看你自己这画，加了四只脚的根本就不是蛇。哪里有蛇是四只脚的呢？所以，最先画好蛇的人是我，并不是你。这酒，就该是我的。"

众人也觉得有道理，这酒不该归添了足的这位门客。于是，这位门客也只得悻悻作罢。而取胜了的门客则心情极好，拿起酒壶咕咚咕咚地喝了起来，非常畅快。

后来人们就从这个故事中引出了"画蛇添足"的成语，用以表示做了多余的事，反而把原来的好事办坏了的情况。

问：判断纠错题(请判断下列故事的叙述是否正确,若错则说明错在何处)

秦桧想除掉岳飞,坐在北窗下同妻子王氏商量。王氏说:"抓住老虎容易,要想放走再把它抓住就很难了。"于是秦桧下定决心要杀掉岳飞。后来秦桧在西湖游玩,在船上生病了,梦见一个披头散发的人大声说道:"你误国害民,我已经向天帝告状,上天要派人来捉拿你了。"秦桧十分害怕,回家后不久就死了。

答：错。秦桧坐在东窗下。

中华好故事

东窗事发:恶人自有天收

南宋时期,抗金名将岳飞带领着岳家军与金兵战斗在第一线,阻挡了金兵南下的进程。然而,正当岳飞极力抵抗金兵的同时,南宋朝廷却在奸臣秦桧的影响下,渐渐呈现主和的趋势。秦桧向宋高宗大肆宣扬议和的好处,主张奉行向金兵割地、称臣、纳贡的议和政策。宋高宗为人胆小怕事,懦弱无能,自然比较倾向于主和不主战,对秦桧的意见心中多有偏袒。当然,南宋朝廷中也有不少大臣将领反对议和,岳飞更是屡次上书,极力反对议和,主张抗金。因有着辉煌的战绩和强大的岳家军作后盾,岳飞在当时具有举足轻重的地位,他的上书一次又一次破坏了秦桧的议和计划。

秦桧因此十分记恨岳飞,一直想借机除去岳飞。但是,岳飞并不容易对付,他不仅战绩辉煌,在百姓中声望很高,又掌有兵权。

据说有一天,秦桧坐在书房的东窗下正为如何除去岳飞的事而发愁。他左思右想,眉头深锁,心中郁结。此时,秦桧的夫人王氏进来,看到他满面愁容,便出声问道:"大人是为何事感到为难?"

岳飞墓前的秦桧和王氏跪像

秦桧抬头看到是自己的夫人，回答道："还不是那岳飞，非要抵抗金兵，坏了我的大计。我想要把他除掉，但又没什么好办法。"

"抓住老虎容易，要是放走了它想要再抓住就很难了。您可千万别错过时机，轻易地放了岳飞这只猛虎啊！"

秦桧苦笑道："那是自然。可我一直想不出个妥帖的法子，唯恐没把岳飞除掉反而惹祸上身。"

"大人，我这儿有一计，请您听听，但万不可笑话我这个妇人。"

"但说无妨。"

王氏仔细地想了想，说："我之前听闻岳飞手下有两人，都同岳飞算是有些过节。一人是都统制王贵，另外一人是副统制王俊。这二人都是胆小怕恶、气量狭小之人，对岳飞一定怀恨在心。大人可以诱逼他们向皇上告岳飞一个谋逆之罪。"

"皇上能信？"

王氏一笑，继续说："他们在岳家军中任职，所说的话肯定能让皇上对岳飞起疑心。这时，大人再加把火，向皇上进言，扳倒岳飞这事儿定能马到成功！大人觉得这计如何？"

秦桧一听，大喜："好！好！好！此计甚好，夫人当真是聪明至极啊！"随后，两人又将如何陷害岳飞的过程仔细地谋划了一番。

之后，秦桧找到王贵和王俊，对他们既诱之以利又恐吓威胁。很岳飞之死：岳飞遭诬告“谋反”，被关进了临安大理寺。与此同时，宋金之间正在进行第二次和议，双方都视抗战派为眼中钉，金人兀朮更是写信给秦桧：“必杀岳飞而后可和。”然而在岳飞身上，秦桧一伙找不到任何反叛朝廷的证据，韩世忠当面质问秦桧，秦桧支吾其词“其事莫须有”。绍兴十一年农历除夕夜，岳飞被高宗下令赐死，时年三十九岁。岳飞就在“莫须有”的罪名下，含冤而死。临死前，他在供状上写下“天日昭昭，天日昭昭”八个大字。

快，两人便妥协了，与秦桧同流合污。最后，在王贵和王俊的配合下，秦桧终于除掉了岳飞。

了却了心中的一件大事，秦桧非常高兴，便去西湖乘船游玩。秦桧在船中小憩，睡梦中突然看见一个披头散发的人站在不远处，并且向着他大声喊叫：“你这个祸国殃民的奸臣！我知道你干的所有坏事！现在是老天爷派我来取你性命！”这人一点点地靠近，声音越发凄厉。秦桧吓得四处逃窜，却发现根本没用。

就在这时，秦桧从梦中惊醒，头上冷汗连连，心中惶惶不安，游玩的兴致顿时烟消云散。于是，做贼心虚的秦桧立马逃回了家中。之后秦桧生了一场大病，一直卧床不起，药石罔效，大夫们都束手无策。不久，秦桧便病死了。

巧的是，秦桧刚死没几天，他的儿子秦熺也突然毙命。王氏请来道士为两人设坛超度。道士作法来到了冥界，看到秦熺带着枷锁，便问他：“太师在哪儿?”秦熺答道：“父亲在酆都。”于是，道士又来到了酆都，见秦桧也带着枷锁，神色十分痛苦。秦桧见到道士，明白其来意后说：“麻烦师父为我向夫人传句话，就说当日在东窗下谋划杀害岳飞之事已经暴露了。”

“东窗事发”这个成语便由此而来，现被用作比喻阴谋败露，将被惩治。

问：双截棍又名二龙棍，起源于中国，由华人武术大师李小龙发扬光大。双截棍的前身是盘龙棍。据民间传说，一位传奇帝王在一次打斗中，随身携带的齐眉棍不慎断成了两截，他偶然看到田间农民使用连枷这种农具来拍打谷物，由此得到了灵感，才发明出这种神奇的兵器。请问这位传奇帝王是谁？

答：赵匡胤。

中华好故事

杯酒释兵权：酒席间的政治较量

宋朝刚建立不久，宋太祖赵匡胤为了加强中央集权统治，避免其他重兵在握的将领效仿他黄袍加身夺取政权，于是想办法削弱将领们的兵权。

有一天，赵匡胤叫来宰相赵普，问他："从唐末起数十年来，各路人马混战，已经有七八个家族做过皇帝了。战争不休不止，百姓们只能生活在水深火热中。如今我做了皇帝，想杜绝过去那样的动乱不安，让我的国家能够长治久安，百姓安居乐业。依你看，我要怎么做才能办到呢？"

赵普微微想了会儿，回答道："陛下能有这样的想法，是天下之福啊！之前数十年的战火连绵，说到底不过是因为藩镇的军权太大了，致使君弱而臣强，所以让臣子们产生了其他想法。依臣之见，如今只要削弱他们手中的权力，剥夺他们的精锐部队，缩减他们的财政，陛下的天下就能安稳了。"赵匡胤听了赵普的话，就让他退下了，一个人独自思考了很久。

建隆二年(961)七月的一天，赵匡胤在退朝之后把石守信、高怀德、王审琦、张令铎等大将留下来喝酒。正在大家喝得兴起时，赵匡

拓展

宋太祖赵匡胤在位期间，一直致力于统一全国。依据宰相赵普的“先南后北”策略，先后灭了荆南、武平、后蜀、南汉及南唐等南方割据政权。至其胞弟宋太宗赵光义在位时，又灭了吴越、漳泉及北汉，方才完成统一大业。赵匡胤于建隆二年(961)及开宝二年(969)先后两次“杯酒释兵权”，解除禁军将领及地方藩镇的兵权，改变了自唐朝中叶以来地方节度使拥兵自重的局面。

胤突然将左右侍从屏退，叹着气对众将说：“若是没有各位的生死相随，我是没法自己一个人走到如今这一步的。我心里真的十分感激各位。”

“陛下言重了！陛下有今日，实乃众望所归，天意如此啊！不过，陛下今日何故愁眉不展?”

“唉……其实，自从我做了皇帝之后，我每天都夜不能寐，还没有当初任节度使的时候快乐呢。”

石守信等人一听，大吃一惊，立即问道：“陛下何必这么忧心呢？如今天下已定，又有谁敢有什么异心呢?”

赵匡胤环视众人，继续说道：“这有什么不可能的。天下谁不想坐上这个皇位。就算你们现在都不想，要是有一天，别人把这黄袍披在你们身上、拥护你们做皇帝的时候，你们会怎么样呢?”

石守信等人听到赵匡胤这么说，立即明白了个中深意，跪下大哭道：“臣等愚昧，不知道这事儿要怎么解决，还望陛下给臣等指条明路。”

赵匡胤望着跪下的众将，缓声道：“各位不必慌张，这人生在世，还不就是图个衣暖饭饱？你们若是现在卸了手中的兵权，到地方上去颐养天年，良田美宅，儿孙满堂，到时候再与朕结个亲家，你我君臣再无猜疑，这样不好吗?”

石守信等人见赵匡胤已经下定决心要削了他们的兵权，再无回旋余地，纷纷俯首听命，感谢太祖的恩德。

第二天上朝时，几位将军都上书说自己疾病在身，无法再为国打仗，要求解除自己的兵权。太祖赵匡胤欣然同意，下令解除了他们的军衔，并赏赐了大量财物。

将宋太祖与历史上其他几位开国皇帝如汉高祖大杀功臣等举措比起来，“杯酒释兵权”的做法无疑更为宽和。当然，这只是赵匡胤加强中央统治、巩固皇权的其中一个举措而已，之后他还进行了一系列的军事制度改革。

清代唐岱、陈枚《宋太祖出巡图》

盘龙棍是双截棍的前身，传说是宋太祖赵匡胤发明的，原分为大盘龙棍（近代北方又称大扫子）和小盘龙棍（小扫子）。盘龙棍一端较短，一端较长，专用来扫击敌军马脚，破甲兵或硬兵器类，使之丧失战斗力。在民间盘龙棍也称“梢子棍”，是因为盘龙棍前面一截短棍由铁环连接，挥动起来犹如鞭梢，能产生“鞭击力”，击中目标后更具渗透性而得名。后来这种兵器向南传至菲律宾，向东传至日本。

中华好故事

宋太祖宽厚待人：一代帝王的为君之道

赵匡胤像

宋太祖赵匡胤在成为皇帝之前，曾经是周世宗柴荣的部下，南征北战，屡立战功。赵匡胤虽然在战场上杀伐果断，但在平时为人处世方面却秉持宽厚待人的态度。

陈桥兵变时，陈桥的守门官闭门防守，不放赵匡胤的军队通过。赵匡胤只能转道封丘，封丘的守门官马上开门放行了。但是赵匡胤成为皇帝后，反而擢用了陈桥的守门官，称赞他忠于职守，并斥责封丘守门官临危失职而加以严惩。

陈桥兵变后，赵匡胤回到皇宫，看见一个宫妃抱着一个婴儿，就问这是谁的孩子，宫妃回答说是周世宗的儿子。当时赵匡胤身边的重臣范质、赵普、潘美都在一旁，赵匡胤便问他们该怎么处理。赵普回答说："应该除掉，以免后患。"但赵匡胤摇了摇头说："我已经接替了柴荣的皇位，要是再杀了他的儿子，我不忍心。"于是赵匡胤就把这孩子交给潘美抚养，从此再也没有问起过这件事。后来这名婴儿长大成人，取名惟吉，官至刺史。

有一次，赵匡胤设宴招待群臣。其中有一个叫王著的翰林学士，原先是周世宗柴荣非常信任的属下。因为喝醉了酒，王著就思念起故主来，还当众大声喧哗。在场的大臣们大惊，都觉得王著太大胆了，不禁为他捏了一把汗。然而，赵匡胤却丝毫没有怪罪他，而是让人将他扶出去休息。王著不肯出去，躲在屏风后面大哭，好不容易才被左右搀扶了出去。第二天，有大臣上奏赵匡胤："王著当着皇上您的面大哭，并且思念周世宗，应当严惩。"赵匡胤说："他只是喝醉了。周世宗在世的时候，我和他都是臣子，我清楚他的脾气。他一介书生，思念故主，也不会出什么大问题，就让他去吧。"

拓展

赵匡胤有个乳名叫"香孩儿"。传说赵匡胤出生时，红光充满了整个屋子，奇异的香味弥漫了一晚上，身上的金色三天都没褪去，有见识的人觉得他长大后肯定不是一般人。

还有一次，赵匡胤乘着自己的座驾出宫。经过大溪桥的时候，突然一支冷箭飞过来，射中了黄龙旗。禁卫军都大惊失色，赵匡胤却拍着胸脯说："谢谢他教我箭法了。"

赵匡胤平日里喜欢在后花园打鸟雀。一次，一个臣子说有紧急国事求见，赵匡胤马上接见了他。但是，赵匡胤一看奏折，发现只是很平常的小事，就责问他为什么要夸大其事。臣子回答说："臣以为再小的事也比打鸟雀来得重要。"赵匡胤听了非常生气，拿起斧子柄打掉了他的两颗牙齿。臣子却没有喊痛，只是慢慢低下身，拾起牙齿放在怀里。赵匡胤生气地问道："你把牙齿捡起来放好，是要去告我吗？"臣子回答说："臣没有权力告陛下，但是会有史官将今天的事情记载下来的。"赵匡胤一听，顿时气消，知道他是个忠臣，于是就命人赏赐了他，以示褒奖。

从以上种种小事可以看出，宽厚待人是赵匡胤得以开创一代新朝的重要原因。有这样秉性的皇帝才会有人追随，才会使人臣服，才会带给百姓安定的生活。

问：汉字墙(请找出七字神话故事)

云去暮天迴,雁飞寒夜长。
姮娥守孤月,青女恨连霜。
不寐看银烛,长吟送羽觞。
山炉与石鼎,伴我老他乡。
娲工呈练彩,孔石琢圆方。
留枝遮鹊户,存蜜补蜂粮。
孤烟向驿远,积雪去关长。
晨鸡鸣远戍,宿雁起寒塘。
云卷四山雪,风凝千树霜。
磨灭余方寸,还同百炼刚。

答：女娲炼石补青天。

中华好故事

三苗传说:少数民族的女娲故事

我国少数民族中关于女娲的传说有很多。直到如今,云南的苗族、侗族等都还将女娲作为他们民族的始祖来崇拜。传说纵然多种多样,但是故事情节却大同小异。

相传,伏羲女娲兄妹的母亲一共生了十二个孩子,有王龙、王蛇、王雷、后羿、王素、伏羲、女娲等。十二个兄弟姐妹天生神力,常常争执不休,打来打去。其中,以年纪最小的王素最为聪明。

有一天,兄弟几个比赛爬山,结果王素钻木取火,把山给烧了。他们的母亲看到山上着火了,非常着急,赶紧提醒兄弟几个让他们躲一躲。十二个兄弟姐妹当即就施展出各自的本领来避火,王龙潜到了水里,王蛇钻到了洞里……只有王雷没来得及找地方躲,被火烧个正着。王雷本就脾气暴躁,此事过后就一心要找王素报仇。但是王素很机灵,一直没让王雷找到机会。王素、王雷二人就这样整日里你在中国传说中“三苗”是黄帝至尧舜禹时代的古族名。古文献中对“三苗”的来源说法不一。近代有少数学者认为，现代的苗族就是三苗的后裔。关于女娲的传说在中国各民族中最多，这说明了母系社会是人类的重要组成阶段。至今中国云南的苗族、侗族还将女娲作为本民族的始祖加以崇拜。民间流传的各种传说中的伏羲和女娲，不同的民族因语言文化差异有不同的叫法，如傩公傩娘、粳兄粳妹、诺亚诺娃、亚傩兄妹、东山老耆南山小妹、江郎江妹等。

追我赶，漫山遍野闹个不停。

后来，他们的母亲突然病倒了，说是只有以王雷的肉入药才能治好这个病。王雷不但不愿意割肉救母亲，还一心只顾着要找王素报仇。王素非常不满，决定要惩罚一下王雷，便设下陷阱。结果王雷果然陷入了王素设的机关里，被关了起来。

伏羲像

有一天，原本看守王雷的伏羲种地去了，其他几个兄弟也不在，只好让女娲看着王雷。王雷看到只有女娲一个人看管，便想找个机会溜走。他对女娲说：“我都在这儿被关了好几天，你们连口水都不给我喝，不管怎么说我们都是兄妹啊。”女娲开始一直不相信王雷的说辞，但是架不住王雷的软磨硬泡，终于心肠一软，给王雷送了碗粥。王雷接过粥后又对女娲说：“还是女娲你最好啊，但是我渴了，要是你能再给我一碗水就好了。”女娲没多想，又去拿了碗水给王雷。

谁知道，王雷刚把水喝完，天上就开始轰隆隆地响雷，王雷趁着电闪雷鸣冲破了牢笼。王雷逃出牢笼后，拔下了一颗牙齿送给女娲，作为报答女娲一水之恩的谢礼。他又对女娲说：“你看到天门打开时就把它种下，之后会有用处的。”

雷声阵阵不断传来，天门打开了。女娲依照王雷的话，把那颗牙齿种下，但并不见有什么动静。后来，伏羲运用八卦原理，将牙齿按次序种于八方，终于长出了一株大葫芦。

雨越来越大，顷刻间天河翻转，河里的水倾倒出来。这时，飞过来一只啄木鸟，把葫芦掏空了，伏羲兄妹趁机钻了进去。葫芦随着水的高涨而不断升高，期间又收纳了很多动物。葫芦一直升到了天上，伏羲和女娲找到了王雷。伏羲让王雷把洪水收走，但是王雷怎么都不愿意。于是，兄弟二人打了起来。王雷敌不过伏羲，终于答应收了洪水。

不过，伏羲又说："你要是马上把水给收了，我和女娲不就摔死了吗？"王雷无奈，只好又招来了十个太阳将洪水晒干。洪水渐渐消退，大地却又陷入了干旱。伏羲只能又去请后羿射日。

汉代《伏羲女娲·双龙纹》画像石拓片

后羿飞上扶桑树，用弓箭将太阳一个一个地射了下来。伏羲又觉得没有太阳，世界就失去了光明，就让后羿留了一个。

由于大洪水将原来大陆上的人类都淹没了，只剩下伏羲女娲兄妹，所以后来的人都认为自己是伏羲女娲的后裔。

问：下面这幅画是徐悲鸿先生在九一八事变之后所画，画名《徯我后》，反映的是劳动人民反抗暴政、期待美好生活的故事。这幅画用一个古代的暴君来象征罪恶的日本侵略者，激励和鼓舞了中国人民的抗日斗争。请问，画中人物反抗的是哪一个暴君？

答：夏桀。

中华好故事

倾宫瑶台：得道者多助，失道者寡助

夏桀是夏朝的最后一位君主，也是历史上有名的暴君之一。他虽然文武双全，但是荒淫无度，暴虐无道。平日里，他不思政务，不关心民间疾苦，一心贪图享乐，做出了许多荒唐事。

一日，夏桀同往常一样，正一边饮着酒，一边欣赏着歌舞。他仔细地环视自己的宫殿，心想："我是这世间最尊贵的人，应当拥有世间最豪华的宫殿，怎么能和那些普通人一样住在如此平常无奇的房屋之内呢？"就这样，夏桀越想越觉得是这个理，当即就下令要为自己修建两座举世无双的宫殿。之后，夏桀不惜民力，大兴土木，耗时多年才终于建成了两座宫殿，这便是后世传说中的倾宫与瑶台。

相传，倾宫和瑶台占地颇广，高耸入云，壮丽宏伟，富丽堂皇。宫内金碧辉煌，金银珠宝、古董珍玩更是数不胜数。夏桀看到如此壮观的宫殿，很是高兴，又从全国各地搜寻了美女，藏于宫殿之中，日日与关于妹喜亡夏，有两种传说。一种是，妹喜表面是夏桀宠爱的美人，但实则是间谍，与商军的伊尹密谋，暗中传递夏朝机密，促使夏朝灭亡；另一种是，夏桀喜新忘旧，在岷山新得了琬和琰两位美人，就将妹喜抛在了一旁，妹喜心生嫉妒，便将夏朝机密泄露给伊尹，促使了夏朝的灭亡。

她们饮酒作乐，日子过得非常奢靡。

日复一日，渐渐地夏桀又心生倦怠，不再满足于这种安逸，想寻求一些刺激和惊险。他突发奇想，命令侍从将一头饿了许多天的老虎放到集市上。老虎饿得眼冒绿光，一打开笼子，就如同离弦的箭冲了出去，凶恶地向着百姓们扑过去。一时间，死伤无数。原本在街上行走的百姓们突遇如此变故，纷纷惊声尖叫、四处逃窜。在一旁观看的夏桀听到人们的尖叫声，看到百姓们抱头逃窜的样子，竟然觉得万分有趣，情不自禁地哈哈大笑起来。

夏桀的暴行举不胜举，百姓们苦不堪言，对他早已恨之入骨，但夏桀却不自知，甚至更加肆无忌惮，修建了酒池，宴请众大臣同饮美酒，共听靡靡之音。

有大臣见到此情此景，心知此乃亡国之兆，劝说道："大王，您不可如此啊！否则，夏朝恐怕就要灭亡了！"夏桀听了，毫不在意，嗤笑道："大胆！你简直是妖言惑众！我坐拥天下，就如同这天上的太阳一般，你们谁见到过太阳灭亡？只有太阳灭亡，我的天下才会灭亡！"这位大臣多次进言劝谏，但毫无用处，夏桀依旧冥顽不灵，不思悔改。

后来，夏桀说的话被百姓们知晓了，百姓们都指着太阳，悲愤地大喊："太阳啊，你什么时候会灭亡？我们情愿和你一起灭亡！"

此时民愤已经达到极点，商汤顺应民意，讨伐夏桀。百姓们听说此事后，主动提供粮食，自发帮助商军。由此可见，夏桀失民心久矣！最终，夏军彻底溃败，汤登上了天子的尊位，夏朝就此灭亡，商朝历史从此开启。

问：“千人之诺诺，不如一士之谔谔。”这是战国策士赵良对秦相商鞅的谏言，意思是一千个人唯唯诺诺地附和，不如一个人铁胆铮铮地仗义执言。赵良为了让商鞅广开言路，虚心纳谏，还打了一个生动的比方，他用“千羊之皮”来比喻“千夫诺诺”，用狐狸某处最珍贵的皮毛来比喻直言进谏的人。请问，赵良用狐狸身上哪一部位的皮毛来比喻仗义执言的人呢？

答：狐之腋下。

中华好故事

一狐之腋：千人之诺诺，不如一士之谔谔

春秋时期，晋国有个高官名叫赵简子，是一位杰出的政治家和外交家。在赵简子手下，有着不少的家臣为他劳心效力。其中，有位家臣名为周舍，为人刚正不阿，敢于直言进谏。成语“一狐之腋”的故事就与周舍有关。

有一次，周舍在赵简子的家门口站了三天三夜，一直不曾离去。赵简子得知此事，满腹疑惑，拿不准周舍此番行为究竟意欲何为，猜想或许是有什么重要的事情要向自己交代。于是，赵简子便派了身边的侍从前去仔细询问。

侍从行至门外，只见周舍直直地站立在门前，岿然不动。他问周舍：“赵大人特派我来询问于您，您站在这门前三天未曾离开半步，是有什么要指教的吗？”

周舍高声回答道：“我确实有些话想同赵大人说，还请你能代为传达。”

“您请说。”

“事实上，我侍奉赵大人以来，一直希望自己能够成为一位正直

赵简子塑像

公正、敢于直言谏诤的臣子。而这样的臣子，应该是能够跟随在大人的身边，时刻关注和提醒大人的一言一行。如果看到大人犯了错误，就应当将这个错误如实地记录下来，以督促大人及时地改正自己的错误。”周舍说得兴致盎然，“若是我真的能够跟随于大人身边，那么我每天记录下大人的过错，相信仅仅是一个月下来，大人就会有所收获。而坚持一年的话，大人将会收到更大、更显著的成效。”

赵简子从侍从那里听到了周舍所说的话，大呼：“妙哉！妙哉！我身边竟有如此忠心之人。”随后，他便下了命令，令周舍往后随行左右。从此，赵简子无论走到哪儿都带着周舍。而周舍也用行动实践着自己的承诺，坚持自己作为臣子的原则，一旦赵简子犯了错误，他都会指出，让赵简子及时改正，并做好记录，以便日后查看。日复一日，赵简子从过往犯的错误中总结经验和教训，慢慢地所犯的错误越来越少。然而，造化弄人，不久之后，周舍去世了。赵简子十分悲恸，命人厚葬周舍。

三年之后的某一日，赵简子和众位大夫一起喝酒，酒至酣处，赵简子却突然痛哭起来。原本兴高采烈的众大夫们都不知道发生了什么事，顿时惊慌不已，然后纷纷跪倒在地上，向赵简子请罪：“臣等有罪，甚是惶恐，但不知自己犯了什么罪，还请大人您明示！”

赵简子拭泪，感慨道：“诸位大夫并没有犯什么罪，快快回座吧！我今日只是忽然想到我的一位故人。他曾经说过‘一百头羊的毛皮加起来，都不如一只狐狸腋下的皮毛珍贵’。”

“敢问大人，这人是何人？您何至于如此伤情？”

“这人就是三年前去世的周舍。我失去他的这三年，越发感觉到许多人唯唯诺诺、畏畏缩缩，加起来也抵不上一个敢于直言谏诤的周舍啊！想当初，商朝因纣王的昏庸无道而灭亡，而周朝却因周武王的公正贤明、正直凛然而昌盛。自从周舍去世以后，我再也没有听到过有人直言寡人的过错。我掌握晋国朝政，却听不到有人指出自己的过错，恐怕这晋国也要像商朝一样，就快要灭亡了吧。因此，我才会如此伤心啊！”

赵简子的话，一字一句皆令在场的臣子大夫们震惊不已，自觉较之于周舍，确实是惭愧。

以上便是“一狐之腋”这个故事的由来，后来人们就用成语“一狐之腋”来形容少量而珍贵的东西。

> 赵简子，原名赵鞅，是《赵氏孤儿》中的孤儿赵武之孙。元杂剧《赵氏孤儿》是一部历史剧，讲述的是春秋时期，晋贵族的赵氏全族被大奸臣屠岸贾陷害而惨遭灭门，赵武的母亲苦苦哀求经常出入府邸的大夫程婴，才使赵武幸免遇难。赵武长大后，练就一身本领，杀了屠岸贾，为赵氏全族报了仇。

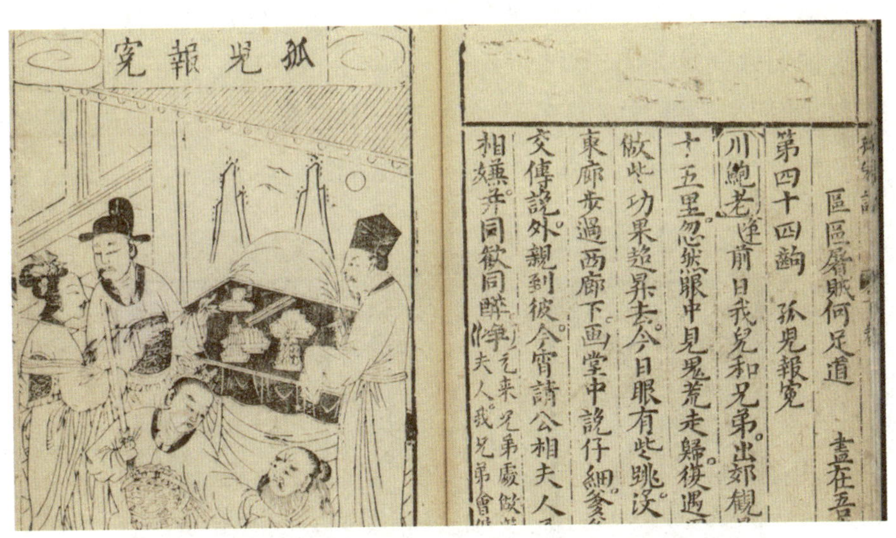

區區讎賊何足道 盡在吾
第四十四齣 孤兒報冤
【川鮑老】這前日我兒和兄弟。出郊觀
十五里忽然眼中見鬼荒走歸後遇
做些功果超昇去今日眼有些跳災
東廊步過西廊下画堂中說仔細
交傳說外親到彼今宵請公相夫人
相嫌弃同歡同醉

元杂剧《赵氏孤儿》书影

问：唐宋八大家中的苏洵向来有知人之明，苏轼和苏辙都是他的爱子，苏轼后来因为胸无城府、口无遮拦，乌台诗案后吃了不少苦头。而苏辙虽然也有被贬之时，但最终总算是保全自身，没有遭受大难。知子莫若父，苏洵在给儿子取名的时候就预见到他们不同的未来。他在《名二子说》中解释了为什么给两个儿子取名"轼"和"辙"。无奈，老父亲的担忧最后还是变成了现实。请问，苏轼的"轼"指的是古代车子的哪个部件？

答：车厢前面用作扶手的横木。

中华好故事

名二子说：知子莫若父

在唐宋八大家里，有三位都是姓苏的，这三人被世人称之为"三苏"，他们分别是苏洵、苏轼和苏辙。事实上，这三个人同一个姓并非偶然，他们关系匪浅。原来，苏洵是苏轼和苏辙的父亲，苏轼是苏辙的哥哥。苏家一门出三杰，当真是了不起啊！

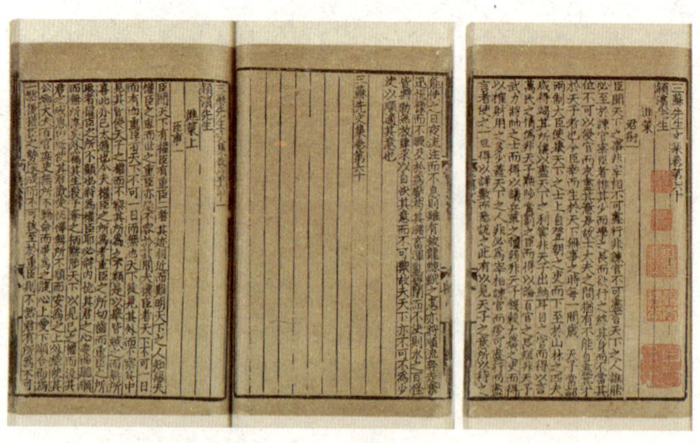

《三苏先生文集》书影

苏轼和苏辙两人在学识和文采方面是相当出众的，完全有资格与父亲一同位列于唐宋八大家。而他们能有这般成就和才学，不仅是因为自己的天赋与努力，还同父亲苏洵从小对他们的良好教育密切相关。

确实，苏洵对苏轼和苏辙这两个孩子可谓尽心尽责，全心全意。他很重视对孩子的教育。打小起，苏洵就亲自给孩子们讲授课业，教给他们知识，培养他们的品德。不仅如此，他还不辞辛苦，跑了许多地方，为他们寻觅良师。苏洵对两个孩子的用心，实际上从给他们取的名字上就可见一斑。

“轼”的意思是车厢前面用作扶手的横木，“辙”的意思是车轮压过的痕迹。那么，究竟是什么原因让苏洵给两个孩子取名为“轼”与“辙”呢？这个问题的答案就在苏洵为两个孩子写下的一篇文章中，此文名曰《名二子说》。这篇文章，字字含情，句句动人，深刻地表达了苏洵作为父亲对两个儿子的希望和告诫：

“车轮、车的辐条、车的伞盖和车厢底部四周的横木，都是车子的一部分，共同使马车行走，完成马车的职责。然而，唯独‘轼’即作为扶手的横木好像没有什么用处。但是，如果把‘轼’去掉，那么这辆马车，就不是一辆完整的马车了。轼儿啊，父亲是担心你不懂得掩藏自己的锋芒而遭遇横祸啊，才用‘轼’为你命名。

“天下的马车，没有哪一辆是不顺着车轮印走的，但是人们每每赞赏马车或是谈及马车的功劳时，都不会把车轮印算在其中。虽然

拓展

先秦起名五法六忌：据《左传·桓公六年》记载，鲁桓公的嫡长子出生后，曾问名于大夫申繻。申繻以为起名有五法六忌。五法是：信法，按出生时的实际情况起名；义法，以祥瑞起名；象法，以身体某部位像自然界某物起名；假法，借万物之名起名；类法，以和其父相类相关的事起名。六忌是：不可用本国国名，不可用本国职官名，不可用本国山川名，不可用某种疾病名，不可用牲畜名，不可用礼器和货币名。一些特殊朝代起名：魏晋时期玄学盛行，多以“之”命名。南北朝佛教盛行，名字中多带“佛”“僧”字。唐宋时，流行以五行命名，祖孙几代往往按五行顺序循环。明清开始，字辈命名流行。

如此，如果车毁人亡，人们或许会责怪车轮、车的辐条，却无论如何都不会去指责那地上的车轮印。这‘辙’，在福祸之间都能好好地生存。辙儿啊，父亲为你取名为‘辙’，就是因为知道你是能够让我放心的！”

知子莫若父。“轼”与“辙”两个字，其背后饱含着的是一位父亲的一片苦心和一份真挚朴实的感情。

后来，苏轼和苏辙的命运，正如苏洵当初所预料的那样。

苏轼才华横溢，却为人耿直、不懂变通。朝廷上革新派和守旧派两方对峙，苏轼站在守旧派的立场上，多次坚决而又明确地表达自己的态度，被人嫉恨，在乌台诗案中吃了不少苦头。在诗词文学方面，苏轼成为了一代大家，但在官场仕途方面却是长期郁郁不得志。而苏辙，虽然仕途有起有落，屡有贬黜，但他荣辱不惊，能够保全自身，并没有遭受什么大难。

“三苏”塑像

东坡肉：元祐五年五六月间，浙西雨水连绵，西湖泛滥成灾。此时苏轼在杭州为官，带领着百姓疏浚西湖，修筑苏堤。杭州的百姓们很感谢苏轼，给他送来猪肉和美酒。苏轼很爱美食，便指点百姓将猪肉烹煮，烧得红酥，切成方块，和百姓们共同分享，这便是大名鼎鼎的“东坡肉”。

中华好故事

认墨为糖：一心只读圣贤书

苏洵像

苏洵，字明允，自号老泉，是北宋著名的文学家。苏洵年轻的时候，由于父母健在，没有养家的压力，并不喜欢读书，而是爱好游历四方。他走过了不少地方，增长了许多见识。苏父念其年纪尚幼，便放任他在外游历。北宋天圣五年（1027），苏洵和眉山大理寺丞程文应的女儿程氏成亲。

北宋明道元年（1032），苏洵的母亲史氏病故了。苏洵渐渐开始明白自己肩负着的责任，决心考取功名。苏洵见自己的同龄人并没有比自己强多少，心想："我虽然读书开始得晚，但是我打小就在外游历，见多识广，比起平常人来定然不差！想来做学问应该没有那么难！"苏洵这般想着，顿时信心十足，平日读书的态度也不是很认真，结果第一次参加乡试，名落孙山，惨败而归。

经过这次失败，苏洵意识到以前的自己太过狂妄自大了，开始反省自己。于是，他将自己曾经写过的文章都拿出来仔细研读，还看了不少其他人的佳作。渐渐地，苏洵深感自己写的文章确实不够水准，不禁感慨道："枉我自负清高，可看我作出的文章，实在是平庸无奇！以我现在的学识，还不如不学！"苏洵一把火将自己的作品烧了个干干净净，从书架上拿出《论语》《孟子》等书，决心认真钻研诗书经传诸子百家之书。

苏洵自从下定决心后，便废寝忘食，刻苦攻读。这日正是端午佳节，一大早苏洵也不曾偷懒，早早地就起来读书了，连早餐都忘了吃。程夫人担心丈夫不吃早餐会伤身，便亲自剥了几个粽子，端了一

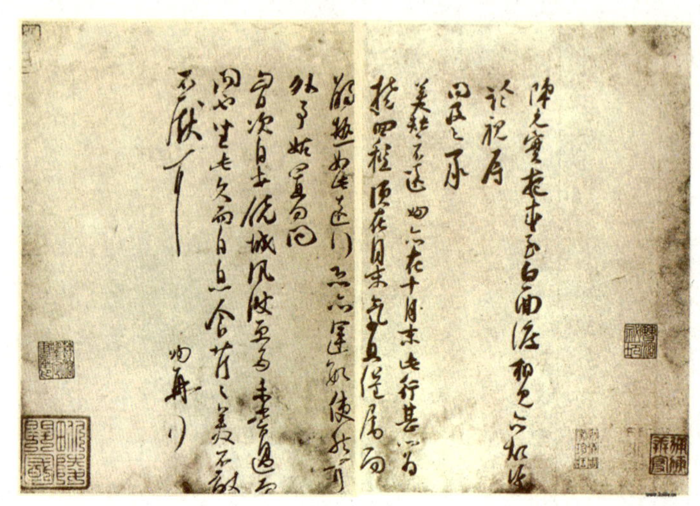

苏洵手迹

盘白糖，送到书房给苏洵。

见苏洵正在认真看书，程夫人就轻轻地说了一声："相公，身子也是要紧的。你早上没吃什么，会饿坏的。我现在把粽子放在书桌上了，你记得吃。"

"嗯。"苏洵双眼紧盯着书本，也不抬头，随意地应了一声。

毕竟一早起床后就没吃过东西，不久之后，苏洵的肚子便咕咕地叫个不停，确实是感到饥肠辘辘，于是便决定吃点妻子送来的粽子。但是，苏洵又怕浪费时光，吃粽子时也不敢有片刻松懈。于是，他一手拿着书，一手拿起粽子蘸着糖吃了起来。

到了中午，程夫人端着午饭来到书房，顺便收回早上的餐具。程夫人将午饭放到书桌上，正准备提醒苏洵按时吃饭时，突然惊呼出声："啊，相公，你的脸！"

苏洵被夫人的惊呼声从书中的世界拉回了现实，问道："怎么了？发生了什么事？"

"相公，是我要问你，你的脸是怎么回事儿？"

苏洵顿感疑惑，摸着自己的脸问："我的脸怎么了？"

程夫人也不解释，直接取来一面镜子递给了苏洵。苏洵一照，只

见镜子里的自己嘴角沾满了墨汁。他想了想，再看看书桌上那砚台旁边还留着几粒糯米，而那盘白糖却还满满的，一点儿都没少。这时候，苏洵明白过来了，不禁哈哈大笑。原来是自己看书太认真，竟然错把砚台当成了糖盘，把墨汁当成了白糖，蘸着墨汁吃完了所有的粽子。

程夫人也不知苏洵在笑什么，出声询问："相公，你怎么好端端地又笑起来了？"

苏洵摸了摸自己的肚子，自嘲道："这是墨水进了肚子。我以前是胸无半点墨，现在肚子里的墨水可真不止一点半点啊！"

后来，在不懈地努力下，苏洵终于学有所成。生儿育女后，苏洵也很重视对儿女的教育。在他的教育下，苏轼和苏辙都才名远扬，父子三人并称"三苏"。

清代冷枚《苏老泉读书图》

北宋嘉祐二年(1057)，翰林学士欧阳修担任主试者，梅圣俞参与其事。他们看了苏轼的试卷，"以为异人"；对苏辙也颇欣赏，"亦以谓不忝其家"。于是，兄弟俩一起高中进士。苏轼当时二十二岁，苏辙十九岁。

关键词猜人物

犀利哥　乡巴佬　斩河龙　闷死鸟

答： 魏徵。

中华好故事

李世民畏魏徵：明主与贤臣的传世佳话

唐太宗李世民是唐朝的第二位皇帝，他励精图治，知人善用，治国有方。在李世民执政期间，唐朝政治清明，民众安居乐业。李世民开创了贞观之治，也为之后的开元盛世奠定了基础。可以说，李世民确实是一位贤德圣明的皇帝！而李世民的盛业与他身边的一帮贤臣是分不开的，魏徵就是其中之一。

魏徵虽然相貌平平，但是有胆有谋，敢于直言进谏，纠正李世民的失误，尽心尽力辅佐李世民。然而，有时候魏徵的耿直也会把李世民惹恼，李世民甚至放言要将魏徵处死。即便如此，魏徵也毫不畏惧，面不改色："君要臣死，臣不得不死，但是臣坚持自己的言论，还请陛下听从臣的劝诫！"李世民见他这样，倒也不生气了。

一次，魏徵请假回去上坟。李世民见魏徵请假了，喜不自禁，心想："朕要趁着魏徵不在的这段时间里好好休息休息，四处游玩一下，否则等到魏徵回来，他一定会出言阻止。"于是，李世民便下旨，命令宫人做好前往终南山游玩的准备事宜。宫人们得了命令便匆匆忙忙去做准备，好不容易将出游的事宜都安排完毕，便马上向李世民回复。

李世民像

"陛下，出游事宜已准备妥当，何时出发，还请陛下示意。"

不承想李世民听了，深深地叹了口

气，对着宫人摆了摆手说："算了，这次不去了！终南山之行还是以后再说，你们退下吧！"

宫人们感到很奇怪，满腹疑惑地退了下去。

这件事传到了魏徵的耳里，回朝后的第二天他便觐见李世民，恭敬地问道："陛下，微臣听说您打算去终南山游玩，行装、车马都已准备妥当，临到出发时，却又为何改变主意了呢？"

清代寿山石雕魏徵立像

李世民听了，无奈地笑道："朕刚开始时确实是想去终南山游玩，可是朕一想到爱卿回来以后肯定会教训朕'沉迷于玩乐、不务正业、劳民伤财'，所以哪还有心思去游玩啊！"

还有一次，李世民得到了一只鹞鹰，甚是欢喜，便命人取下鸟笼，将鹞鹰架在手臂上赏玩。李世民玩得正高兴，突然远远地望见魏徵走了过来。情急之下，李世民心念一动，将鹞鹰藏在了自己怀里。很快，魏徵就到了李世民面前。事实上，魏徵早就看到了刚才李世民在玩鹞鹰，此时又见到他胸前鼓鼓囊囊，心中了然，但却并不揭穿，而是泰然自若地行礼："微臣参见陛下。"

魏徵在朝堂上直言进谏，常让李世民下不了台，李世民便对大臣们抱怨道："这个魏徵，整天都板着个脸，不知道有什么东西能够让他动心？"有大臣回答："魏徵喜欢吃醋芹。"于是第二天宴饮时，李世民赏赐的食物中就有三杯醋芹。魏徵看了果然食指大动，将三杯醋芹吃光了。李世民便调笑魏徵："爱卿，朕以为天下没有什么东西能让你心动了，没想到几杯醋芹就让你满足了！"魏徵倒也没什么不好意思的，坦然地回答："陛下从不奢侈浪费，微臣自然不敢有什么偏好。微臣爱好的也就这醋芹罢了。"李世民听了，感叹良久。

“爱卿，平身。爱卿此番是有何事?”李世民问道。

“微臣确实有事向陛下请奏……”

魏徵向李世民奏报了许多事情，李世民心中渐渐地着急起来，面上却不能显露。时间过去很久，魏徵与李世民商议完国事，便退下了。李世民急忙把怀中的鹞鹰拿出来，但那鹞鹰却早已被闷死了。这时，李世民也明白魏徵刚才是故意为之，为的就是劝诫自己要以国事为重，不要玩物丧志。

“夫以铜为镜，可以正衣冠；以古为镜，可以知兴替；以人为镜，可以明得失。”魏徵就是李世民最好的镜子，时时刻刻提醒他要勤政爱民!

鹞鹰，让你死得好冤哪！可朕实在也是怕魏徵批评啊!

问：随着神舟十一号飞船的发射、嫦娥三号的登月、天宫二号的对接，中国人的飞天梦正在一步步变成现实。据《吕氏春秋》记载，早在春秋时期，就有人发明了能在天上飞一整天的木鸢。请问他是谁？

A. 鲁班　B. 墨子　C. 偃师　D. 马钧

答：B. 墨子。

中华好故事

墨子救宋：反对战争的救世精神

墨子，名翟，春秋战国之际宋国人。他是墨家学派的创始人，也是著名的思想家、教育家、科学家、军事家。

在春秋战国时代，天下烽烟四起，各路诸侯混战。不时发生的战争让老百姓叫苦连连。看到这一景象的墨子深知战争的冷酷无情，所以他开始倡导"非攻"思想，并身体力行。为了减少战争的发生，他做出了很多努力。"止楚攻宋"这个著名的故事就是很有代表性的例证，并且也充分体现了墨子的个人智慧。

当时，楚国是南方的一个大国，兵强马壮，而宋国只是中原地区一个弱小的国家。很明显，两国实力悬殊，若是开战，宋国必输无疑。公元前440年前后，楚国决定攻打宋国，还请了鲁班等人制造了一批用来进攻的云梯等器械。墨子知道了这个消息后，震惊之余更是心急如焚，这场战争如若不阻止，又免不了生灵涂炭。于是，他赶紧吩咐弟子禽滑釐带领三百多人去支援宋国，同时自己也收拾行李，准备亲自去楚国劝说楚王不要发动这场战争。

墨子夜以继日地匆匆赶路，不敢有片刻耽误，终于在十多天之后到达了楚国的都城。顾不上喝口水、歇上一会儿，他连忙先找到鲁班。

墨子塑像

拓展

鲁班，公输氏，名般。鲁班生活在春秋末期到战国初期，他出身在一个世代都是工匠的家庭，从小就跟随家里人参与过许多土木建筑工程建设，逐渐掌握了各种生产劳动的技能，积累了丰富的实践经验。据说我们现在能看到的那些木工师傅们用的手工工具，比如钻、刨子、铲子、曲尺、划线用的墨斗等都是鲁班发明的。每一件工具都是鲁班在生产实践中得到启发，经过反复研究、试验才发明出来的。

墨子故意对鲁班说："在北方有个人欺负我，我想请您替我杀了他。"

鲁班一听这话，非常不高兴，"哼"了一声便不再理墨子。

"我愿意付给您高价。"墨子继续补充道。

听了墨子的话，鲁班顿时火冒三丈，觉得墨子是在侮辱自己，把他当成了一个为钱财随便伤人性命的小人。他冲墨子喊道："我奉行的是义，绝对不杀人！"

听到这个回答，墨子内心非常欣喜。"既然您说您奉行的是义，那么您现在制造的云梯又是怎么回事呢？"墨子清了清嗓子，提高音量，义愤填膺地质问鲁班，"这些云梯用来攻打宋国，可是宋国又有什么罪呢？楚国是大国，但是人口比较缺少，而现在却要牺牲这些仅有的人口去掠夺有余的土地，这说不过去吧？而宋国明明没有罪，却要被攻打，楚国的这种行为不能说是仁义。你口口声声奉行仁义，却不去劝谏楚王，这是不忠的表现。"墨子的一番话让鲁班醍醐灌顶，为了弥补过错，鲁班就把墨子引荐给了楚王。

墨子见到楚王，先行了个礼，然后慢慢地开口说道："大王，请允许我先和您讲一个故事。"

"请讲。"

"我听闻有这样一个怪人，他舍弃了自己的彩车，却想要去偷邻居的破车；他舍弃了自己的锦衣华服，却想要去偷邻居的粗布烂衣；他舍弃了山珍海味，却想要去偷邻居的粗茶淡饭。大王认为，这是一个怎么样的人呢？”

楚王不假思索地回答：“这个人一定有偷窃癖吧！”

墨子继续说道：“大王脚下是楚国的土地，这片土地有方圆五千里，地大物博；而楚国的邻国宋国却地方狭小，资源匮乏。您不觉得，这楚国和宋国就好比彩车和破车吗？大王如果执意攻打宋国，那不就和那个患了偷窃癖的人一样了吗？一旦楚国攻打宋国，那么大王您就丧失了道义，最终也无法占据宋国。”

楚王听了墨子的话，自知理亏，但又不想轻易让步，就说：“你说的道理我都懂。但是，鲁班是当世的能工巧匠，已经替我造好了云梯等器械，我必须要攻打宋国，也必定能大胜而归！”

“大王，您有没有想过这云梯不一定就是制胜的法宝啊！”

鲁班一听不乐意了，而楚王也面露质疑之色。

为了证明自己的说法，墨子道：“大王要是不信，我可以演示给您看一看。”

说完，墨子从身上解下腰带，围成一座城池的形状，又用木片代替各种器械。鲁班用了各种方法多次进攻都被墨子抵挡住了。不一会儿，鲁班自觉已无攻城良策，墨子却一副成竹在胸的样子。

鲁班不肯认输，嘴硬道：“哼，我知道怎么赢你，但是我偏不说！”

“我也知道怎么赢你，但我也不说！”

这下，楚王摸不着头脑了，他问道：“你们到底在说什么？”

墨子整理了下衣服，义正词严地说：“鲁班认为在这里杀了我，宋国就会守不住了。但是，我早就布置好了一切，我已经派了我的弟子去宋国。一旦楚国进攻宋国，我的弟子会代替我指挥战斗，用墨家制造的器械守卫宋国城池，所以你们即便在这里杀了我，也是无法取胜的！”

听了这番话，楚王深知自己毫无获胜的可能，无奈之下放弃了攻打宋国的计划。宋国总算得以解除了灭国的危机。

问：北魏名臣李崇非常富有，但据说他有一个毛病，就是抠门，不舍得吃。他平时基本不吃肉，只吃一种蔬菜，每顿饭将这种蔬菜做成两样菜：一样炒着吃、一样腌着吃。请问这种蔬菜是什么？

A. 茄子　　B. 萝卜　　C. 韭菜　　D. 黄瓜

答：C. 韭菜。

中华好故事

李崇断案：聪明才智来断案

李崇（455—525），字继长，小名继伯，是北魏时期的名臣。据史料记载，李崇十分机智聪慧，解决了很多疑难案件。

有一次，寿春县有个叫苟泰的人不幸遭遇了强盗洗劫，他三岁的小儿子也被强盗掳走了。自那以后，爱子心切的苟泰就到处去寻找儿子的踪迹。可是好几年过去了，苟泰依然没能够找到孩子的下落。苟泰的信心被日渐消磨，开始怀疑自己在有生之年能否再见上孩子一面。

有一天，苟泰路过了同县人赵奉伯的家门口，发现正在玩耍的赵家儿子长得很像自己的孩子。他心生怀疑，当即决定要去验证一下这个孩子究竟是不是自己的儿子。经过再三确认，苟泰的直觉是正确的。这个赵家儿子就是当初被掳走的自己的儿子。苟泰非常气愤，一纸诉状将赵奉伯告上了官府。

在朝堂上，苟泰和赵奉伯都坚称那个孩子是自己的儿子，而且各自找来了邻居作证。在座的郡县官员十分为难，一时无法做出判断，除了李崇。听了两人的陈述，李崇很自信地说："这事很容易解决。"

众人面面相觑，有个县官开口问道："大人，您有什么好办法吗？"

李崇点了点头，继续说道："赵奉伯，你先把孩子带过来。这两天，孩子就养在我这儿。以后的事过些日子再说。”

大家对李崇的做法一时都摸不着头脑。赵奉伯虽然也不明白其中深意，但不敢违抗李崇的意思，还是让人把孩子带给了李崇。

就这样平静地过了几十天。一日，苟泰和赵奉伯同时被告知了一个噩耗：“前两天，你的儿子患了重病，不幸夭折了。你准备准备办理孩子的后事。”

拓展

北魏是鲜卑族拓跋珪建立的北方政权，也是南北朝时期北朝第一个王朝。拓跋氏自称是黄帝后裔，黄帝发源地为战国时魏国所在，而“魏”字有美好之意，故以此为国号，同时含有延续曹魏、对抗东晋政权之意。

苟泰听了这话顿时放声大哭，不停地呼喊着孩子的名字，绝望悲恸的样子凡见者无不动容。而另外一边，赵奉伯只是长长地叹了口气，并没有表现出太过悲痛的样子，只是感慨道：“这孩子真是可怜啊。”

李崇得知了这一情况，仔细地分析了一下，又找来苟泰和赵奉伯，对他们说：“事实上，孩子很健康，之前是我让人故意试探你们的。现在，我已经有决定了，要把孩子判给苟泰。”

苟泰听了这话，感激又兴奋，不停地说：“谢大人！谢大人！大人英明啊！”

赵奉伯则十分不解，问道：“大人，您为什么要这么做？况且这孩子确实是我的啊！”

听了赵奉伯的话，李崇顿时来了火气，大声斥责道：“既然你说孩子是你的，那么你听到孩子病死的消息为什么没有反应？这天下难道真的有你这样铁石心肠的父母吗？”

赵奉伯这才明白李崇的用意，顿时哑口无言。

李崇又继续说：“赵奉伯，你可知罪？”

深知自己无法狡辩，赵奉伯只好如实招供：“这孩子确实不是我的，因为我自己的孩子丢了，所以才会冒认苟泰的孩子。”

就此，这一桩“真假父子”案圆满落幕。

问：据《幽明录》记载，晋代的宋处宗在兖州当刺史时，养了一个宠物，称它为“窗禽”。每天处理完公务之后，宋处宗总喜欢坐在这个宠物旁边自言自语。谁知有一天，“窗禽”居然学会了说人话，还能和宋处宗谈论学术，使宋处宗学问大进。请问被称为“窗禽”的是什么动物？

A. 鸡　　B. 鸭　　C. 八哥　　D. 鹦鹉

答：A. 鸡。

中华好故事

处宗谈鸡：治疗口吃不用药

在晋代，兖州有个名叫宋处宗的刺史。宋处宗本身是个非常博学的人，特别是对当时盛行的道家玄学很有研究，颇有心得。但是，宋处宗却有个难以启齿的毛病。这个毛病说大也不算大，却有些妨碍日常生活。宋处宗已经被这个毛病困扰了很久，还因为这毛病在亲戚朋友面前闹出了不少笑话。这个毛病就是口吃。

清代吴友如《古今人物百图·处宗谈鸡》

宋处宗并不擅长跟人交谈，最主要的原因就是口吃，并且有愈演愈烈的趋势。因为口吃，宋处宗平时与人说话就会十分紧张，然而越是紧张说起话来就越是结结巴巴。因而，在日常生活中，别人高谈阔论的时

清晚期粉彩瓷板画《处宗鸡谈》

拓展

《幽明录》，亦作《幽冥录》《幽冥记》，是一本志怪小说集，为南朝宋宗室刘义庆集门客所撰，共有30卷。《幽明录》中的许多作品篇幅较长，有的已达一千多字。有的作品情节曲折，神怪形象多具人情，和蔼可亲，极富现实性。有的作品叙事具有抒情写意的诗化特征，穿插文人化的诗歌，使作品充满了诗情画意。可见《幽明录》已开有意为小说之先河。

候，他常常保持沉默，不轻易发言。为了解决这一问题，宋处宗一直在努力，找了很多名医，也尝试了很多方法想要矫正自己的口吃，但是从来没有成功过。对此，他有些沮丧。直到有一天，事情有了转机。

一天，宋处宗接待一个远道而来的朋友。这位朋友得知了宋处宗的烦恼之后，一拍大腿，大声说道："你怎么不早说啊，这口吃还不好治吗？"

宋处宗见朋友如此兴奋，忍不住问道："你可有什么好办法？"

朋友答道："你不知道吗？这附近现在在卖一种长鸣鸡，可聪明了！能像鹦鹉一样学人说话，特别好玩！"

"这跟治疗我的口吃有什么关系啊？"宋处宗疑惑地问道。

朋友皱了下眉头，说："你怎么还没反应过来呢？你看如果你买只长鸣鸡，然后每天跟它对话，口吃自然而然就能矫正了啊！"

宋处宗觉得朋友的话非常有道理，马上找人去集市上买了一只长鸣鸡回来，还为它准备了一只精美的鸡笼。他把鸡笼挂在自己房

间的窗前，每天定时给鸡喂水喂饲料，对鸡宠爱异常。

精心饲养了一段时间之后，宋处宗和鸡已经建立起了感情，彼此非常熟悉了。于是，宋处宗开始教长鸣鸡说话，由易到难。就像朋友所说，长鸣鸡非常聪明，没过多久就学会了很多日常用的词汇，比如“不好”“好”“吃饭”“喝水”……

见长鸣鸡学习能力如此强，宋处宗非常欣喜，又开始教它说一些简单的句子，学完之后再教它比较复杂的句子。日子一天天过去，宋处宗发现在教鸡讲话的过程中，自己的话也越来越多，越来越流畅。他开心极了，与鸡的对话更加频繁，兴致也更高了。

清末民国倪田《处宗鸡谈》

一天，宋处宗照例跟长鸣鸡交谈对话。另一位朋友登门拜访，恰巧见到了人鸡对话的神奇景象。朋友奇怪地问：“你这是在干什么啊？怎么跟鸡在讲话？”

宋处宗笑着回答说：“我在和它谈论玄学啊！这还能治疗我的口吃呢！”

朋友摇摇头，觉得非常不可思议，但又不忍心破坏宋处宗的兴致，就没再说什么了。

几天后，这位朋友把宋处宗和鸡对谈的事传了出去，但很多人听了都不以为然。直到后来，大家发现宋处宗跟别人谈话时不再口吃了，这才开始相信长鸣鸡的故事。

后来，“处宗谈鸡”也被用来形容一个人善于交谈。

问：贾谊是英年早逝的文学家。他怀才不遇，谪居长沙。一天，有一只怪鸟飞入他的住宅。这种鸟叫鹏鸟，被认为是不祥之物。贾谊害怕自己命不久矣，怀着悲痛的心情写下了汉赋名篇《鹏鸟赋》。鹏鸟长得像现在的哪一种鸟？

答：猫头鹰。

中华好故事

贾谊上书：以此生长报国家

贾谊是西汉初年著名的政论家、文学家，世称贾生。贾谊年少成名，在十八岁的时候就因为擅长写文章而被众人所熟知。他的不少名篇一直流传至今，其中以《吊屈原赋》《鹏鸟赋》最为著名。然而，如此出色的贤才在仕途上并不顺利，且英年早逝。由于司马迁对屈原、贾谊都寄予同情，还为二人写了一篇合传，所以后人常常把贾谊与屈原并称为“屈贾”。

贾谊自小天资聪颖，又博览群书，所以才识过人。除此之外，他对当时的政治形势也有着深刻认识和独到见解。在贾谊看来，当时的汉朝虽然表面一派祥和，人民生活相对安定，但是背后其实隐藏着重重危机，在政治和军事等方面都存在着一些可能动摇国本的问题。

汉高祖刘邦分封的各诸侯王经过长期积累，势力一天天地膨胀起来，野心也随之变大，不少人都想争霸天下，所以当下的情势其实已经万分紧急。

此外，国家的财富虽然一天天地在增加，但是这反而导致了贫富差距的扩大，一些地方豪强势力得到了空前发展。受经商易致富的风气影响，越来越多的农民都放下了手中的农具，走出了田地开始从商，背本趋末。因此，国家的粮食积蓄慢慢减少，数量上已经无法应对紧急情况的出现。

贾谊像

拓展

《鹏鸟赋》是汉代文学家贾谊的作品，是贾谊谪居长沙时所作。这首赋借助与鹏鸟问答以抒发自己忧愤不平的情绪，并以老庄的齐生死、等祸福的思想以求自我解脱。全赋情理交融，文笔潇洒，格调深沉。作者因物兴感，由感生理，由理见情，且笔力劲健，一气呵成。

更雪上加霜的是，北方的匈奴频频侵犯边境，似乎已经准备好了随时南下。紧迫的形势让贾谊心急如焚，但统治者汉文帝似乎并没有居安思危的意识，认为自己所处的是太平盛世，缺乏警戒之心。

为了改善糟糕的局面，贾谊做了很多努力。针对当时“弃农从商”和“淫侈之风，日日以长”的现象，贾谊呈上了《论积贮疏》，提出了重农抑商的经济政策，主张大力发展农业，增加国家的粮食储备，以防碰到饥荒时无法有效应对。汉文帝认为贾谊的想法很有道理，便下令鼓励农业生产。与此同时，贾谊还提出了遣送列侯回到他们自己封地的措施，以此来维持国家的稳定。

因为贾谊才能突出，又为国家做了许多贡献，汉文帝打算继续提拔重用贾谊。但当时，绛侯周勃、灌婴、东阳侯、冯敬等人非常嫉妒贾谊，他们为了阻止贾谊高升，轮流进言诽谤贾谊。他们对汉文帝说：“贾谊这个人，年纪小而且学识浅薄，他做这么多努力只是想独揽大权，把政事弄得一团糟。”

一开始，汉文帝并不把他们的话当回事，但随着进言次数的增多，汉文帝的态度也慢慢转变，开始有意无意地疏远贾谊，最终不再采纳贾谊的意见。

不被信任的贾谊最终被流放到了长沙，郁郁不得志。在三十三岁那一年，贾谊就离开了人世。

填字游戏

1	A								
				2D		F			
	3								
		4B			E				H
				5		G			
	6		C			7			
8									

横排(1—8)

1. 西泠桥,油壁车,痴情女,薄幸郎
2. 梁山泊皮肤最白的男子汉
3. 猪八戒的梦中情人
4. 他的一句话可以炒红一匹马
5. 一道名菜,妖精才吃唐僧肉,凡人只爱这个肉
6. 一对哲学家好朋友为了一条鱼站在水塘边争吵
7. 东晋的郝隆、清代的蒲松龄都爱日光浴
8. 一个楚国人在船上乱刻乱画,找不到他丢的东西,白白破坏公物

竖排(A—H)

A. 宋江的铁哥们,长得帅,箭射得好

B. 孔子的挚友,五十岁时知道自己过去四十九年的过失

C. 专诸的武器，用来刺杀吴王僚

D. 爱踢球、爱写段子的北宋宰相

E. 唐明皇的伤心地

F. 那山，那湖，那座塔，那把伞，那段情

G. 投降派郑襄公的行为艺术

H. 贝加尔湖的来信，与苏武牧羊的故事有关

答：

苏	小	小							
	李			浪	里	白	条		
	广	寒	仙	子		蛇			
				宰		传			
		伯	乐	相	马				鸿
		玉			嵬				雁
		知		东	坡	肉			传
	子	非	鱼			袒	腹	晒	书
			肠			牵			
刻	舟	求	剑			羊			

中华好故事

濠梁之辩：子非鱼，安知鱼之乐

庄子，名周，字子休(一作子沐)，战国时宋国蒙人。庄子是先秦时期著名的思想家、哲学家和文学家。他创立了华夏重要的哲学学派庄学，是继老子之后道家学派的主要代表人物之一。他与老子齐名，被称为“老庄”。

庄子想象力非常丰富，而且能言善辩，能够把语言运用自如，常常将一些微妙难言的哲理说得引人入胜。有关庄子有很多富有哲理的小故事流传于世，他与惠施的濠梁之辩便是其中一个。这个故事出自《庄子·秋水》。

近代冯超然《濠梁鱼乐》

一天，天气晴朗，风光正好，庄子和朋友惠施一同出游。事实上，两人已经是老朋友了，并且许久未见。难得这日正值风光无限好，两人一边赏景，一边相谈甚欢。沿着濠水桥一路走，他们渐渐地把话题转到了探讨人生哲理上来。

这时候，他们停下脚步，驻足站在桥中央。突然，桥下流淌着的溪水中游来了很多白鱼。时不时地，有鱼儿翻跃出水面，顿时水面上开出了一朵朵小水花。

这牢牢地吸引住了庄子的视线。

接着，庄子拉着惠施靠在桥栏边，手指着水里的游鱼，感慨地说：“你看，那些白鱼整日优哉游哉地游来游去，这大概就是作为鱼的快乐吧！”

惠施不明白庄子的意思，好奇地问：“可是你又不是鱼，怎么会知道鱼的快乐呢？”

庄子笑了笑，反问道：“你也不是我，怎么知道我不知道鱼的快乐呢？”

惠施没想到庄子会这么说，一时间反应不过来。但很快，他似乎

惠子(约前370—约前310),名施,是战国中期宋国(今河南商丘)人。他是战国时期著名的政治家、哲学家,也是名家学派的开山鼻祖和主要代表人物。他是大哲学家庄子的至交好友。惠施是合纵抗秦的最主要的组织者和支持者,他主张魏国、齐国和楚国联合起来对抗秦国,并建议齐、魏互尊为王。

在古代,“子”用在姓氏后,作为对人的尊称,如“庄子”“孟子”“荀子”等。

清末民初吴观岱《濠梁逸趣》

有了辩论的兴致,反驳说:“我不是你,固然不知道你的想法。但是你也不是鱼啊,自然不会知道鱼的想法,体会不了鱼的快乐。这不是很明显的事情吗?”

庄子眯着眼睛听完了惠施的话,从容地说道:“那么还是让我们从头讲起,捋一捋思路吧。”

惠施点了点头,示意庄子继续说下去。

“刚才你不是问我‘怎么会知道鱼的快乐’吗?”

惠施回答说:“是啊,那又怎么样呢?”

庄子说:“你这么问我,就说明你已经知道了我知道鱼的快乐,而我就是在这桥上感受到鱼的快乐的啊!”

听了庄子的话,惠施一时间哑口无言,而后不由得大笑,心中感叹庄子确实善辩。

中华好故事

刻舟求剑：不用静止的眼光看不断发展的事物

刻舟求剑，比喻办事刻板，拘泥而不知变通。这个成语出自于《吕氏春秋·察今》中记述的一则寓言。

在很久以前，有一个楚国人带着行李出门远行，途中他必须要渡过一条大江。在乘船过江的时候，由于风浪有些大，楚国人随身带着的一把剑在颠簸中不小心掉到了湍急的江水中。船上的其他人看到了，赶忙大声喊道："喂！你小心些，风浪有些大，刚刚你的佩剑掉到水里了！"

可是，那个楚国人面不改色，笑着说："哎，你们不要慌，我有办法取回这剑。"说着，他从怀中掏出了一把锋利的小刀，当着众人的面说："你们看！"

众人非常不解，问道："你拿刀有什么用啊？这不过是把普通的刀，它又不会替你去找剑！难不成你还会法术？"

那楚国人笑着摇了摇头，一副"你们都不懂"的样子看着大家，说："你们真是不动脑子，且看我怎么做吧！"话音刚落，他站起身来弯

《吕氏春秋》书影

拓展

《吕氏春秋》亦称《吕览》，是秦国丞相吕不韦集合门客们编撰的一部杂家名著。此书以儒、道思想为主，兼及名、法、墨、农及阴阳家言，融合了各家学说。吕不韦想以此作为大一统后的意识形态，但后来执政的秦始皇却选择了法家思想，使包括道家在内的诸子百家全部受挫。

《刻舟求剑》雕刻

下腰，用刀在船身上刻了一个记号。

见此，大家更加不明所以，完全不懂他在做什么，便交头接耳，窃窃私语地讨论了起来。有些人觉得这人真的是在施法术，有些人则猜想他是死要面子硬撑，还有些人觉得他就是个疯子。

面对众人的议论纷纷，楚国人并没有受影响，得意洋洋地指着那道刻痕，说："你们就别讨论了，还是我来为大家解惑吧！你们看这里，我用刀刻下的痕迹就是我的剑掉下去的地方！"众人仍然疑惑不解，有人按捺不住，赶紧催促他说："你就别再说什么了，还是快下水去找剑吧！再不找，这剑就不知道会被冲到哪里去了！"楚国人见大家这么着急，脸上露出鄙夷的神情，说道："急什么啊，我不是做了记号嘛！"

这时，船继续前行，离剑掉落的位置越来越远。船上又有人催促道："你还不下水去找剑吗？这船越开越远，当心找不回来了！"楚国人依然十分淡定，自信地说："不着急，不着急。你们看，我做的记号还在呢。"说完，他便懒洋洋地躺了下来，独自一人欣赏起江边的风光。

大家看楚国人自己都不心急，便也不再多说什么了。过了很久，船终于靠岸到达了目的地。直到这时，楚国人才顺着他刻记号的地方，下水去找剑。但是，不管他怎么找都看不到剑的影子。而已经站在岸上的人终于知道了楚国人刻印记的用意，于是都大笑起来。

当然，楚国人是永远无法找到他的剑了。因为船上刻的记号表示的是剑掉入水中那一瞬间船的位置，船却在不停地向前行，剑是无法跟着船行进的，所以船上的印记和掉入水中的剑的位置早已经毫无关联了。

问：唐玄宗精通音律，善于演奏一种外来的打击乐器，可谓是个摇滚少年。有一次，唐玄宗雅兴大发，用它演奏了自己刚刚创作的《春光好》，柳树听到他的演奏竟然提早发芽，杏花听了也提前绽放。音乐家李龟年也精通这种乐器，一次，唐玄宗问他打断了多少根鼓杖，李龟年说："臣已打折了五十根鼓杖。"唐玄宗说："你这算啥，我打折的鼓杖都装满三个柜子了。"请问，唐玄宗善于演奏哪一种打击乐器？

A. 锣　　B. 架子鼓

C. 羯鼓　　D. 大军鼓

答：C. 羯鼓。

中华好故事

唐玄宗封禅泰山：诚心诚意感动苍天

唐玄宗即李隆基，是唐朝在位最久的皇帝，庙号"玄宗"，又因他的谥号是"至道大圣大明孝皇帝"，所以也被称为唐明皇。他是唐睿宗李旦的第三个儿子，母亲是窦德妃。

李隆基刚当上皇帝没多久，就展示出了卓越的才能。在执政的前期，他励精图治，选拔和任用有才能的人，引领国家走向兴盛繁荣，开创了"开元盛世"。朝中的大臣们认为唐玄宗的功绩十分伟大，便上书力请玄宗东封泰山。

封禅，封为"祭天"，禅为"祭地"，是指中国古代帝王在太平盛世或天降祥瑞之时祭祀天地的大型典礼，是皇帝彰显自己出色政绩的仪式。

玄宗一开始当然假意谦虚地表示自己还不够格，拒绝了大臣们封禅的请求。但经过几番往来，他欣然同意，并于开元十三年(725)

《纪泰山铭》石刻

十月前往泰山举行封禅大典。

据说，以前的帝王们登泰山封禅会出现不同的天象。如果他们功绩显赫，受到老天的眷顾，那么就会出现很多祥瑞之兆；但如果帝王无德无能，没有能力治理天下，就会出现很多凶象。李隆基的封禅之路也相当坎坷。

当时，跟随李隆基去泰山的人数众多，单单那些仪仗队伍前面的马队就分为很多方队，十分壮观。当这一大队人马浩浩荡荡地到达泰山西侧的时候，突然东北风大作。突如其来的大风打乱了队伍行进的节奏，玄宗觉得顶着风走不太安全，便下令让大家原地驻扎。

不料，这风一刮就从中午刮到了晚上，且势头越来越猛。随从人员们住的帐篷吹走的吹走，吹破的吹破，那些支撑帐篷的柱子也被强风吹断了。大家十分恐慌，场面一时间乱作一团。封禅使者张说早已忙得焦头烂额，这突如其来的变故更加让他手足无措。帝王封禅不是件寻常小事，不能说取消就取消。为了让大家平静下来，张说勉力而为，不得不站出来打圆场。面对着一大群面如土色、交头接耳又连连摇头的官员，张说深吸了一口气，大声喊道："大家先冷静一下，还请听我说！"

官员们都停止了议论，把目光聚集在张说身上。张说继续说道：

“大家不要慌张。这一切都是因为皇上乃当今天子，而天子御驾出宫一定会惊天动地。你们看，这阵大风就是东海的神仙来迎接皇上封禅的。”说完，他紧张地盯着官员们，生怕他们提出异议。幸好官员们听了张说的话，觉得十分有道理，便稍稍平静下来。

第二天，大队人马来到泰山脚下，天气果然变得风和日丽。正当大家放下心的时候，突然又出现了异象：气温骤降，眨眼间天寒地冻，寒风凛冽。这下，李隆基彻底慌了神，心想：“难道是我做错了什么吗？老天是不是在警示我什么？”

到了半夜，李隆基虔诚地向苍天祈祷：“上天，自从我即位以来，一直得到苍天的庇护，才能够让国家昌盛、万民安泰。如今我来到泰山封禅，一心想的是为这普天之下的苍生祈福。如果我有什么做得不好的地方，还请上天来惩罚我本人。如果是随从的人没有资格参加封禅，也请降罪于我。那些随从和马匹真的不能忍受这刺骨寒风，所以还请上天暂时停止这寒风吧！”

或许上天真的听到了来自李隆基内心的真诚祈祷，突然间风静树止，天气也慢慢地开始转暖。第二天，李隆基十分顺利地在泰山举行了封禅仪式。为了纪念这次封禅，李隆基还亲自写了《纪泰山铭》，刻在泰山顶的大观峰上。

拓展

羯鼓是一种出自于外夷的乐器，据说来源于羯族。唐朝时，有很多人喜爱且擅长羯鼓，唐玄宗便是其中之一。他经常说：“羯鼓是八音的领袖，其他乐器不可与之相比。”他作了鼓曲《秋风高》，每当秋高气爽时，即奏此曲。当时的宰相宋璟亦深爱声乐，尤其擅长敲击羯鼓。宋璟对玄宗说：“击鼓时，如果能够做到‘头如青山峰，手如白雨点’，便是击羯鼓的能手。”

魯盦先生雅屬
黃賓虹

殿试之路

48

问：传说古代有个叫直躬的人，他的父亲偷了羊，直躬作为证人出庭，指证他的父亲偷羊。这则故事在春秋战国时期广为流传，各家学派对这件事的看法也不尽相同。假如请诸子百家的代表人物来当法官，谁最有可能反对直躬出庭作证？

A. 韩非子　　B. 孔子

C. 腹䵍　　D. 墨翟

答：B. 孔子。

中华好故事

孔子改错：知错就改莫徘徊

孔子带着学生子路、子贡、颜渊等人周游列国，讲学传道，希望自己的治国思想能被采用，实现政治抱负。

有一天，孔子一行人来到了海边的朐阳山下。这日阳光正好，眼前是无边美景，孔子感到心旷神怡，感慨地说道："这里当真是太美了！不知爬到山顶眺望大海会是怎样的美妙景色？"说罢，他招呼学生们一同下车，说："我们已经坐了这么久的马车，也该活动活动身体，不如你们随我一起去爬山，可好？"众学子皆以为是个不错的主意，便都欣然同意前往。

明代仇英、文徵明《孔子圣迹图》(局部)

于是，师生一行人开始登山。子贡在最前面领路，孔子紧随其后，后面是子路和颜渊等几个学生。尽管不如学生年轻，但是孔子体力充沛，步伐矫健。当学生们已经爬得气喘吁吁时，孔子已一鼓作气攀爬到了山顶。孔子一边平稳呼吸，一边迫不及待地欣赏起山顶的风景。只见远处水天一线，大海一望无边，真是如诗如画，如梦如幻。孔子顿时觉得爬山的疲惫在顷刻之间烟消云散，不禁感叹道："美！真是太美了啊！"

孔子塑像

不一会儿，学生们也一个接一个登上了山顶，同样被这盛景所吸引。可是，还没有等孔子和学生们从美景中回过神来，天空就变了脸，一下子阴云密布，随之而来的是电闪雷鸣，眼看狂风暴雨就要扑面而来。子路最先反应过来，大喊道："这下糟了，要下暴雨了！我们该去哪儿躲雨呢？"大家都慌了神，准备赶紧下山去。

这时候，有个提着渔网拿着渔叉的老渔民从远处迎面朝他们走来，渔民边走边向他们招手："莫慌！莫慌！快跟我来，我知道哪里可以躲雨。"而后，老渔民把孔子和学生们带到了一个山洞里，对他们说："你们就在这里歇息片刻吧。"

孔子觉得洞里有点闷热，便走到洞口观看雨中的海景。看着看着，孔子诗兴大发，不由得吟诵道："风吹海水千层浪，雨打沙滩万点坑。"

老渔民听了这两句诗，赶紧说道："先生，你这说得可不对吧！"

"哦？还请老先生指教，这哪里不对呢？"孔子恭敬地回道。

"依我看，这'千层浪'和'万点坑'都有些欠妥。"

"愿闻其详，还请先生不吝赐教。"

“你想想，难道波涛滚滚刚好只有千层，沙滩不多不少正好被砸出了万点坑？先生你从未数过，怎么会知道呢？”

“那依照您看，我该怎么改呢？”

老渔民琢磨片刻，回答：“我觉得可以改成‘风吹海水层层浪，雨打沙滩点点坑’，这样不就合乎常理了吗？先生觉得如何？”

孔子正要夸赞渔民，一旁的子路按捺不住，非常不满地冲渔民说：“圣人作诗，你怎么可以说改就改呢？”

老渔民也不服软，厉声问道：“谁是圣人？”

子路得意地哼了一声，指着孔子说：“这位就是孔夫子、孔圣人！”孔子见状，连忙阻止失礼的子路。

渔民摇了摇头，笑着对子路说：“小伙子，圣人虽然有不同常人的见识，但也不见得事事都比别人高明啊！”

孔子见老渔民是个心胸开阔的人，赶紧对老渔民郑重地道了歉。他还把学生们聚集到一起，语重心长地对他们说：“大家一定要记住：‘知之为知之，不知为不知，是知也。’子路今日便是错了，以后切不可像子路这样傲慢无礼。”学生们听了孔子的话，纷纷点头称是，道：“学生知道了。”

孔子点了点头，顺口又吟诵道：“登山望沧海，茅塞豁然开。圣贤若有错，即改莫徘徊。”

从此之后，当地人就把朐阳山改名叫作孔望山。

拓展

楚国有一个名叫直躬的人，他的父亲偷了别人的羊，直躬亲自将这件事报告给楚王。楚王便派人捉拿直躬的父亲并打算杀了他。这时，直躬又请求代替父亲受刑。直躬将要被杀的时候，他对执法官员说：“我父亲偷了别人的羊，我将此事报告给大王，这不是诚实不欺吗？父亲要被处死，我代他受刑，这不是孝顺吗？像我这样既诚实又有孝德的人都要被处死，我们国家还有谁不该被处死吗？”楚王听了这一番话，便决定不杀直躬。孔子听说此事后很不以为然，说：“直躬之信，不如无信。”

墨子责徒：爱之深责之切

墨子像

众所周知，墨子是墨家学派的创始人，也是战国时期著名的思想家、教育家、科学家、军事家。墨子一生收有很多徒弟，其中有个名叫耕柱的学生深得墨子器重。但是，不知为什么，耕柱却常常遭到墨子的责骂。耕柱自己也百思不得其解，为何老师对待他要比其他人严厉上好几倍。

这日，耕柱又犯了一个小错，墨子依然当着众多学生的面狠狠地责备了耕柱。这次，耕柱内心感到非常难过，不禁想起之前自己受到的责骂，更加愤愤不平。他心想："这次的错并不算太大，为何我要受到如此严厉的责备？我平时的表现颇为优秀，也得到不少赞誉，但为什么偏偏总是遭到老师的指责？"当然，这些想法耕柱并没有立即对墨子说，老老实实地接受了墨子的责骂，并承诺下次一定注意。

一天，耕柱终于找到了机会。他趁着其他学生不在墨子身边，对墨子说："老师，我有个问题想请教您。"

墨子见耕柱表情凝重，笑着问道："你说吧，有什么问题？"

耕柱所有的委屈似乎在那一刻倾泻而出，他问道："老师，您曾多次肯定我的才能、品德，但是为什么您对我要比其他学子严苛上百倍千倍呢？难道在您眼里，我是如此糟糕吗？"

墨子收起了笑容，道："耕柱，我并没有这样的想法，你一直都很出色。"

拓展

《墨子》是墨家门人记述墨子言行的著作，反映了墨家的思想。《汉书·艺文志》著录71篇，今存53篇。《墨子》中主要阐述了墨家学派的“兼爱”“非攻”“尚贤”“尚同”“天志”“明鬼”“节用”“节葬”“非乐”“非命”等十大主张。书中还包含了墨家的认识论、逻辑学及自然科学方面的思想。书中的认识论属于朴素唯物主义，强调“眼见为实”。在辩证逻辑方面，《墨子》广泛地用逻辑推理来论证自己的学派思想，在中国思想史上建立了第一个古代逻辑学体系，在中国哲学和逻辑史上占有重要地位。当然，《墨子》中也有一些局限，比如承认鬼神的存在等。

“那为什么您总是责骂我呢？”

墨子听了耕柱的话，许久没有说话。

耕柱心里十分不安，小心翼翼地说道：“老师，您生气了吗？我只是疑惑而已。”

墨子望着耕柱，道：“耕柱，你先回答我一个问题吧。”

“老师请讲。”

“假如我现在要去太行山，你说，我应该用良马来拉车，还是用老牛来拖车呢？”

这突如其来的问题让耕柱有点摸不着头脑，他只好如实地说出了心里的想法：“显而易见，当然选择用良马来拉车。”

“那为什么不选择老牛来拖车呢？”

耕柱答道：“理由很简单，因为比起老牛来，显然良马才能够担当如此重任，值得被重用！”

听了耕柱的回答，墨子的表情顿时明朗起来，又恢复了之前的笑容。他拍了拍耕柱的肩膀，说：“这就对了，我之所以常常责骂你，也是同样的道理。因为你能够担负起重任，所以才值得我一而再再而三地教导和指正啊！”

这下耕柱才明白墨子的良苦用心，他愧疚地对墨子说：“老师，对不起，是我太自大太不知足了。往后，我一定更加勤勉努力，不让您失望。”

从此之后，墨子责骂耕柱时，耕柱便细心听取老师的教导，再也不会感到愤愤不平了。

问：李泌是唐朝中期的名臣，正是在他的帮助之下，安史之乱得以最终平息。李泌小时素有神童的称誉，据说唐玄宗曾命七岁的李泌以“方圆动静”四个字作一首咏物诗，李泌当即答道：“方若行义，圆若用智；动若骋材，静若得意。”那么李泌这首诗所吟咏的是哪种东西？

答：围棋。

中华好故事

李泌与懒残：许做宰相

李泌是唐朝中期著名的道家学者、政治家、谋臣，是历经玄宗、肃宗、代宗、德宗四朝皇帝的元老。李泌从小就才智过人，被人称为神童，在他七岁时便能吟诗作文，受到了唐玄宗、名相张说及张九龄的欣赏和喜爱。

李泌像

李泌一生好神仙道术。入仕后不久，他为了逃避奸臣的一再迫害便决定避隐修炼。几经周折之后，李泌隐居在了南岳的一座寺庙中。有一天夜里，李泌正坐在窗边读书，突然听到寺中传来和尚念经的声音。这声音分外悲凉委婉，且颇有遗世独立之味。李泌心想：“这一定是一位有道行的高僧，如果能够有幸结识他，那就太好了！”

第二天一早，李泌就四处向人打听这位在夜里念经的和尚。寺里的人大都说不出这个和尚的名字或是来历，只知道他是在寺里做

拓展

围棋是中国传统的棋艺博戏之一，古时被称为“弈”。它的用具是由棋盘和棋子组成的，其中棋盘亦称为“局”。围棋有很多术语，以下是一些常用术语。

气：是指在棋盘上与棋子紧紧相邻的空交叉点。单独一个棋子的气数不超过四气，但两个或两个以上相连的棋子则可以有四气以上。在对方棋子的活路上落子紧迫，称为“紧气”。

提：指无气的棋子要被提子，拿离棋盘。提吃对方的棋子，称为“提子”。

目：在棋盘上，被一方棋子所围的空白交点，称为“目”。

地：活棋所包围的目数和活棋本身之总和，称为“地”。

空：指用棋子围成的地域。

劫：指双方可以轮流提取对方棋子的情况。围棋规则规定，打劫时被提取的一方不能直接提回，必须在其他地方找劫材使对方应一手之后方可提回。

苦工的老和尚。这位老和尚总是把大家吃剩的饭菜都收到一起，然后热一热就吃了，吃饱之后就会找个舒服的地方睡觉。寺里的人都认为老和尚实在是性情懒惰，又专吃剩菜，所以就叫他“懒残”。李泌听了懒残一些平日的行事后，心想：“这人不同寻常，一定是位世外高人。”

又过了些时日，天已入冬，寒气逼人。就在一个冬夜里，李泌下定决心要去拜会一下懒残。忽然，他发现懒残就在寺庙的一处空地上坐着，正用干牛粪烧的火堆烤芋头吃。懒残在火堆边瑟瑟发抖，脸上还挂着两行冻住的鼻涕。李泌看着懒残的样子，恭恭敬敬地走到他身边坐下并通报自己的姓名。懒残看也不看李泌，只顾自己捡着火堆里的芋头吃，一边吃还一边嘀咕：“这人一定是看我在这儿烤芋头吃，想来偷吃，真是个坏家伙。”李泌听了，并不为所动。见此，懒残越骂越凶，可李泌却始终像是没听到似的，一直低着头恭敬地坐在懒残身边。

过了一会儿，懒残终于停止了骂声，转头看着李泌，然后把自己吃了一半的芋头递给李泌。这芋头上还沾着些许干牛粪，李泌却丝毫不嫌脏，双手接过芋头，先是好好地感谢了一番，然后才将芋头吃下去。

懒残看着李泌津津有味地吃完了半个芋头，又仔仔细细地将李泌上下打量了一番，然后对他说："不错，不错，你也不用说什么，看在你这么诚心诚意的份上，我就让你做十年的平安宰相吧！"说完，懒残站起身来，头也不回地走了，留下李泌一人愣在寒风中。

之后，李泌竟然真的又重新回到了朝廷，并当上了宰相。

事实上，李泌所处的时代战事繁多，朝廷内部矛盾也很突出。李泌曾四次被排挤出朝廷，又四次回到朝廷。李泌能在这样的环境中保全自身，而且到达一般人难以企及的高度，不得不说李泌自身的心境发挥了重要作用。

[日]中村不折《懒残煨芋》

清末民初黄山寿《懒残煨芋》

中华好故事

徐达对弈太祖，巧胜皇帝

在江苏省南京市的莫愁湖畔，坐落着一栋历史建筑，叫作胜棋楼。胜棋楼始建于明朝洪武初年（1368），重修于清朝同治十年（1871），为二层五开间的建筑，楼内刻工精美绝伦。胜棋楼正门中堂有一棋桌，相传这里是明太祖朱元璋与大将徐达对弈下棋的地方，故此这楼最初得名“对弈楼”。但是，为何今天我们看见楼门上的匾额写的却是“胜棋楼”呢？这当中有一个有趣的故事。

明太祖朱元璋非常喜欢下棋，经常邀请开国元勋徐达在此楼下棋。不要以为徐达是一名骁勇善战的大将军，就只会舞刀弄枪，其实他还是一位弈林高手，棋力相当之高。然而，徐达虽然棋艺高超，但毕竟伴君如伴虎，他还是害怕因为赢棋而获罪。所以，每次太祖找徐达对弈，徐达要么推脱不下，要么就故意输棋。对此，朱元璋心里有几分明白，但他对自己的棋力也非常有信心。

一天，朱元璋又找来徐达一起下棋，但这天却与往常不一样。在下棋之前，朱元璋对徐达说：“徐达，今日你我下棋，你一定要尽全力

胜棋楼

施展你的棋艺！无论最后是胜还是负，朕都不会怪罪于你。君无戏言！”徐达笑着回答：“陛下，臣定当竭尽全力。”说完，两人便全身心投入到了棋局中。双方阵势拉开，在一方小小的天地里尽情地施展着自己的棋艺。

朱元璋节节逼近徐达，眼看着胜局在望，心里十分高兴。他禁不住问徐达：“爱卿，你看现在这局势怎么样？”

徐达虽处于弱势，却完全不见有丝毫慌忙焦虑，只是笑着点点头答道：“请皇上仔细看看全局。”

朱元璋虽心生疑惑，但还是起身仔细地看了看棋局。突然，朱元璋先是一愣，而后不禁拍手叫好：“妙！妙！实在是妙啊！朕的棋艺真的不如爱卿啊！哈哈哈……”

原来，徐达巧妙地运用棋子在棋盘上摆出了“万岁”二字，此举博得了朱元璋的欢心。朱元璋为了嘉奖徐达，当即就把莫愁湖连带着“对弈楼”一起赐给了徐达。

从此，有明一代徐家世代掌管着整个莫愁湖，“对弈楼”也更名为“胜棋楼”。直到现在，“胜棋楼”里还挂着徐达的画像。

拓展

莫愁湖古称横塘，因其依靠石头城，故又称石城湖。莫愁之名源于一个美丽的传说。

相传莫愁是河南洛阳人，幼年丧母，与父亲相依为命。十五岁那年，父亲在采药途中不幸坠崖身亡，莫愁因家境贫寒，只得卖身葬父。当时有建康（南京古称）人卢员外在洛阳做生意，见莫愁纯朴美丽，很同情她，便帮助莫愁料理了其父亲的后事，还带她来到建康。从此，莫愁嫁进卢家，成了员外的儿媳。莫愁婚后和丈夫恩恩爱爱。

卢员外曾在梁朝为官。一日，梁武帝听闻卢家庄园牡丹花开得正好，便着便服来员外家赏花。只见牡丹花交错如锦，夺目如霞，梁武帝惊得如痴如醉，遂问员外：“此花何人所栽？”卢员外跪答：“此乃儿媳莫愁所栽。”梁武帝不禁怦然心动，当即传令莫愁见驾。梁武帝见到莫愁貌美如花，不由得神魂颠倒。回宫后，梁武帝寝食难安，想出毒计，害死了卢公子，并传旨选莫愁进宫为妃。莫愁得知后，悲愤交加，宁为玉碎，不为瓦全，投石城湖而死。后来人们为纪念这位美丽善良有气节的女子，便把石城湖改名为莫愁湖。

问："忘座交"指的是宋代两位文化名人之间的友谊，下图中的两位主人公一个是苏轼，请问另一个人是谁？

答：佛印。

中华好故事

苏轼与佛印：不"打"不相识

北宋大文学家苏轼与佛印禅师是好朋友，两人经常在一起饮酒作诗，参禅论道，也经常互相开玩笑。但是，他们能成为如此交好的朋友，却是从一次"争论"开始的，可谓是不"打"不相识。

当时，朝廷保守派复辟，以砸缸闻名的北宋著名文学家司马光重新当上了宰相，王安石变法遭到全盘否定，新法全部被废。但是，原本作为保守派的苏轼却主张对新法不能全盘抛弃，应该区别对待，把好的留下，不好的摒弃。这个做法得罪了司马光，于是苏轼被贬谪到了瓜州。

到了瓜州后，苏轼听闻瓜州金山寺有一个法号为佛印的和尚名气很大。苏轼虽然信仰佛教，却不喜欢和尚，于是心里很不服气，就决定上山去会一会这个和尚。

苏轼、佛印、黄庭坚塑像

到了寺里，苏轼从皇帝讲到文武百官，从治国之道讲到为人之道。面对苏轼滔滔不绝的言论，佛印只是静静地听着，并未言一句。苏轼见佛印一言不发，就觉得佛印并没有传说中这么厉害，有点瞧不起他，心想："大家都说他这么有本事，原来只是草包一个，来这里只是为了骗香火钱吧！"

拓展

佛印，宋代僧人，俗姓林，法名了元，字觉老，江西浮梁人。三岁能诵《论语》，五岁能诵诗三千首，被称为神童。神宗钦仰其道风，赠号"佛印禅师"。佛印与苏轼友善，苏轼谪黄州，佛印住庐山，常相往来。

后来，话题慢慢转到了佛事上，这时候佛印说话了，他问苏轼："在先生眼里，老衲应该是个怎样的人呢？"苏轼正满肚子鄙夷，于是随口答道："你在一般人眼里好像很有本事的样子，但那是因为他们见识浅薄，实际上你只会故弄玄虚，没有真才实学，是个骗子！"佛印听完，只是微微一笑，默不作声。苏轼看到他这个样子，更加得意起来，于是追问道："那么，在你眼里，我苏大学士又是个怎样的人呢？"

"你是个很有学问、很有修养的人，老衲自愧不如。"佛印答道。苏轼听后非常高兴，心里得意得不得了。

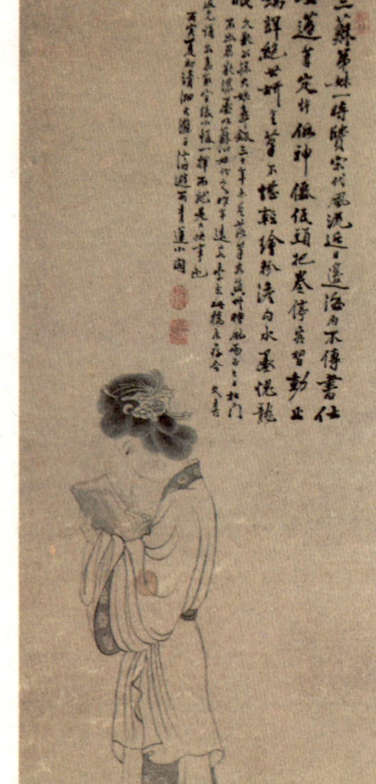

清代石涛《苏小妹像》

回到家后，苏轼得意洋洋地把早上如何说服佛印和尚的事说了一遍给自己的妹妹苏小妹听，苏小妹听后笑得前仰后合。苏轼不解，连忙问："小妹为什么发笑？"小妹回答说："你贬低了佛印和尚，他不仅没有生气，反而赞扬了你一番，你说是谁比较有修养呢？没有学问哪来的修养？你还自以为比别人强！难道不感到羞愧吗？"苏轼听后恍然大悟，顿觉惭愧。

之后，苏轼经常去拜访佛印，两人一起参禅打坐，渐渐成为了好朋友。佛印老实，经常被苏轼"欺负"。

有一次，苏轼一时兴起，问佛印："你看我像什么？"

佛印回答："我看你像一尊佛。"

苏轼听了非常得意。

佛印又问苏轼："那你看我像什么？"

苏轼想为难一下佛印，就故意说："我看你像一堆牛粪。"

佛印听了后什么都没说。

苏轼便自以为又胜了佛印一筹，回去后很得意地把这件事告诉了苏小妹。苏小妹听完摇了摇头，叹着气对苏轼说："哥哥，这是你输了呀。佛印大师因为心中有佛，所以看世间万物都是佛。哥哥你心中肮脏，才会看佛印大师像牛粪。"苏轼听了苏小妹的话，羞愧万分。

问：雪山巍峨，戈壁辽阔，描述的是天下第一雄关——嘉峪关。嘉峪关地势险要，兵家必争，是西线长城第一堡垒，也是丝绸之路上的重要关隘。击石燕鸣、定城砖、冰道运石……许许多多的故事，沉淀在它斑驳的砖墙之上。嘉峪关城墙厚实，守备坚固。瓮城，取“瓮中捉鳖”之意，用来埋伏守军，关门打狗。内城的四角各有一个高耸的角楼，是哨兵值勤放哨的地方。两侧城墙中间还建有敌楼，敌楼有两个作用，一是作为巡逻士兵的休息室，另一个是作为临时储物室。请问敌楼主要储藏什么物资？

答：兵器。

中华好故事

瓮中捉鳖：草莽英雄捉贼记

北宋末年，统治者对百姓的剥削压迫日益加重，引发了很多社会矛盾。在此背景下，聚集在梁山泊的各路好汉揭竿而起，并推举宋江为首领。在宋江的带领下，梁山的起义军纪律严明，劫富济贫，屡次打败朝廷的军队，在百姓中颇有声望。

李逵塑像

在梁山下有个小村庄，名叫杏花庄。庄里有个酒铺，平日里来来往往的旅人都会在这儿停下歇个脚。酒铺的老汉独自将女儿满堂娇抚养长大，两人相依为命，日子虽然过得清苦，但还算

拓展

相传，古时有一对燕子筑巢于嘉峪关柔远门内。一日清早，两燕飞出关。日暮时，雌燕先飞回来。等到雄燕飞回时，门已关闭，不能入关，雄燕遂悲鸣触墙而亡。为此，雌燕悲痛欲绝，不时发出“啾啾”的燕鸣声，也悲鸣至死。死后其灵不散，每当有人以石击墙，就会发出“啾啾”的燕鸣声，好像在向人倾诉。古时，人们把在嘉峪关内能听到燕鸣声视为吉祥之声。将军出关征战时，其夫人就击墙祈祝。后来更渐渐形成风俗，将士出关前，都会带着眷属子女，一起到墙角击墙祈祝。这就是“击石燕鸣”的由来。

安宁。如今，满堂娇已长大成人，正是年方十八的花样年纪，长得又明艳动人，故引来不少周边男子的垂青。

有一日，酒铺中来了两名壮汉，点了一桌子饭菜酒水。酒足饭饱后，两人竟想赖账，不愿意付酒菜钱，转身就要出门。老汉见了，赶紧拦住说：“两位好汉，我这是小本买卖，请您二位行行好，不然我这生意可做不下去了啊！”然而，这两名壮汉却不顾老汉的阻拦：“老人家，这霸王餐俺们是吃定了。俺们吃你一餐饭是看得起你，你竟然还想要酒钱，也不看看我这拳头答不答应。”

老汉的女儿满堂娇看到门口争执的场面，担心自己的爹吃亏受伤，赶紧上前劝阻。不料，这两名壮汉看到年轻貌美的满堂娇，心生歹意，强行要抢了她回去。老汉赶紧拉住两人，却被一脚踢翻在地。壮汉对着老汉呵斥道：“不识好歹的东西，你可知道俺们是谁？说出来吓死你！俺们是梁山好汉宋江和鲁智深，你识相的话就不要声张。这小娘子陪我们两天就回来，你要是乱说话，小心你的命！”

老汉看那两个流氓扬长而去，自己又无能为力，坐在店中又气又急，大声地怒骂道：“什么梁山好汉，什么为了咱百姓起义，还不就是一群流氓！强抢民女都干得出来，也不见得比朝廷的爪牙好到哪儿去！”

正当老汉痛骂梁山众人时，李逵刚巧路过酒铺。听到宋江和鲁智深竟然抢了民女回去，干下这般天理不容的事，李逵义愤填膺，连连道：“不想我竟然看错了人！”说着，他就要回梁山找宋江和鲁智深

嘉峪关“击石燕鸣”

算账。

李逵怒气冲冲地回到山寨，大闹忠义堂，看到宋江和鲁智深就要上前拼命。梁山众人都不明白李逵为什么生这么大气，赶紧来拦他。待李逵冷静下来，把山下的见闻一一讲清后才知道，原来那两个抢人的流氓是冒充的，是他错怪了宋江和鲁智深。李逵是个直性子，知道自己做错了，立即叫人将自己绑起来，背上荆条去向宋江、鲁智深请罪。

这时，酒铺的老汉找上门来，急匆匆地对李逵说：“壮士，之前是我错怪你的兄弟了，那两人根本不是宋江和鲁智深。今天他们又来我的小店吃酒，正被我灌醉在店里睡着了呢。”

李逵一听，大喜道：“来得正好，竟敢冒充我的两位大哥为非作歹，看我来个‘瓮中捉鳖’，狠狠收拾他们一顿。”话音刚落，他就操起两把板斧，跑下山去。

李逵来到酒铺，将还在酣睡的两人五花大绑，问出满堂娇的下落后，便把他们好好地教训了一顿，为民除害。

“瓮中捉鳖”原本的字面意思是在大坛子里捉鳖。后来就用来比喻想要捕捉的对象已在掌握之中，形容手到擒来，轻易而有把握。

问：张掖这个地方，丹霞赤土，万壑纵横。大自然的鬼斧神工造就了这片峭壁危崖，苍茫空阔，静默无言，亲眼见证了张掖千载的变迁。就在千百年前，一次盛况空前的“世博会”令张掖享誉世界。一位传奇帝王疏通西域，西巡至此，广招八方宾客，引得万国来朝。在那次“世博会”上，二十七国的使臣、商旅济济一堂，共襄盛举，促进了西域各国的经济发展、文化交流，可谓是亚洲外交史上的一次创举。请问，西巡至张掖并举办盛况空前的“世博会”的是哪一位皇帝？

答：隋炀帝。

中华好故事

楼台牡丹：神乎其技的嫁接技术

隋炀帝杨广是隋朝的第二位皇帝，他在位期间做出了一些贡献，例如开创了科举制度、修建了隋朝大运河、迁都洛阳等等，对后世产生了深远的影响。然而，杨广频繁发动战争，不爱惜民力，贪图美色，宠信小人，做出了不少荒唐事，最终导致天下大乱，隋朝覆亡。

杨广喜欢游山玩水，观赏奇花异石，其中他最爱的花便是牡丹。他命人在民间将不同品种的牡丹从全国各地搜罗过来，种植在西苑，并命令花匠们悉心照料。待到牡丹盛开的时节，杨广就携后宫众嫔妃去西苑赏花。

一日，杨广携众嫔妃登上了可览花园全景的玉凤楼。玉凤楼上早已摆放好桌椅，备好精致的点心和新鲜的水果。嫔妃们一边闲谈，一边赏花，享受春日的闲暇时光。阳光明媚，牡丹争相开放，姹紫嫣红，花团锦簇，甚是好看。杨广见嫔妃们如此惬意，也笑逐颜开。这

唐代阎立本《历代帝王图·隋炀帝杨广》

时，有一位妃子忽然感慨："这牡丹是花中之王，美则美矣，可嫔妾们只能在楼上远远观望，不能近距离地欣赏，真是遗憾啊！"

杨广一听，对那位嫔妃说："朕是天下之主，怎么会满足不了爱妃的一个小小的心愿？爱妃且放心！"接着，杨广召来宫中的花匠们，下令："朕命令你们栽些高株牡丹，要和这玉凤楼一样高，朕改日再和爱妃们一起来赏花！"

花匠们听到命令，个个都愁眉苦脸："皇上，牡丹再怎么高也不可能和玉凤楼一样高啊！"

"你们给朕想想办法，若是朕下次来看不到和玉凤楼一样高的牡丹，小心你们的脑袋！"

"皇上饶命啊！皇上饶命啊！"花匠们纷纷跪地求饶，一位年长的花匠提议："皇上，小人们见识浅薄，唯恐无法完成皇上的命令，还请皇上下旨将全国各地出名的花匠召集起来，共同商议对策。"杨广批准了，随后便带着诸位嫔妃有说有笑地离开了。

花匠们很无奈，但是为了保全性命，只能尽力一试。全国各地技艺高超的花匠们在接到圣旨后纷纷赶往洛阳，和宫中的花匠们一起商量、研讨。其中，一位来自山东曹州的花匠，对种植和照料牡丹颇有心得。他仔细研究了牡丹的习性和特点，发现牡丹是可以嫁接的。于是，他和其他花匠一起做实验，钻研牡丹的嫁接之法。他们将牡丹嫁接在桃树、杏树、梨树等上面，可惜都失败了。然而，他们不轻言放弃，仍夜以继日地努力着，最后终于成功地将牡丹嫁接在了香椿树上。

当杨广再次带着妃嫔们来赏花时，他发现牡丹果然和玉凤楼一样高，一伸手就能触碰到牡丹的花瓣，一吸气就能嗅到牡丹的芬芳。杨广龙心大悦，当场将这嫁接的牡丹赐名为“楼台牡丹”。

元代佚名《炀帝夜游图》

之后，杨广准备论功行赏，没想到杨广身边的宦官为了领赏，硬说这嫁接牡丹的主意是他想出来的，花匠们只是按照他的想法去实施而已。杨广不明就里，偏听偏信，赏赐了宦官大量黄金。

花匠们见自己含辛茹苦了数月，最后功劳却属于一个什么都没做、只懂得奉承讨好的小人，都心怀不满。而那位来自山东的花匠更是一气之下发誓不再做这一行，致使“楼台牡丹”的园艺最终失传。

杨广下江南时，乘着龙舟，享受着美食，生活过得很奢侈。然而，他仍然不满足。一天，他突发奇想，命人选了一千位美人，让她们穿上白衣，在船前拉纤。看着美人们香汗淋漓，他直呼“秀色可餐”，并当场封了其中的吴绛仙为妃子。

问：判断纠错题（请判断下列故事的叙述是否正确，若错则说明错在何处）

曾子犯了错误，他爸一怒之下，抡起大木棍，把曾子打得不省人事。曾子过了好久才醒过来，还觉得自己做得对，当儿子的就该老老实实挨打。孔子知道之后很生气，认为曾子太傻。他教导曾子说："当年舜帝也总是挨打，可他比你聪明。只要父亲用小棍子打他，他都老老实实挨揍；一旦父亲拿大棍子打他，他一定会跑没影。你应该学习舜帝，否则一旦你有个三长两短，等于陷父亲于不义。"

答：正确。

中华好故事

曾子受杖：孝顺的真谛

曾子，名参，字子舆，是中国著名的思想家，孔子晚期弟子之一，也是儒家学派的重要代表人物之一。

一天，曾参与父亲曾晳一同在瓜地里劳作，曾参因为一不小心动作大了些而斩断了瓜苗的根。父亲曾晳看到了，怒火冲天，拿着大棍就朝曾参的背敲了过去。曾参心想："这件事本就是我的过错，父亲杖责我也不为过，何况我要做个孝子，不能忤逆父亲。"于是，曾参就暗自忍受着，愣是不喊一声痛。谁知没过一会儿，曾参就痛得晕了过去。就这样，曾参躺在田地上不省人事，许久以后才渐渐苏醒过来，然后慢慢地走回家去。

曾参回到家，看到父亲后，并没有责怪父亲出手太重，反而是向父亲赔罪："父亲，是孩儿错了！父亲刚才教训孩儿，不知有没有伤到父亲的身体？"曾晳似乎还在气头上，一言不发，完全不理会曾参。无

曾子像

奈，曾参只能回到自己的房间。之后，曾参怕父亲难过，便拿出了琴，抚琴而歌，以此来安慰父亲，想让父亲知道自己的身体并没有大碍。

孔子听说了这件事情之后，非常愤怒。他告诉门下弟子：“下次曾参若要来拜见我，绝对不要让他进来！”

各弟子见老师如此动怒，也不知该说什么，只能点头应下了。曾参听说这件事情后，心里奇怪，觉得自己并没有做错，为何老师会如此生气？于是，曾参连忙托人去请教孔子。

孔子叹了口气，对来人说：“你回去告诉曾参，他难道没有听说过瞽叟的儿子舜的故事吗？瞽叟由于长期受病痛折磨，脾气古怪。一直以来，舜尽心尽力地侍奉他的父亲瞽叟，从来不抱怨辛苦。有一天，舜有事情出门了，正巧父亲想要使唤舜做事，却久久得不到回应。瞽叟越等越生气，最后竟然想要杀了舜。舜一回到家，就看到自己的父亲拿着大棍子在等着他。舜连忙逃走了，等到父亲气消了才

曾子居卫：曾参在卫国讲学的时候，过着非常艰苦的生活，他穿的是用乱麻絮做的袍子，破烂不堪，旧得看不出原来的颜色。由于吃的很差，曾参脸上浮肿，带着病容，手掌、脚底都长满了老茧。曾参经常一连三天不生火做饭，揭不开锅，十年之内没做过一件新衣服。他戴的帽子也很破旧，一系帽带就断了；一拉衣襟，就露出手肘；一穿鞋，鞋后跟就开裂。虽然如此穷困，但他并不因此而忧愁，时常穿着破鞋，高歌《商颂》。就这样，曾参过着自由自在的生活，诸侯想要结交他，他不理会；即便是天子召他去做官，他也拒绝。

回来。”

讲到这儿，来人并没有明白孔子说这个故事的原因，便问：“这与曾参受父亲杖打有何关系呢？”

宗圣曾子墓

“你想想，如果舜和曾参一样，任凭父亲打骂，若瞽叟把舜给打死了，不就得承担起不称职父亲的名声了吗？舜都懂得，如果父亲用小木棍惩罚他，他就忍受；如果用大木棍惩罚他，他就逃跑。而曾参却任父亲责罚，就算死也不回避。一旦曾参被父亲打死，就会陷父亲于不义。天网恢恢，曾皙虽然杀死的是自己的儿子，但是也逃不过惩罚，曾皙的余生恐怕要在牢狱之中度过了。你说，曾参这是孝顺还是不孝呢？”

那人将孔子的原话转告给曾参，曾参听了，恍然大悟，感慨地说：“曾参的罪过实在是太大了！”

后来，曾参亲自登门，向孔子承认了自己的错误，并赔礼道歉。从此以后，曾参不再愚孝，而是对孝的真谛有了更深理解。

北宋曾参砖雕

中华好故事

曾参杀人：流言不可尽信

在鲁国南武城有个人和曾参同名同姓，这人在外乡杀了人，担心受到惩罚，就连夜收拾行李逃走了。官府为了抓捕犯人，便贴出公文悬赏。人们看到这个公文，议论纷纷。有个人和曾参很熟悉，便跑到他家，给他的母亲报信："不好了！不好了！曾参杀人了，现在正被官府通缉呢！您赶紧逃走吧，免得受他牵连。"

曾参的母亲觉得莫名其妙，说："你瞎说什么！我的儿子你还不知道吗？他是出了名的忠厚老实，怎么可能杀人呢？"

那人坚持说道："我没有骗你，外面都传开了，你儿子在外乡杀了人，因为怕坐牢，所以逃走了！"

"你休要胡说八道！一定是你搞错了！"曾参的母亲将来人送走，坚定地认为自己的儿子没有杀人，淡定自若地继续穿针引线。

谁知，没过一会儿，又有一个人气喘吁吁地跑到曾参家，还没进门，就大声喊道："曾参杀人了，曾参杀人了，您快去看看啊！"

曾参的母亲心中有些疑惑，但是她转念一想："我儿子平日里孝顺父母，善待朋友，怎么可能做出杀人这样的事？我是他的母亲，我一定要相信他！"于是，曾参的母亲坚定了自己的想法，打开门高声说道："我的儿子不可能杀人的！"

那人信誓旦旦地说："不只是我看见了，街上的百姓们都看见了，现在都在找曾参呢！"曾母还是不相信，将来人赶走了，继续去织布，但心中的疑惑却越来越深。

过了一会儿，第三个人又来了，这次来人一边拍门一边说："曾参确实杀人了！您知不知道他在哪儿啊？"这下曾母着实慌张了，心想："不好，连着来了三个人都说我儿子杀人了，难道儿子真的杀人了？"曾母在屋内急得团团转，等了又等，见曾参还不回来，喃喃自语道：

现代王鹤《曾参负薪图》成扇

“儿子出去了那么久还没回来，他肯定是像别人说的那样，杀了人以后逃跑了！哎，曾参他平日里那么忠厚，怎么能做出这样的事情呢？他留下我一个老母亲，可怎么活哟！”

曾母心中认定曾参杀了人，连门也不敢开，也不敢再回应外面的人。她悄悄地收拾好行李，搬着梯子来到后院，翻墙逃跑了。

这则故事告诉我们，应当用分析的眼光来看问题，要实事求是，并且需在掌握了确切的事实证据后再下判断，而不能盲目相信流言蜚语。

曾子避席：曾子是孔子的弟子，有一次他在孔子身边侍坐，孔子问他：“以前圣贤的君王有至高无上的德行和精妙绝伦的理论，他们用这些来教导天下百姓，百姓们就能和睦相处，君臣之间的关系也很和谐，你知道它们具体是什么吗？”曾子听了，知道老师要指点他一些深刻的道理，连忙从席位上站了起来，走到外面，恭恭敬敬地行了一礼，说：“学生愚钝，还请老师将这些道理教给我。”孔子见曾子这般谦逊，欣然给予指导。

关键词猜颜色

盆子　小宋　斩白蛇　崔氏婢

答：红色。

中华好故事

刘邦斩白蛇：传奇经历稳固地位

汉高祖刘邦是汉朝开国皇帝，也是历史上杰出的政治家、卓越的战略家和指挥家。从出生起一直到起义，再到建立汉朝称帝，刘邦的一生极富传奇色彩。民间至今还流传着许多关于刘邦的故事传说，“醉斩白蛇”便是其中之一。

故事发生在公元前209年，当时还是泗水亭长的刘邦奉命押送一群民夫到骊山服劳役。一行人从沛县出发，不料半路上有不少民夫纷纷逃散。

刘邦见状，一下子慌了神，只好一边命人捉拿，一边大声喊道：“站住！不准跑！都给我站住！”

有随从抓住了一个民夫，便将此人带到了刘邦面前。刘邦气不打一处来，质问道：“你为什么要逃走？”

民夫面无惧色，回答道：“此去骊山，必定有去无回，为什么不逃？”

刘邦一时不知如何反驳，但他知道，要是照这样子下去，一定到不了骊山。民夫们很快就会跑光，而自己也会因此犯下失职大罪，一定也难逃一死。他命

元代《刘邦斩白蛇》青花盖罐

人把民夫押下去，加紧看守，自己独自一人思考起来。

这一天，一行人走到丰西的沼泽中，刘邦让大家停下来饮酒休息。到了晚上，刘邦对民夫们说："你们赶紧逃吧，逃得越远越好！"

《汉高祖斩蛇》雕塑

"赤帝"即炎帝，而赤帝子指汉高祖刘邦。过去说汉朝崇尚火红色，用此神化刘邦斩蛇的故事，称刘邦为"赤帝子"。而"白帝子"在故事中指的是被斩断的白蛇，实则指的是秦统治者。赤帝子斩杀白帝子，表明汉灭秦。

众人你看看我，我看看你，不相信这是真的。有人问："我们走了，大人您怎么办？"

刘邦叹了口气，笑着回答说："还能怎么办，当然跟你们一样亡命天涯！好了，你们快点逃吧！"

众人渐渐散去，只有十几个年轻力壮的汉子愿意跟随刘邦。刘邦大喜，当下又和这十几个人席地而坐，开怀畅饮。

夜深了，刘邦醉意蒙眬地带领大家继续在沼泽中赶路。突然，带头的一名随从大叫了一声："等一下！前方好像有什么异物！"

大家停下了脚步，问道："是什么啊？"那人又往前走了几步，想看得清楚些。这不看不知道，一看吓一跳，那异物原来是一条巨大的蟒蛇。

带头的人惊慌失措地说道："不好！是……是……是蟒蛇！"

众人一听，吓得想要往回走。只有刘邦保持着镇定，他知道如果往回走，一定会被追兵捉到。于是，他鼓足了勇气，冲前面的人喊道：

清康熙《刘邦斩蛇》水盂

"区区一条蟒蛇，有什么好怕的！"说罢，刘邦拔出了自己随身携带的青铜宝剑，走上前去。只见刘邦手起剑落，将挡道的那条蟒蛇斩为两段。之后，刘邦就带着同伴们跨过死蛇继续往前走。走了几里地，酒劲涌上来，刘邦就倒在路旁睡着了。

有一过路人经过斩蛇的地方，发现一位老妇人正抚蛇痛哭，他好生奇怪，便上前询问。老妇人哭诉说："我的儿子是白帝之子。他现化身为蛇，盘踞在路间休息。不想遇见了赤帝的儿子，认为他挡道，就把他砍成了两段。"过路人觉得老妇人满口胡言乱语，正想责骂几句，一眨眼，老妇人竟然消失得无影无踪。

过路人追上刘邦一行时，刘邦刚好醒来。这人便把老妇人的话一五一十地说给刘邦听。刘邦听了心中暗喜，认为自己是真龙天子。众人也觉得刘邦不同凡响，对他更加敬重。

民国《刘邦斩蛇》粉彩水盂

问：泉州海外交通史博物馆的外形酷似巨船，直观地体现了泉州深厚悠久的海洋文化。馆内充满异国风情的展品令人目不暇接。在展馆的一楼石刻展厅里，可以看到两根哥林多式石柱，基座部分刻着双凤朝牡丹、双狮戏球等传统的中式图案，上半部分却雕刻着古印度的神话故事。中西合璧，相得益彰。距石柱不远处是一块门框石，上面雕刻着印度史诗《罗摩衍那》中“哈奴曼”采仙草救王子的故事。只见“哈奴曼”身体像人，却拖着一条长长的尾巴，双手拿着一株三叶草，悠然自得地坐在石头上。请问，中国哪位神话人物与“哈奴曼”有关？

答：孙悟空。

中华好故事

孙悟空大闹天宫：齐天大圣的一次发飙

孙悟空是我国著名的神话角色之一，出自于四大名著中的《西游记》。在成为唐僧的徒弟之前，孙悟空的日子也是非常不平静的。

原本，孙悟空在花果山一直过着自由自在且十分安逸的生活，但是他抢了龙宫的镇海之宝——金箍棒，于是被龙王告上了天庭。

太白金星向玉帝献计说：“孙悟空自在惯了，如果用蛮力一时无法制服他。不如将他骗到天庭来，封他为弼马温，让他去管理喂养天马，这样也方便看管这猴子。”玉帝听从了太白金星的建议，将悟空召来，并封他为弼马温。

起先，孙悟空十分开心，但日子一长他就识破了玉帝的诡计，一气之下捣毁了御马监。他回到了花果山，并自封为“齐天大圣”。玉

帝十分愤怒，派李靖带领天兵天将前往花果山捉拿孙悟空。经过一番厮杀，李靖一行人未能捉住孙悟空。玉皇大帝气得浑身发抖，咬牙切齿道："这可如何是好？这泼猴竟然如此厉害！你们说，到底该拿他怎么办？"众神仙面面相觑，给不出一个有效的建议。

这时，太白金星又站了出来，对玉帝说："既然那猴子有这么大本事，不如我们将计就计，就封他为齐天大圣。"

玉帝听了这话，着急地打断了太白金星："这怎么行？那猴子怎么能当官呢？"

太白金星不慌不忙地继续说道："齐天大圣当然只是一个空名啊！否则要是激怒了他，真的打到了灵霄宝殿，这事儿就不好办了！"

《大闹天宫》皮影

中国古典长篇小说四大名著，简称四大名著，指的是《三国演义》《水浒传》《西游记》《红楼梦》这四部巨著。这四部巨著在中国文学史上的地位难分高下，都有着很高的文学水平和艺术成就，其中细致的刻画和所蕴含的深刻思想为历代读者所称道。书中的故事、场景、人物已经深深地影响了中国人的思想观念、价值取向，可谓中国文学史上的四座伟大丰碑。

无奈之下，玉帝接受了这个建议，召来孙悟空，封他为齐天大圣。为了防止孙悟空整天无所事事在天庭捣乱，玉帝还将蟠桃园交给孙悟空管理。于是，孙悟空三天两头就跑去蟠桃园逛一逛、瞧一瞧。

有一天，孙悟空发现树上的桃子都红了，他偷偷在心里一合计，对园子里其他的神仙和土地公公说："唉，俺老孙有点累了，想要休息会儿，你们都出去吧！"支走了众神仙后，孙悟空迫不及待地蹿到树上，摘下桃子一顿猛吃。就这样，孙悟空天天想着法儿去蟠桃园摘桃子吃。

这天，孙悟空正躺在树上酣睡，一阵嬉笑声惊动了他。原来，是七仙女奉命来桃园里摘桃子。当时正值王母娘娘的寿辰，天庭要举办蟠桃大会来庆祝。

起初，孙悟空并不知道这个情况，就大声呵斥道："大胆！你们是什么人，敢来这里偷桃子？"

七仙女吓得腿一软，"扑通"一声跪在孙悟空面前："大圣不要生气，我们奉命来摘蟠桃盛会用的桃子。"

孙悟空听了一头雾水，心里嘀咕："什么蟠桃盛会，我怎么不知道？"他眼珠子一转，问道："这蟠桃盛会请了哪些客人啊？"

七仙女老老实实地把客人的名字都告诉了孙悟空，当然这其中并没有孙悟空的名字。这下，孙悟空知道了玉帝让他掌管蟠桃园的用意，顿时火冒三丈。

蟠桃大会那天，孙悟空出现在宴席上并大闹了起来，还将所有酒菜都装进乾坤袋，准备带回花果山。后来，因为醉酒他还迷迷糊糊地撞进了太上老君的兜率宫，将专供给玉帝的金丹吃了个干净。之后，他才返回花果山，和众猴子猴孙们开起了酒会。

玉帝和王母娘娘得知后十分恼怒，又派李靖带领天兵天将捉拿孙悟空，但依然没有成功。后来，孙悟空遭太上老君暗算，终于被擒。玉帝将孙悟空打入太上老君的炼丹炉里炼烧，没想到孙悟空不但没有被烧死，还炼就了火眼金睛，最终打败天兵天将，回到了花果山。

问：判断纠错题(请判断下列故事的叙述是否正确,若错则说明错在何处)

贫寒书生柳梦梅梦见在一座花园的桃树之下站着一位美人,从此常常思念她。太守之女杜丽娘也梦见一个书生手持垂柳前来求爱,两人在牡丹亭畔幽会。杜丽娘醒后抑郁而终,临死前求母亲把她葬在花园的桃树之下,嘱咐丫鬟春香将自己的画像藏在太湖石底。三年后,柳梦梅赴京应试,偶然拾得杜丽娘的画像,惊觉这就是他的梦中情人。杜丽娘也魂游后园,和柳梦梅再度幽会。柳梦梅掘墓开棺,杜丽娘起死回生。

答：错。不是桃树,是梅树。

中华好故事

牡丹亭还魂:情不知所起,一往而深

南安太守杜宝有一个女儿,名字叫作杜丽娘。杜丽娘自小就天资聪慧,才貌端妍,长大后跟着老师陈最良读书学习。杜宝是个儒生出身的太守,十分推崇传统道德,为官忠于职守,为人坚持礼教。杜丽娘的母亲甄氏则是个夫唱妇随的贤妻良母,所以丽娘自出生以来就生活在封建礼教之下,一直接受的也是严格的封建教育。原本,丽娘一直行走在她的父亲为她安排好的道路上,十分稳重和

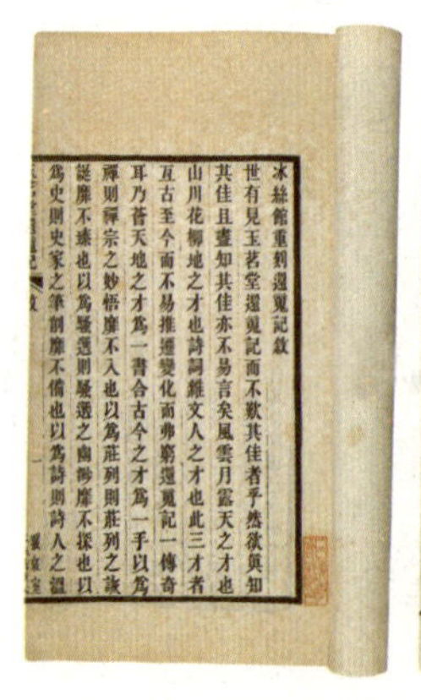

民国暖红室刻本《玉茗堂还魂记》

矜持。但是,所有的一切在某一天发生了巨大转变。

那一天,老师陈最良为丽娘讲解《诗经》的首篇《关雎》。陈最良说这是宣扬后妃之德的作品,丽娘却认为这是男女爱情的颂歌。听着老师滔滔不绝的讲解,杜丽娘独自忧愁感伤起来。下了课,丽娘依然托着腮帮子望着窗外若有所思。

现代徐操《游园惊梦》

婢女春香见小姐闷闷不乐的样子,关切地问道:“小姐,你有什么烦心事吗?为什么这么不开心呢?”

丽娘回过神来,看了春香一眼,叹了口气说:“唉,我也不知道为什么,可能就是有点无聊和郁闷吧。”

春香眼珠子一转,笑着说:“那有什么,小姐可以去咱们府中的花园赏赏春,现在春色正好,小姐看了保证心情就会好起来了!”

“咱家还有花园?”

春香觉得十分不可思议,回答:“是啊!小姐难道不知道吗?”

明崇祯《牡丹亭还魂记·闹宴》青花炉

原来，丽娘之父杜宝家教森严，丽娘自小到大从未越出闺房一步。丽娘不敢违反父亲的禁令，摇摇头，说："还是算了吧，要是让我爹知道，我们就要遭殃了。"

春香不忍心看着自家小姐一直消沉下去，说："小姐你怕什么啊！咱们偷偷出去，你不说我不说，没人会发现的，你就放心吧！"

架不住春香的热情劝说，加上内心确实蠢蠢欲动，丽娘最终还是偷偷地溜去了花园。

一走进花园，只见那盛开的百花一簇一簇地迎风招展，成对儿的莺燕纷至沓来。美妙的春光打开了少女的心扉，使她在长期闺禁里的沉忧积郁瞬间烟消云散。杜丽娘欢喜地在园子里走走停停看看，俨然忘记了时间的流逝。在春香的提醒之下，她才缓过神来，极为不舍地离开了花园。

回来之后，丽娘心情大好，只是有些疲倦，很快便进入了梦乡。在梦中，她梦到了一个风度翩翩的书生。这个书生手拿着半枝垂柳，向丽娘求爱。杜丽娘对这个书生也心生爱意。随后，两人还在牡丹亭畔幽会。

第二日，丽娘从梦中醒来，惊讶于自己竟然会做这么大胆的梦，但又抵不住内心强烈的情感，从此愁闷消瘦，一病不起。她的病情在日益增加的思念中不断加重，最后在弥留之际，丽娘要求母亲将她埋葬在花园的梅树下，又吩咐春香说："春香，在我走后，你把我的

拓展

《玉茗堂四梦》又称《临川四梦》，是明代剧作家汤显祖所著四种传奇剧本的合称，即《邯郸记》《牡丹亭》《南柯记》《紫钗记》。因作者是江西临川人，所居书斋名玉茗堂，且四剧中都有描写梦境的情节，《玉茗堂四梦》由此而得名。其中，以《邯郸记》和《牡丹亭》的成就最高。

牡丹亭

画像藏到太湖石底。”虽然不明白小姐的用意，春香还是含着泪点头答应了。在丽娘死后，父亲杜宝委托陈最良埋葬了她，并为她修建了“梅花庵观”。

三年之后，有个书生叫柳梦梅赴京应试，借宿在梅花庵观中。他偶然在太湖石下拾得杜丽娘的画像，发现杜丽娘就是之前他在梦中见到的佳人。后来，杜丽娘魂游后园，和柳梦梅再度幽会，并告知他在梦醒后的一切。

第二日，柳梦梅掘墓开棺，杜丽娘起死回生，两人便结为夫妻。之后，柳梦梅前往临安以考取功名。应试后，柳梦梅受杜丽娘之托以女婿的名义送信给杜家，传报丽娘还魂的喜讯。杜宝觉得这人胡言乱语，女儿已经去世，何来的女婿？这分明是玷污自己已经逝去的宝贝女儿的名声，于是杜宝囚禁了柳梦梅。

这时，朝廷放榜的消息传来，柳梦梅竟考取了头名状元。杜宝也明白了女儿确实已经死而复生，然而杜宝仍拒不承认女儿的婚事，强迫她离异。最后，这场纠纷闹到了皇帝面前。皇帝知道整件事的来龙去脉之后，感慨二人的旷世奇缘，下令让杜丽娘和柳梦梅二人终成眷属。

晚清民国沈心海《挑灯闲看牡丹亭》

问：这幅宋辽金时代的《四美图》是中国现存最早的年画，画中身着异服、秉笔修书的是昭君，手持麒麟、侧身西望的是绿珠，袖手昂头、志得意满的是赵飞燕，请问图中最左侧手持团扇的美女是谁？

答：班姬。

中华好故事

绿珠投楼：投身报君不负恩

《四美图》是一幅完成于宋代的仕女图，该图的画师以高超的笔法描绘了中国古代四位著名的美女：绿珠、王昭君、班姬、赵飞燕。这位画师的技法出众，将四位美人的神态身姿都描绘得恰到好处，线条舒展自如。当代著名作家贾平凹曾赞叹道："整个画面素色，讲究线条，一派清穆之风。"

这四位美人当中，以绿珠的结局最为悲惨。

清代金礼嬴《绿珠小影》

当时，西晋有个叫作石崇的人，颇有些文才，后官至九卿。他在地方做官时，通过抢劫富商而积累了大量财富，成为当时有名的富豪。当石崇还在地方为官时，在路上遇到了被强盗打劫的绿珠母女。石崇在救下绿珠母女后，发现绿珠生得花容月貌，十分心动，便用十斛珍珠将绿珠买下带回了洛阳。

在石崇带着绿珠回到洛阳的时候，他的好友潘岳带着属下孙秀一起来迎接。孙秀看到绿珠倾国倾城的容貌，不禁拍手叫好："大人从哪儿得来的美人？真是倾倒我心啊！"孙秀的这番话虽是直抒胸臆，却也是莽撞了，惹怒了石崇。石崇怒斥孙秀道："放肆！这是你能随便看的吗？"孙秀被训斥后恼羞成怒，暗暗下定决心一定要得到绿珠。

绿珠能歌善舞，妩媚可人，又善解人意，特别擅长通过歌舞来传达自己的心情。所以，就算石崇姬妾成群，绿珠在石府中也是最耀眼的一位，受到了石崇的百般宠爱。

然而好景不长，不久赵王司马伦发动政变，石崇被免了官职。石崇曾与赵王司马伦有过节，孙秀就趁机挑拨两人的关系，还向司马伦讨要绿珠。

得了司马伦指令的孙秀立即派人去找石崇。当时石崇正在金谷别馆休憩，身边有成群的婢女伺候。来人看到石崇后说："我奉孙大人的指令，来向大人您要一名叫绿珠的女子。"石崇想也没想，就把别馆中几十个婢女都叫出来，对来人说："这些都是我府中最上等的婢女，样貌、身段都是不可多得的，你自己挑吧。"

来人看了看那些婢女，发现其中并没有孙秀要找的绿珠，便笑了笑对石崇说："大人的这些婢女虽然美丽，但是我奉命要找的是绿珠姑娘，不知是哪位，还请石大人行个方便。"

石崇一听，勃然大怒："绿珠是我的爱妾，你休想从我这里带走！"

来人又劝道："大人是明白事理的人，希望大人三思。"

石崇还是坚持说道："不给就是不给，没什么可三思的！"

来人无奈，只好回去向孙秀禀明情况。

孙秀听闻石崇态度坚决，十分恼怒，便向司马伦进言除掉石崇。之后，孙秀便带了大量兵马围住石崇的府邸。石崇原本在府中喝酒作乐，听闻自己的府邸已经被孙秀团团围住后，大叹着对绿珠说："我都是为了你才惹来了这杀身之祸啊！"

绿珠闻言，对着石崇哭泣道："妾身对不住大人的一番疼爱，非但不能为大人排忧解难，还为大人带来了灾祸。都是绿珠的错，绿珠应该比大人死得更早才能报答您。"说罢，绿珠就转身投楼而死。

后来，人们便以桂花的散落比喻绿珠一跃而下的凄美留芳，并尊她为八月桂花花神。

石崇是西晋时有名的大富豪，平时生活穷奢极欲，铺张浪费。据《世说新语》等书载，石崇的厕所修建得华美绝伦，里面准备了各种香水、香膏给客人洗手、抹脸。门口还有十多个女仆恭立侍候，一律穿着锦绣，打扮得艳丽夺目。客人上完厕所，这些婢女便把客人身上原来穿的衣服脱下，侍候他们换上了新衣才让他们出去。凡上过厕所的客人，原来的衣服就不能再穿了，以致客人大多不好意思如厕。

中华好故事

舞若飞燕：赵飞燕后宫“升职”

汉成帝刘骜的第二任皇后赵飞燕，原本只是一介平民，家境贫穷。后来，她进了阳阿公主府当宫女，学习歌曲舞艺。因为她体态轻盈，跳舞的时候就像一只燕子在飞舞，所以就被叫作“赵飞燕”，而她的真名渐渐地被大家淡忘了。

公元前18年，汉成帝三十几岁，此时他虽然已经在位十多年，但后宫中仍然没有一名皇子。皇帝无子，这可是危及王朝统治的延续和稳定的大问题啊！对此，不仅是皇帝自己，太后和大臣们也都十分苦恼。

有一次，汉成帝微服出宫游乐，来到阳阿公主府。阳阿公主便把养在府中的宫女都叫出来想取悦汉成帝，在阳阿公主府学习多时的赵飞燕自然也在这些宫女中。赵飞燕以她清丽的歌声、曼妙的舞姿和媚人的眼神，一下子就吸引住了汉成帝。

汉成帝对阳阿公主说：“这个女子我要了！”阳阿公主看汉成帝如此开心，想着皇室可能就要有新皇子了，就命人立刻把赵飞燕送进宫。

清代任伯年《汉成帝与赵飞燕》扇面

“环肥燕瘦”一词出自宋代苏轼的《孙莘老求墨妙亭诗》：“杜陵评书贵瘦硬，此论未公吾不凭。短长肥瘦各有态，玉环飞燕谁敢憎。”“环”是指唐玄宗贵妃杨玉环，“燕”是指汉成帝皇后赵飞燕。后来此词用来形容女子体态不同，各有各的美；也借喻艺术作品风格不同，各有所长。

赵飞燕知道她如果想在宫中长久地生存下来，得到汉成帝的恩宠是最为重要的。于是进宫后的赵飞燕对汉成帝施以欲擒故纵之计，使汉成帝对她神魂颠倒，宠冠后宫。

后来，汉成帝听说赵飞燕还有一个妹妹叫赵合德，也是世间绝色的美人，于是就下令把赵合德也招入了宫中。此后，汉成帝专宠赵氏姐妹，对其他妃嫔不屑一顾。

汉成帝的原配许皇后因触犯宫规被废，汉成帝立刻就想立赵飞燕为皇后，但太后王政君极力反对：“赵飞燕身份低微，还是宫女出身，怎么能被选作皇后？我不同意！”汉成帝争辩道：“可是，母后，除了飞燕，我不喜欢任何人，我就是要飞燕成为我的皇后！”于是，汉成帝先封赵飞燕的父亲赵临为成阳侯，提升了赵飞燕家族的社会地位。然后，顺理成章封赵飞燕为皇后，封赵合德为昭仪，并大赦天下。

赵飞燕成为皇后以后，汉成帝为了进一步讨得赵飞燕的欢心，便让工匠在皇宫太液池建造了一艘华丽的御船，名为“合宫舟”。

一天，汉成帝带着赵飞燕一起在太液池泛舟赏景。赵飞燕身穿南越进贡的云英紫裙，仪态万千，一边轻轻哼着《归风送远曲》，一边在船头翩翩起舞。汉成帝令乐师们吹笙配合着赵飞燕的轻歌曼舞。

当船驶到湖中央的时候，突然刮起了狂风，差一点把身轻如燕的赵飞燕吹倒。乐师们一看皇后轻巧得像是要被风吹走，紧张得扔掉了乐器，死死拽住皇后的裙摆不松手。赵飞燕却像是什么都没发生一样，继续伴着自己的歌声舞步轻扬。

此后，汉成帝为防止赵飞燕被风吹走，还修建了一座七宝避风台供她跳舞使用，宫中也流传着“飞燕能作掌上舞”的佳话。

关键词猜动物

越中览古　江西造口　郑谷　行不得也哥哥

答：鹧鸪。

中华好故事

一字师：妙改一字，境界全出

郑谷是唐朝末期著名的诗人，字守愚。唐僖宗时，郑谷考中进士，后来还当上了都官郎中，因此大家都称呼他为郑都官。郑谷的诗大多是写景咏物的作品，表现的也都是士大夫的闲情逸致。郑谷有“一字师”的盛名，在士大夫当中广为传扬，还被载入了各种史籍，一直流传至今。

晚唐时期，有一个和尚名叫胡德生，法号为齐己。齐己平日里十分喜欢写诗，作诗的水平非常高，是中晚唐时期与皎然、贯休齐名的三大诗僧之一。郑谷和齐己是好朋友，两人爱好相同，所以经常聚在一起谈论诗词歌赋，感情十分深厚。

有一天，诗兴大发的齐己写了一首诗，题目叫作《早梅》，诗中写道：“万木冻欲折，孤根暖独回。前村深雪里，昨夜数枝开。风递幽香出，禽窥素艳来。明年如应律，先发望春台。”齐己反复地吟诵着这首诗，对此十分满意，他心想：“改日，我一定要让郑谷兄来品读品读，他一定会喜欢的！”于是，齐己小心翼翼地将诗收了起来，打算等郑谷来了再拿给他看。

拓展

《鹧鸪》是唐代诗人郑谷创作的一首咏物诗。这首诗描绘了鹧鸪的外形和声音，表达游子的凄苦和强烈思归之情。诗人紧紧把握住人和鹧鸪在感情上的联系，咏鹧鸪而重在传神韵，使人和鹧鸪融为一体，构思精妙缜密，深得读者好评，作者也因此诗名远播，人称“郑鹧鸪”。全诗为：“暖戏烟芜锦翼齐，品流应得近山鸡。雨昏青草湖边过，花落黄陵庙里啼。游子乍闻征袖湿，佳人才唱翠眉低。相呼相应湘江阔，苦竹丛深春日西。”

江西名人雕塑园中的郑谷雕塑

过了几天，郑谷来齐己处做客。还没等郑谷开口打招呼，齐己就迫不及待地拉着他说："守愚兄，你快跟我来，我有好东西给你看！"郑谷不知道齐己葫芦里卖的什么药，只好任由他拉着自己来到书房。

"守愚兄，你在这儿等等。"说罢，齐己就走到书架的角落里拿出自己写的诗，递给郑谷，"你看！"

郑谷眨了眨眼睛，不解地问道："齐己兄，这是？"

齐己笑了笑，自信地说道："这是我前两天写的一首诗，你快看看我写得怎么样？"

郑谷这才知道齐己的用意，笑着连连答应道："好，好。"

郑谷知道齐己对诗歌创作充满热情，所以品读时也不敢有丝毫懈怠。他仔仔细细地琢磨着诗的每一个字，又轻声地吟诵了好几遍。过了好些时候，郑谷才抬起头对齐己说："我看完了。"

齐己睁大眼睛，急切地问道："怎么样？"

郑谷抿了抿嘴，说："这首诗写得很好，意境描写也十分细致，只不过……"

看着郑谷欲言又止的样子，齐己按捺不住了，催促道："只不过什么？守愚兄，你快说啊。"

郑谷点了点头，说道："只不过你这首诗描写的是早梅，早梅就是提早开放的梅花，一般是不会数枝开的，要是数枝开那不就成一片了吗？如何能称为早梅呢？所以你诗中写的'前村深雪里，昨夜数枝开'这句不太适合。"

齐己一边听郑谷的解释，一边摸着下巴若有所思。他想了一会儿，问道："那你认为该怎么改比较合适呢？"

郑谷回答道："我觉得应该把'数枝'改成'一枝'，这样一来，'前村深雪里，昨夜一枝开'就能够表现出这梅花确实是早开的了。"

齐己和尚一听，不禁拍手感叹道："好！好！守愚兄，这实在是太妙了！"说完，他又毕恭毕敬地朝郑谷拜了一拜，说："守愚兄，你真是我的一字之师啊！"

郑谷虽然只提出了一个字的修改意见，却让齐己的诗更加出彩，所以才能被齐己称为"一字师"。

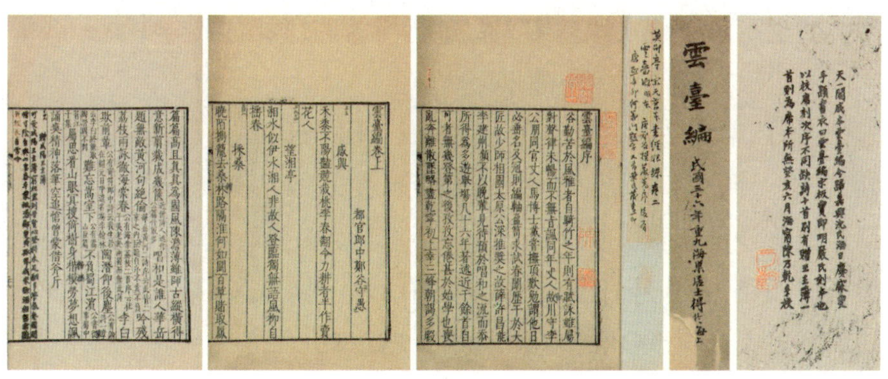

郑谷《云台编》明代刻本

关键词猜人物

狐狸精　吃鱼饵　三不足　拗相公

答：王安石。

中华好故事

王安石待客："拗相公"的勤俭之道

王安石像

王安石是北宋时期著名的文学家和政治家。

在文学方面，他在当时的文坛上具有很大的影响力，与韩愈、柳宗元、苏轼等人一并列入"唐宋八大家"。

在政治方面，王安石官拜宰相，力主改革，试图改善北宋积贫积弱的社会局面。虽然新法以失败告终，但也取得了一定成效。

王安石一生致力于变法事业和文学创作，对吃穿用度从不讲究，在招待来客时也不失节俭之风。宋人曾敏行所著的《独醒杂志》中就记载了一则关于王安石待客的小故事。

当时，王安石还在京城担任宰相。王安石的儿媳妇家有个亲戚姓萧，有一回，萧家的公子来京城游玩，便来拜见王安石。王安石邀请这位萧公子来家里吃饭，萧公子想："当朝宰相请吃饭，一定准备了丰盛的饭菜，我应当郑重其事，更有礼数才是。"于是第二天，萧公子便沐浴更衣，穿着华丽的袍服前往王安石府上。

然而，萧公子在相府中等了很久，一直过了中午都不见有人传菜，早已饥肠辘辘的萧公子却也不敢就此走人。又过了很久，王安石才终于姗姗来迟，招呼他坐下吃饭。出乎萧公子意料的是，桌上竟然连平常佐餐用的果品蔬菜都没有准备。

萧公子对此很不理解，满腹狐疑地坐下了。几杯薄酒过后，只见下人们又上了两块胡饼、一小盘猪肉及一盆清淡的菜汤，却再无其他。

萧公子原本在家时娇生惯养，去别家做客时也习惯了美酒佳肴好生招待，何曾受过这般怠慢？他不由得对王安石有了怨言。在匆匆吃了几口后，他便不再动筷，胡饼也只吃了中间的一小部分，留下了大半都没有吃。

王安石看了萧公子的行为，什么也没说，只是默默地将自己碗里的饭菜吃完后，又把萧公子剩下的胡饼拿起来吃了。萧公子看到堂堂宰相却对着粗茶淡饭吃得津津有味，还把自己剩的那份也吃掉了，既惊奇又羞愧。饭后，萧公子便匆匆拜别回去了。

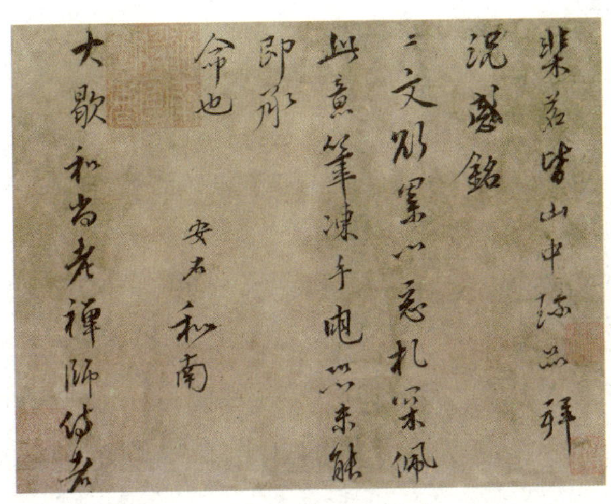

王安石手迹

“拗相公”是宋时人们对王安石的戏称。因为王安石为人极为固执，不允许有任何反对意见，一心想把他的新政实施到底。明末冯梦龙的作品《警世通言》中有“因他（王安石）性子执拗，佛菩萨也劝他不转，人皆呼为拗相公”的说法。如此性格行改革大业，优点在于自信和执着，缺点则在于固执己见、难以容人。后者是改革者的大忌，他的变法之路也因此阻力重重。

问：“初唐四杰”之一的王勃才思敏捷。传说滕王阁建成后，阁都督大宴宾客，席间让大家为滕王阁作序，其实他是准备出风头，好让女婿拿出事先准备好的文章。众人都心知肚明，不愿得罪阁都督。只有王勃初生牛犊不怕虎，大笔一挥，文不加点，写成一篇传世名作，让阁都督颜面尽失。这就是王勃写《滕王阁序》的故事。请问，下列哪个俗语与王勃有关？

A. 打腹稿　　B. 敲边鼓

C. 毛头小子　　D. 唱对台戏

答：A. 打腹稿。

中华好故事

一字千金：一字之才冠古今

王勃，字子安，是唐朝著名的诗人。他与杨炯、卢照邻、骆宾王并称为“初唐四杰”。王勃从小就聪敏好学，才华过人。他六岁时便能写得一手好文章，文笔流畅，被人称为“神童”。王勃不仅诗写得好，他的骈文也堪称当时一绝，其名作《滕王阁序》更是名动古今。

唐高宗上元二年(675)，洪州(今江西南昌)都督阎伯屿为庆贺滕王阁的重建，在滕王阁大摆筵席，邀请了不少文人墨客。王勃碰巧路过洪州，因而也受邀在宾客之列。在宴席间，王勃一气呵成，写下了惊世文章——《滕王阁序》。他还写了首诗：

闲云潭影日悠悠，物换星移几度秋。阁中帝子今何在？槛外长江(　　)自流。

拓展

江西滕王阁与湖北黄鹤楼、湖南岳阳楼并称为“江南三大名楼”，因初唐才子王勃作《滕王阁序》让滕王阁在三楼中最早扬名天下，故又被誉为“江南三大名楼”之首。

元代唐棣《滕王阁图》

阎伯屿读了王勃的《滕王阁序》后，拍案叫绝。但是，这序诗中空了一字，令他大觉奇怪。其他人看了以后，议论纷纷，这个说空处应该是个“独”字，那个讲空处当是个“水”字。阎伯屿觉得众人所补之字放在这里均不够出彩，于是，他马上派下属去追王勃，问清空处究竟是何字。

阎伯屿下属追上了王勃，王勃的随从说：“我家公子说了，一字千金，还望阎大人见谅。”下属听了，便急急赶回去将原话回禀了阎伯屿。阎伯屿听罢，心想：“这摆明了是要讹本官啊！但此人序文实在精妙绝伦。这空字到底有何高妙，实在令人心痒，不如就奉上千金，看看究竟，而且本官也能得个礼贤下士的好名声。”

于是，阎伯屿准备了千两纹银，带着众文人来到王勃的住所。

王勃接过银子，故作惊讶道：“大人真是折煞晚生了，晚生怎敢空字呢？空者，空也。阁中帝子今何在？槛外长江空自流。”

众人一听，恍然大悟，连连称妙。阎伯屿由衷地赞叹：“一字千金，王勃果然是个奇才啊！”

打腹稿：据明代李贽《初谭集》记载，王勃所到之处都有人请他写文章，作为润笔报酬的钱物绸缎积累了很多。别人说他是用心来编织，用舌来耕种。每当他写碑文或颂词时，就先磨好数升墨，拿被子盖住脸躺着，一旦灵感来了，突然起身，一挥而就，从不更改。当时人们说他是在腹中打好了草稿。

问：北宋诗人苏舜钦非常喜欢饮酒，他在岳父杜祁公家时，每晚读书都要喝一斗酒。杜祁公很惊讶，就命人暗地观察，发现苏舜钦正在一边喝酒，一边看书，读到张良狙击秦始皇不中，就大为惋惜地喝上一碗，看到张良结识刘邦，又高兴地喝一碗，一晚上他果真喝了一斗酒。请问苏舜钦用来“下酒”的是什么书？

答：《汉书》。

中华好故事

读书佐酒：以书佐酒读书乐

苏舜钦，字子美，北宋文人，其个性慷慨豪迈，文笔热情奔放。他平时喜好饮酒、读书，还有个读书以佐酒的美谈。

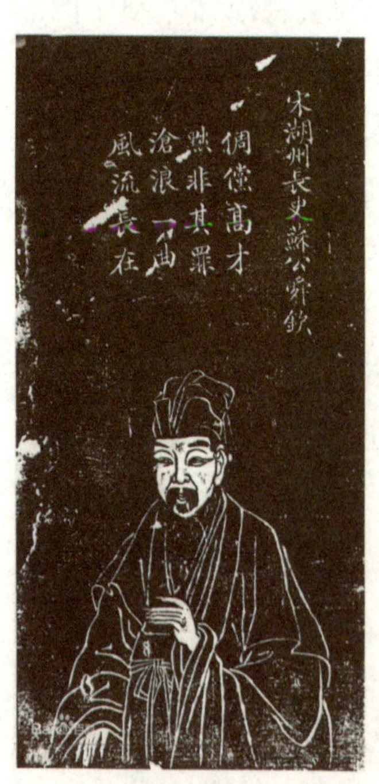

苏舜钦石刻像

苏舜钦住在他岳父杜祁公家中时，每晚都会一边读书，一边喝酒。杜祁公十分好奇，便派下人去书房打探。

下人来到书房外，听得屋内的苏舜钦正在诵读《汉书·张良传》。读到张良与刺客偷袭行刺秦始皇，但是刺客抛出的铁锤却只砸到秦始皇随从的车，苏舜钦当即拍着桌子，不禁叹息道：“真是可惜啊，怎么就没打中呢！”说罢，他拿起酒壶，倒了满满一杯酒，然后一口气喝完。

苏舜钦又接着读，读到张良对刘邦说：“自从我在下邳起义之后，与皇上在陈留相遇，这是上天指引我来到陛下身边啊！”苏舜钦激动地拍起桌子来：“君臣终

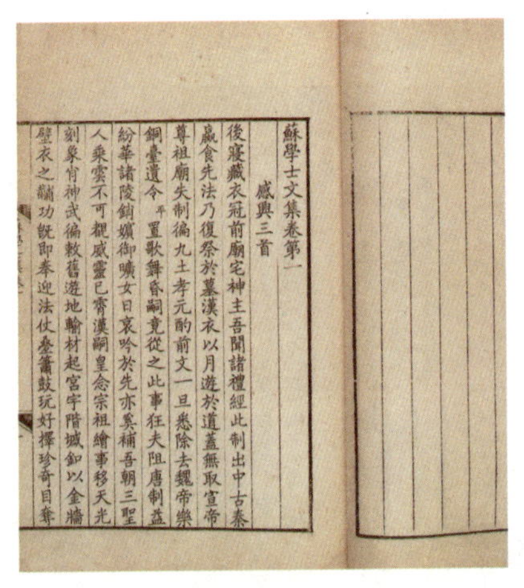

蘇學士文集卷第一

感興三首

後寢藏衣冠前廟宅神主吾聞諸禮經此制出中古秦嬴食先法乃復祭於墓漢衣以月遊於道蓋無取宣帝尊祖廟失制徧九土孝元酌前文一旦悉除去魏帝樂銅臺遺令平置歌舞昏嗣竟從之此事狂夫阻唐制益紛華諸陵銷嬪御曠女日哀吟於先亦奚補吾朝三聖人乘雲不可覩威靈已齊漢嗣皇念宗祖繪事移天光刻象肖神武徧數舊遊地輸材起宮宇階墄釦以金牆壁衣之黼功既即奉迎法仗叠簫鼓玩好擇珍奇目眷

《苏学士文集》书影

拓展

苏舜钦饮酒读《汉书》的事迹说明，作为正史的《汉书》曾经具有相当普遍的文化影响和不同寻常的文化魅力。而在此后，“《汉书》下酒”则成了著名的典故，清代著名剧作家孔尚任在《桃花扇》第四出《侦戏》中就曾经写道：“且把抄本赐教，权当《汉书》下酒罢。”

于相遇了，这是多么艰难啊！”说着，他又倒上一杯酒，一饮而尽。

下人将所见所闻转告杜祁公。杜祁公听后，大笑着说：“用读书来佐酒，一天一斗酒也不算多！不算多！哈哈哈……”

以书佐酒，是古人的风雅之举。苏舜钦在读书时专心致志，全情投入，所以才会在情不自禁的时候喝上一杯酒，以抒发心中之情。

北京陶然亭公园内仿建的沧浪亭，沧浪亭原为苏舜钦的私人花园

问：这四幅连环画描绘的是什么故事？

答：《西厢记》。

中华好故事

西厢记：有情人终成眷属

民国黄杨木雕《西厢记》人物摆件

《西厢记》全名《崔莺莺待月西厢记》，是元代杂剧家王实甫的代表剧作。从古至今，人们都有“有情人终成眷属”的美好愿望。这样的美好追求也造就了很多杰出的文学作品，《西厢记》便是其中的佼佼者。这出剧一搬上舞台就大获好评，博得男女青年的喜爱，被誉为“西厢记天下夺魁”。

唐朝贞元年间，前朝崔

相国病重去世。他的夫人郑氏带着女儿崔莺莺、侍女红娘一行三十余人，送丈夫灵柩回河北安葬。一行人在半道上遇到了阻碍，便暂时住在河中府的普救寺。

王实甫塑像

崔莺莺年方十九，琴棋书画，女红针织，无所不能。她的父亲在世时，就已将她许配给郑氏的侄儿郑恒。这天，崔小姐与红娘在寺庙殿前游玩，偶遇书生张珙。

张珙是西洛人，原为礼部尚书之子，后父母双亡，家境贫寒。他只身一人赴京城赶考，路过此地，忽然想起他的八拜之交征西大元帅杜确就在蒲关，于是住了下来。张生听说附近有座普救寺，景致很美，过者无不瞻仰，遂前往普救寺欣赏美景，碰巧遇到了在殿外玩耍的莺莺与红娘，顿时对莺莺心生爱慕之情。为能多见上几面，张生向普救寺的方丈借宿，住进了西厢房。

王实甫，名德信，大都（今北京市）人，元代著名戏曲家。著有杂剧十四种，现存《西厢记》《丽春堂》《破窑记》三种。

王实甫与关汉卿齐名，其作品全面地继承了唐诗宋词精美的语言艺术，又吸收了元代民间生动活泼的口头语言，并将它们完美地融合在一起，创造了文采璀璨的元曲词汇，成为中国戏曲史上“文采派”最杰出的代表。

张生从方丈那儿知道莺莺小姐每夜都到花园内烧香，于是趁着夜深人静，月朗风清，僧众都睡着了，来到后花园内，偷看小姐烧香。张生隔着墙高声吟诗一首：“月色溶溶夜，花荫寂寂春；如何临皓魄，不见月中人？”莺莺也随即和了一首：“兰闺久寂寞，无事度芳春；料得行吟者，应怜长叹人。”之后，张生夜夜在花园与莺莺隔墙对诗，莺莺也对张生产生了爱慕之意。

可惜好景不长，叛将孙飞虎听说崔莺莺有倾国倾城之貌，便率领五千人马，将普救寺层层围住，限老夫人三日之内交出莺莺，做他的“压寨夫人”。莺莺性情刚烈，想以死明志。在众人手足无措的时候，崔夫人情急之下许诺：“若是哪位英雄能够助我崔府脱此困，我就把小女莺莺嫁给他。”此时，张生挺身而出，一面写信让寺里的师父送去给好友杜确请他前来救援，一面想方设法拖延住孙飞虎。三日后，杜确及时赶到，打退了孙飞虎。

张生本以为自己终于能得偿所愿，不料本该履行诺言的崔老夫人却变了卦。在酬谢席上，她以莺莺已经许配给郑恒为由，让张生与崔莺莺结拜为兄妹，并厚赠金帛，让张生另择佳偶。这使张生和莺莺

清代张经《西厢记》

现代陈少梅《西厢记人物》扇面

都感到十分痛苦。看到这些，丫鬟红娘心中不忍，便安排两人相会。夜晚张生弹琴向莺莺表白自己的相思之苦，莺莺也向张生倾吐爱慕之情。

自那日听琴之后，多日不见莺莺，张生得了相思病。他趁红娘探病之机，托她捎信给莺莺，莺莺回信约张生在月下相会。夜晚，张生急欲与小姐相见，便翻墙而入。莺莺见他翻墙而入，反怪他行为不当，发誓再不见他，致使张生病情越发严重。莺莺得知后，又借探病为名，到张生房中相会。

老夫人看莺莺这些日子神情恍惚，言语不清，行为古怪，便怀疑她与张生有越轨行为，于是叫来红娘逼问，红娘无奈，只得如实说来。红娘向老夫人替小姐和张生求情，并说这不是张生、小姐和红娘的罪过，而是老夫人的过错，老夫人不该言而无信，让张生与小姐以兄妹相称。老夫人无奈，告诉张生如果想娶莺莺，必须进京赶考取得功名才可以。于是，张生和莺莺二人不得不暂时分别。

不久，张生高中状元，写信向莺莺报喜。这时莺莺原来的未婚夫郑恒来到普救寺，捏造谎言说张生已被卫尚书招为女婿。崔夫人再次将莺莺许配给郑恒，并决定择吉日完婚。恰巧在成亲之日，已经是河中府尹的张生回到普救寺，征西大元帅杜确也来祝贺。真相大白，郑恒羞愧难当，张生与莺莺终成眷属。

关键词猜人物

狗肉　兰竹石　六分半书　难得糊涂

答：郑板桥。

中华好故事

郑板桥题匾：机智讽豪绅

郑板桥从小便机智聪颖，八九岁时就能在父亲的指导下作文联对，长大后在诗、书、画上都有着惊人的成就，众多作品传世。郑板桥曾经担任山东范县、潍县的县令，为官清廉，体恤百姓，政绩显著。后来，他客居扬州，以卖画为生。

郑板桥的书画声名远播，扬州一位豪绅听说以后便派了身边的随从去拜访郑板桥。这名随从一见到郑板桥，便傲慢地说："郑板桥，我们家老爷想让你写个匾额，如果写得好，我们家老爷绝不会亏待你，大大有赏。"

郑板桥向来瞧不起这种狐假虎威的小人，况且那豪绅的恶名也素有所闻。平日里，这位豪绅趋炎附势，巴结官府，做了很多伤天害理的事，百姓们对他恨之入骨。因此，郑板桥毫不犹豫地拒绝了："请你转告你家老爷，在下无才无德，是你家老爷错爱了！还请你家老爷另请高明。"

随从万万没有想到郑板桥竟然会一口拒绝，便大声嚷嚷道："我家老爷请你写匾额那是看得起你，你不要蹬鼻子上脸。"说着，随从还拿出不少银子放在郑板桥面前，继续道："你自己掂量掂量，若是写得好了，这报酬可绝对少不了，这些只是定金。"

郑板桥怒极反笑，便存了捉弄豪绅的心思，笑着说："好吧，你去转告你们家老爷，就

扬州八怪是清代中期活动于扬州地区一批风格相近的书画家的总称，或称扬州画派。"八怪"在中国画史上具体说法不一，较为公认的是指：金农、郑燮、黄慎、李鱓、李方膺、汪士慎、罗聘、高翔。

说我答应了。”

“我就说嘛，哪有不爱钱的人，装什么清高！”随从听见郑板桥答应了，又趾高气扬起来。

次日，郑板桥来到豪绅家，给他的匾额题字。郑板桥定了定心神，提笔写下了“雅闻起敬”四个字。肥头大耳的豪绅看了一眼郑板桥题的字，摸了摸自己的胡子，笑得眼睛都眯了起来，连声说：“不错，不错，不愧是名家啊！”

郑板桥笑而不语，走到漆匠身边，低声嘱咐道：“烦请你过会儿油漆时，对‘雅、起、敬’这三个字只漆左半边，而‘闻’字漆个‘门’字就可以了。”漆匠听了点头称好，领着牌匾回去加工了。

过了一段时间，牌匾漆好了。豪绅挑了个吉日，张灯结彩，举行挂匾仪式。豪绅兴高采烈地将盖在匾额上的红布一揭，前来观礼的人纷纷倒吸一口凉气，随后人群中爆发出一阵笑声。

豪绅看了看四周，觉得奇怪，抬头看去，只见没有上油漆的那部分字模糊不可见，而漆了油漆的部分赫然是“牙门走苟”四个字。豪绅勃然大怒，明白过来，郑板桥这是在讽刺他是“衙门走狗”。

清代郑板桥《兰竹芳馨图》

豪绅有心想治郑板桥的罪，然而郑板桥行事巧妙，豪绅没有实质性证据，只得作罢。

关键词猜人物

醉 肥 美 嵬

答：杨玉环。

中华好故事

玉环羞花：惊为天人

众所周知，杨玉环是我国古代四大美女之一，有着“羞花”的称号。那么，这一称号是怎么来的呢？

唐朝开元年间，寿邸县的杨元琰有一个女儿叫杨玉环，长得非常美貌，于是被选进了宫。杨玉环进宫之后，以为很快就能见到当朝皇帝，但是实际上，后宫佳丽如云，并不是每一个人都能有幸得见天子的。杨玉环也是如此，久久没有得到皇帝的召见。

有一天，杨玉环来到花园赏花散心，花园里的各种花卉正好开得十分艳丽。杨玉环想到自己被关在宫内，虚度青春，不胜感慨，就对着盛开的花说：“花呀，花呀！你年年岁岁还有盛开之时，我什么时候才有出头之日？”说完，声泪俱下。这时，她不小心摸到了一朵花，这朵花的花瓣立即收缩起来，绿叶卷起。杨玉环看着眼前收缩的花朵，很是纳闷：为什么这朵花被碰了一下就自己缩起来了呢？原来，她摸到的是含羞草。这情景恰好被一名宫娥看见了，一时间宫女们都议论纷纷，说杨玉环在花园里和花比美，使得花儿都自惭形秽，羞得抬不起头来了。

华清池

唐明皇听说宫中有个“羞花的

中国古代四大美女，即西施、王昭君、貂蝉、杨玉环。四大美女享有“沉鱼落雁之容，闭月羞花之貌”的美誉。“沉鱼、落雁、闭月、羞花”是由精彩故事组成的历史典故。“沉鱼”讲的是西施浣纱的故事，“落雁”指的是昭君出塞的故事，“闭月”是说貂蝉拜月的故事，“羞花”则是杨玉环花园观花时的故事。

清代顾洛《仕女四条屏——闭月、羞花、沉鱼、落雁》

美人”，立即召见了杨玉环。召见杨玉环时，唐明皇还下令让乐工演奏他亲自谱写的《霓裳羽衣曲》。然后，唐明皇又赐给杨玉环一支金钗，并亲自帮她戴在了头上。之后，唐明皇还对后宫的人说：“我得到了杨贵妃，就像得到了一件世间珍宝一样。”

杨玉环天生丽质，性格婉顺，加之小时候受过良好的教育，精通音律，擅长歌舞，尤其善于弹琵琶，很快就成为唐明皇最宠爱的妃子。从此以后，“羞花”也就成了杨贵妃的雅称。

问：在陆探微的《竹林七贤图》中，有一个人物并不是魏晋时代的人，而是从春秋时代穿越而来的。请问，他叫什么名字？

答：荣启期。

中华好故事

荣公三乐：知足则常乐

唐代“孔子与荣启期”镜

荣启期是春秋时期郕国人。据《列子·天瑞》记载，孔子游泰山时，曾在路上遇见荣启期，并发生了一段非常有趣的故事。

那时正值春暖花开的季节，天气极好。刚吃完饭的荣启期站在家门口，暖洋洋的春风迎面吹来，吹得他心里也暖暖的。荣启期深吸一口气，感叹道：“啊！这天气真是太好了，不出去走走实在太可惜了！”于是，他简单地收拾一下就出了门，信步来到了灵山脚下。他觉得此地甚好，便寻了个地方坐下，在那儿一面弹琴，一面唱歌。

这时，远方慢慢走来了一队人马，原来是孔子带着他的学生们正好经过这儿。坐在车里的孔子听到从远处传来的琴歌之声，循声望去，看见一位身材高大、打扮寒酸的老者坐在那儿弹琴。孔子心想："这个人穿着如此破旧，想来家境十分贫寒，但他的琴声和歌声又是那么与众不同，他到底是一个怎么样的人呢？我今天倒要向他讨教一番。"

于是，孔子命人停了车，自己下车走到荣启期跟前，躬身施礼道："先生的琴歌之声实在是太美妙了，可否请教先生尊姓大名？"

荣启期停止了弹琴，站起身来笑着说道："客气！客气！我只是这乡野间一个普通的农民，姓氏倒是有，但哪里够得上尊姓呢？老朽名叫荣启期。"

晚清民国沈心海《鼓瑟三乐图》

一听这名字，孔子赶紧恭敬地说道："原来先生是先贤荣叔公的后人，失敬失敬！弟子孔丘，正带着弟子们游学路过此地。不想竟如此幸运，能够在此处遇到先生，实在是三生有幸啊！"

荣启期摆了摆手，说道："原来是孔先生，我早就听说过您的大名。孔先生是当今的圣者，事务繁忙，怎么能跟我这种草莽之人闲话这么久呢？"

孔子又深深地鞠了一躬，说道："先生谦虚了，孔丘有幸能够遇到先生，想请先生指教一二。"

"承蒙孔先生看得起，您想问些什么呢？"

"我看先生的穿着猜想先生的家境并不宽裕，但是您的琴声却十

分平和悠扬，一点儿都听不出有任何悲伤或激愤的感情。孔丘想问，先生为什么能够在这般情形下保持快乐呢?”

听了孔子的话，荣启期哈哈大笑，说道:“原来您是说这个，那很简单。您想啊，大自然生育了世间万物，草木虽然能够生长但是不能行走，鸟兽虽然能行走但是不能讲话，只有我们人都可以做到，我作为人不应该感到快乐吗?”

孔子点了点头，道:“我明白先生的意思，但是这天下人大多数都生活在烦恼之中，先生的快乐一定有什么具体原因吧?”

“那是肯定的。我有幸生为男人，虽然家境贫寒，但妻子一直尊重我，我怎么能不快乐呢?”

“这我也明白，但是这世间的男人们也有很多烦恼，先生的快乐还有别的原因吗?”

“当然有了!”荣启期笑道，“同样作为人，有些人未离开襁褓就夭亡了，有些人长大后也因为疾病或战争早早地离开了人世。而如今我活到了九十岁，身体依然硬朗，不应该感到快乐吗?”

听了荣启期的一番话，孔子感叹道:“先生说得太有道理了！像您这样有才能的人，如果生在盛世一定能够飞黄腾达，如今却没有舞台让您施展才能，真是太遗憾了!”

荣启期却不以为然地说:“自古以来，读书人这么多但是真正能够飞黄腾达的人少之又少，贫穷是读书人的常态，死亡是所有人的归宿。我能够处于读书人的常态，又能够安安心心地等待归宿，还有什么遗憾呢?”

孔子十分感动，说道:“先生您说得太好了！有句谚语叫作‘知足者常乐’，说的就是先生您这样的人啊!”

等到孔子离开之后，荣启期又自顾自快乐地弹唱起来。

问：怀素是唐代的著名书法家。他练字极为刻苦，曾经写秃了无数支毛笔，然后把坏掉的毛笔捆在一起称为“笔冢”。怀素年少时家里贫穷，没有钱买纸练字，于是便种了一种植物，用它的叶子做纸来练字，并因此把自己的书斋叫作“绿天庵”。请问，怀素用什么植物的叶子练字？

答：芭蕉。

中华好故事

怀素书蕉：勤奋刻苦成就书法大家

怀素，字藏真，是唐代著名的书法家，以“狂草”闻名于世，史称“草圣”。他与张旭齐名，被世人合称为“颠张狂素”。怀素的草书笔法瘦劲，如行云流水般自然，又好像骤雨旋风，随手万变。怀素与张旭形成唐代书法双峰并峙的局面，也是中国草书史上的两座高峰，对

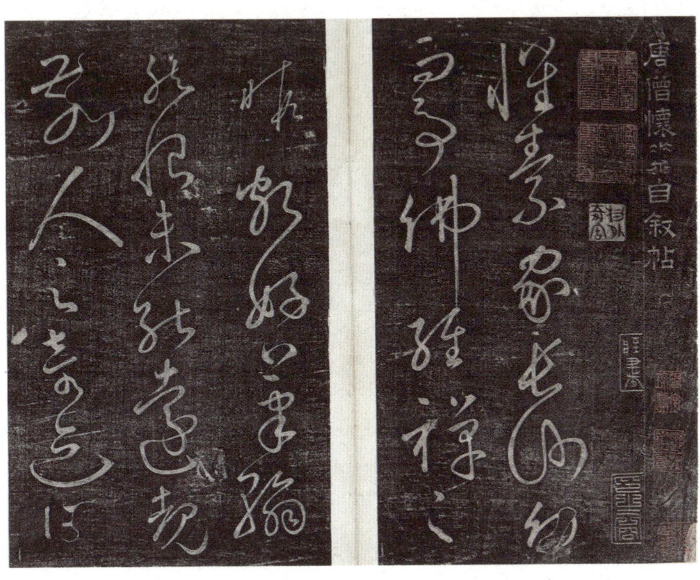

怀素《自叙帖》

后世有着深远的影响。而怀素之所以能在书法上有这么大的成就，源自于他的勤奋和刻苦。

怀素从小就聪明伶俐，非常喜欢读书，还有着极强的探索精神。他尤其喜欢书法，所以在书法的学习和练习上格外认真努力，投入了大量心血。但是，由于家境贫寒，怀素没有多余的钱财去买纸练字。这点困难并没有浇灭怀素对书法的热情，他一直在寻找解决的方法。终于有一天，他的脑海里蹦出了一个可以一试的办法。

怀素从不同地方找来很多木板，家里人见木板越堆越多，便问怀素："你找这么多木板有什么用啊？"

怀素神秘地笑了笑，说道："这些木板自有用处。"之后，怀素找来一桶白色的画漆，并不断把漆刷到木板上。

原来，因为买不起纸张，怀素就想到了在木板上刷白漆以代替纸。但练着练着，怀素越来越觉得不对劲，原来木板刷上漆后比较滑，不容易着墨，无法达到很好的练习效果。于是，他只好放弃了在木板上写字，开始寻找别的方法。

当时，怀素住在寺院里，寺院附近有一块荒地。一天，怀素偶然路过荒地，灵光一现，想到了一个好办法。他开始在荒地上大面积种植芭蕉树，并精心培育

唐德宗贞元三年(787)，怀素与陆羽相识。后来，陆羽写下了《僧怀素传》，是至今研究怀素的第一手资料。该文历述怀素学书情形，称他不拘小节，饮酒以涵养性情，以至寺壁里墙、衣裳器皿，到处都有书写的字迹。为了学习书法，怀素拜邬彤为师。后怀素又游历中州，向颜真卿等书法家学习笔法。

清代任薰《怀素书蕉》

它们。等到芭蕉长出叶片之后，怀素就把芭蕉叶摘下来，以叶作纸来练习书法。

由于怀素没日没夜地练习，很快那些大芭蕉叶就都被他摘光了，而那些小芭蕉叶他又不舍得摘。于是，怀素又陷入了苦恼当中。不过，聪明的怀素很快就想到了一个解决办法，他干脆带着笔墨来到芭蕉树前，直接在芭蕉叶上练字。

这可不是一件容易的事儿：夏天烈日炎炎，怀素大汗淋漓，身上几乎被晒得起了皮；冬天寒风凛凛，怀素冻得瑟瑟发抖，手指都被冻得裂开了，隐隐作痛。

然而，这些困难无法动摇怀素练字的决心，他坚持天天来到这片芭蕉林里刻苦练习，从不间断。后来，他的勤奋不辍终于让他收获了成功，成为了一代书法大家。

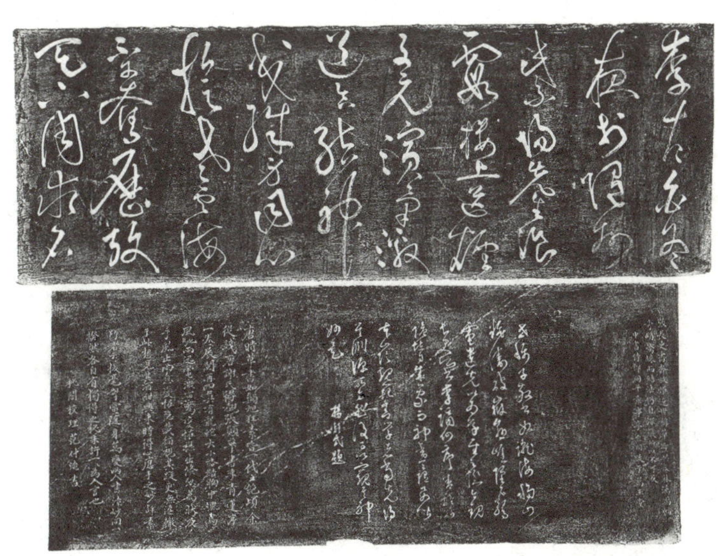

怀素草书帖拓片

问：范滂一心为国，却因为党锢之祸，被宦官所害，被捕入狱，临死前跪着对老母亲说："我死之后，还有弟弟照顾您，孩儿不孝，只愿您不要过度伤心。"范滂的母亲深明大义，安慰儿子说："你为国捐躯，留下千古美名，我很欣慰，夫复何求！"范滂和他母亲的故事激励了无数仁人志士。北宋一位著名人物小时候听到这个故事后，问他的母亲：如果自己向范滂学习，那母亲该怎么办呢？他的母亲程氏回答说："你如果能学范滂，我难道就不能学范滂的母亲吗？"请问这位立志学习范滂的人是谁？

A. 王安石　　B. 苏轼

C. 司马光　　D. 欧阳修

答：B. 苏轼。

中华好故事

范滂别母：深明大义

范滂像

范滂，字孟博，汝南征羌（今河南郾城东南）人，是东汉时期的著名官员。在母亲的教导下，范滂从小立下志向，要以澄清天下为己任。入仕之后，范滂刚正不阿，坚持真理，不畏强权，深受州郡和乡里民众的钦佩。当时，皇室衰微，宦官集团独揽大权。范滂的官职虽不算高，但在与宦官的斗争中很有威望，与朝廷里的正直大臣李膺、杜密等人同为中流砥柱。

汉灵帝建宁二年（169），宦官集团大肆

北宋黄庭坚所书《范滂传》

搜捕党人，李膺、杜密等相继被捕入狱。李膺被拷打致死，而杜密则自杀了。范滂情知横祸将至，料想自己恐怕逃不过这一劫。

果然不久，汝南郡的督邮就奉命到征羌捉拿范滂。到了征羌的驿舍里，督邮关上房门，抱着诏书伏在床上哭泣。驿舍里的人听到哭声，谁也弄不明白是怎么回事。

消息传到范滂那里，范滂说："我知道督邮一定是为了不愿意来抓捕我才哭的。"于是，为了不让督邮为难，范滂毅然辞别母亲，亲自到县里去投案。

县令郭揖也是个正直的人，见范滂竟然自己来投案，吓了一大跳，说："天下这么大，哪儿不能去，您到这儿来干什么？"

范滂说明了来意，郭揖要交出官印，和范滂一起逃亡。范滂连忙制止说："您千万不要这么做，要是我死了，这件事情或许能够平息下去，怎么能因为我的罪而牵累您呢？再说，我的母亲已经十分年迈，要是我撇下她逃了，她也会受到牵连。"

县令没有办法，只好将范滂收在监狱里，又让人把范滂的母亲和范滂的儿子接过来与他告别。

范母带着孙儿随着公差来到监狱探望范滂。见到母亲，范滂跪着对她说："我死之后，还有弟弟照顾您，孩儿不孝，只愿您不要过度伤心。"

范母点点头，紧紧地握着范滂的手说："你现在能与李膺、杜密这两位大人齐名，我已经非常知足。你为国捐躯，留下千古美名，我很欣慰，夫复何求！"

范滂跪着接受母亲的教导，又回头对他的儿子说："哎，我要是让你去做坏事，这分明是不应该的；要是让你去做好事，但是我一辈子都没做过坏事，结果却落到这步田地。"旁边的人听了，都禁不住流下了眼泪。

范滂被押往京城的那天，母亲又特意为他设酒饯行。母亲噙着眼泪对范滂说："儿子，你做得对，你放心去吧！我作为你的母亲也决不向恶势力低头。"送行的人们听到范母这番豪言壮语，都激动得泣不成声，非常佩服范母的深明大义。

范滂被害时年仅三十三岁。经过了"党锢之祸"，朝廷里比较耿直的官员都遭到了沉重打击。范滂虽死，但他宁折不弯的斗争精神，以及他母亲的高贵品质，一直为后人传颂。

拓展

东汉桓帝和灵帝时，当权者分为宦官、外戚两派，交替专权。宦官党以侯览、曹节、王甫等为代表，他们任用私人，败坏朝政，为祸乡里。相对而言，外戚一党的窦武等人比较清正，因此贵族李膺、太学生郭泰、贾彪等人与外戚一党联合，对宦官集团进行激烈的抨击。这些人通常被称作士人，也就是后来所说的士大夫。他们品德高尚，被冠以"三君""八俊""八顾""八及""八厨"等称号。范滂便是其中"八顾"之一。顾，是指能以德行引导他人之意。

问：汉字墙(请找出八字文学故事)

石头城上瞑，红叶雨纷纷。
半日不见路，四山都是云。
鱼龙随水上，钟磬隔林闻。
遥想南峰叟，天寒补衲裙。
湖上一回首，青山卷白云。
江山空窈窕，朝暮自氛氲。
萤色寒秋露，猿啼清夜闻。
万山列屏障，来往一溪云。
扇风千里泰，车雨九重闻。
相送目千里，空山独望君。

答：一叶障目，不见泰山。

中华好故事

一叶障目，不见泰山：以偏概全

从前，楚国有个读书人，过着非常清贫的日子。一天，他正在读《淮南子》这本书。读着读着，他忽然看到一句话：“螳螂伺蝉自障叶可以隐形。”意思是螳螂窥伺蝉，想要捉住它，便用叶子遮住自己，可以隐形。

这个读书人灵机一动，心想：“如果我能够拥有隐形的能力，想干什么就干什么，还读什么书啊！”他欣喜若狂，扔下手中的书，跑出房间。

他的妻子看到了，连忙追问：“你去干什么？”

他也不回答，只摆了摆手示意妻子别管。妻子看着他远去的背影，不禁嘟囔：“真是莫名其妙！”

他跑到一棵大树下，仔细观察树上是否有螳螂在捕蝉。说来也巧，正好有只螳螂在准备捕蝉，他心想：“真是天助我也！”于是，他屏

《一叶障目》雕塑

息以待，终于等到螳螂用树叶完全遮蔽住了身体。他赶紧伸手去摘那片叶子。不料，一个不小心，树叶竟然掉到了地上，混在一堆树叶之中。他在树下急得团团转，自言自语道："这可怎么是好？到底哪片才是呢？"最后，他实在辨认不出，只好用衣服将树底下的树叶全部包好，带回了家。

妻子看到他抱了一堆树叶回来，非常疑惑，忙拦住他问："你这是做什么？为什么抱一堆树叶回来？"

他也不回答妻子，径自将树叶都放在桌子上，然后拿起一片叶子遮住眼睛，问妻子："你看得见我吗？"

妻子奇怪地瞧了他一眼，说："看得见啊，怎么了？"

他失望地将这片树叶扔掉，拿起另外一片继续问："你还看得见我吗？"

妻子不明所以，但仍答道："我当然看得见你了！"

他只好又拿起另外一片叶子……

就这样，他一次次地问，妻子一次次地答。终于，妻子烦不胜烦，

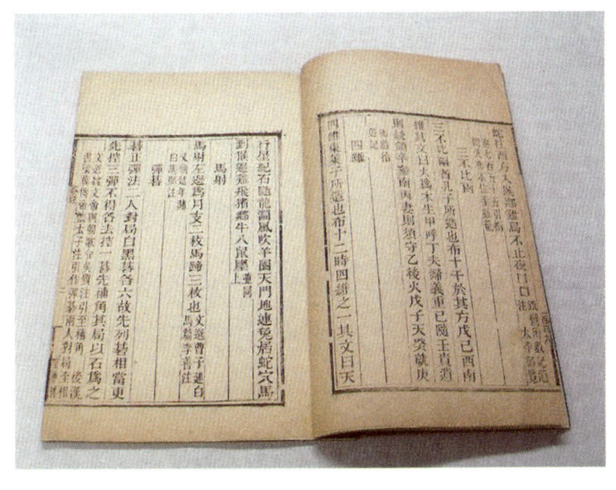

三国魏邯郸淳《艺经》书影

气恼地说:“看不见了!我看不见你在哪儿!”

他一听,别提有多高兴了,兴奋地大喊:“我找到了!我终于找到了!”说完他就冲出门去。

他大摇大摆地走到街上,时不时地在别人眼前摆摆手、晃晃腿。路人们见他行为怪异,都不理会他。他以为大家都看不见他,更加得意忘形。

拓展

“一叶障目,不见泰山”这个典故出自三国时魏人邯郸淳编撰的《笑林》。《笑林》是我国最早的一部笑话集,以嘲讽愚庸的笑话故事见长。书中所收的民间笑话反映了一些人情世态,讽刺了悖谬的言行,生动有趣。原书三卷,后宋代人增至十卷,已亡佚,今仅存二十九则,散存于《艺文类聚》《太平广记》《太平御览》等类书中。《笑林》开中国历代笑话著述之先河,邯郸淳也因此被后人称为“笑林始祖”。邯郸淳还著有《艺经》一书,记述了当时流行的投壶、掷砖、弹棋、四维等游艺项目,是我国首部游艺杂耍专著。

走了一会儿,他看见一个富人信步走来。他心念一动,大步走过去,当场解下了富人腰间的钱袋。富人大吃一惊,连忙抓住他的手,大叫道:“光天化日之下,你竟敢公然偷盗,快跟我去见官!”

他大吃一惊,问:“你看得见我?”

富人怒极反笑,说:“你一个大活人站在我面前,还偷了我的钱袋,我怎么会看不见你?”说完,富人就拉他去了官府。到了官府,县官和官差听他解释了事情的前因后果,全都大笑不止。

后来,人们就用“一叶障目,不见泰山”来比喻为局部现象所迷惑,看不到整体,也比喻目光短浅。

问：魏晋名士吕安思念好友嵇康，不远千里，驾车去他家拜访。事有不巧，嵇康并不在家，他的哥哥嵇喜出来迎接。吕安看到来的是嵇喜，不愿进门，在门上写了一个“凤”字，扭头就走。嵇喜很高兴，以为吕安夸他是凤凰。其实吕安并不是在夸他，而是在讽刺他。请问吕安在门上写一个“凤”字有何深意？

答：凡鸟。

中华好故事

嵇康锻铁：安能摧眉折腰事权贵

嵇康，字叔夜，是魏晋时期著名的思想家、文学家、音乐家。正始末年，嵇康与阮籍等名士共推玄学新风，是“竹林七贤”的精神领袖。

嵇康少年丧父，家境贫寒，但是这些困难并没有消减他对于求学的渴望。他勤奋好学，且自学能力非常强。在超越常人的努力之下，嵇康终于成为了一个学识渊博的人。

清代黄杨木雕《竹林七贤》笔筒

长大后，嵇康娶了曹魏宗室的女儿为妻，后来又在曹魏朝廷做了官。可是不久之后，曹魏政权被司马氏的晋政权所取代，嵇康从此拒绝再入仕。当时，嵇康的一位好朋友山涛担任晋朝的吏部尚书。山涛非常欣赏嵇康的才干，曾经向朝廷举荐嵇康任尚书吏部郎。面对友人的邀请，嵇康毅然拒绝了，并且还写信与山涛断交，以此来表明自己不与晋政权合作的态度。

嵇康这种强硬的不合作态度，再加上其曹魏姻亲的身份，使得司马氏一直视他为眼中钉、肉中刺。所以，跟当时其他的志士仁人相比，嵇康的避世意识更加强烈，内心也更为苦闷。为了宣泄心中的积郁，嵇康做了很多尝试和努力。后来，嵇康选择了炼铁这个在外人看来有些匪夷所思的兴趣来磨炼心智，排解心中的郁郁之情。

嵇康家的门前有一棵很大的柳树，柳树边有清泉环绕。嵇康觉得此处是个打铁的好地方，于是就在柳树下架了一个大风箱，又在风箱上面搭好炉灶，开始打铁。

当时，中书侍郎钟会很受司马昭重用，朝中群臣都对他低眉顺眼，谁也不敢惹他。钟会早就听说嵇康的才名，就邀当时的一些名士一同去拜会嵇康。

这一天，嵇康正在大树下打铁，他光着脊背、抡着大锤，满头大汗干得正欢。嵇康的好朋友向子期在炉边鼓风吹火，一炉黑炭被烧得噼啪作响，火苗蹿得老高。正在此时，钟会一行来到了树下，嵇康照样挥着大锤

拓展

《广陵散》，又名《广陵止息》，是中国古代一首大型琴曲，著名的十大古琴曲之一。它萌芽于秦汉时期，到魏晋时期逐渐成形定稿，讲述的据说是战国时期聂政刺韩王的故事。魏晋时的琴家嵇康尤以善弹此曲著称。全曲旋律激昂、慷慨，是我国现存古琴曲中唯一具有戈矛杀伐战斗气氛的乐曲，具有很高的思想性及艺术性。

明代项元汴《嵇康诗意图》

打铁，一语不发，旁若无人，锤声纹丝不乱。钟会在一边干立了多时，却无人理他，不禁恼羞成怒，一甩袖子，返身便走。刚走几步，身后传来嵇康的声音："你听到了什么来到此地？又看到了什么才想离开？"

清代顾见龙《嵇康会友图》

钟会闻言，没好气儿地说："我听到了我听见的才来，我看到了我看见的才想走了。"说罢，他带着众人沿原路返回。

自此以后，钟会便怀恨在心，一直想找机会报复嵇康。

后来嵇康、吕安等人被捕，钟会乘机向司马昭进谗言说："嵇康、吕安等人言论放荡，诽毁礼教，是帝王所不能容忍的，应该找个理由除掉他们，以净化风俗。"司马昭便判了嵇康、吕安等人死刑。

临刑之前，嵇康依旧泰然自若，面不改色。他向旁人要来一把古琴，在刑台上弹了一曲《广陵散》。一曲谈罢，余音袅袅未散。嵇康把琴一放，从容赴死。

70

问：韩愈有一篇著名的文章《毛颖传》，把毛笔的历史用传记小说的手法描述出来。文中提到了四个人物，即毛颖、陈玄、陶泓、褚先生，象征着文房四宝笔墨纸砚。毛颖指的是毛笔，请问陶泓指的是什么？

答：砚台。

中华好故事

米芾索砚：不疯魔，不成活

米芾，字元章，是北宋时期著名的书法家、画家、书画理论家。他天资聪颖，博闻强记，善写诗，工书法，精鉴别，擅长书写篆、隶、楷、行、草等书体，长于临摹古人书法，达到了乱真的程度。米芾与苏轼、黄庭坚、蔡襄被合称为“宋四家”，其中米芾的书法成就可以说代表了宋代书法的最高水平。米芾痴迷书画，个性怪异，平时行为举止比较狂放，所以人称“米颠”。此外，米芾对奇石砚台也很痴迷。

宋代晁补之《米襄阳洗砚图》

一次，宋徽宗想见识一下米芾的书法，顺便考考米芾，就对他说：“爱卿，朕最近命人做了一个屏风，但觉得这屏风太素了，不如你在这屏风上作首诗吧！”

“不知皇上有何要求？”

宋徽宗想了想，说：“爱卿就在这面屏风上用草书写一首两韵诗吧！”

米芾恭敬地行礼，答道：“臣遵旨。”

“来人，准备笔墨纸砚。”宋徽宗命人将笔墨纸砚等必需品呈上来。米芾一

拓展

《砚史》是中国书画器具著作，北宋米芾著，一卷。“用品”一条，论砚石当以发墨为上，色次之，形制工拙又其次；“性品”一条，论石质之坚软；“样品”一条则备列晋唐以及宋代砚石形制的不同。书中载有玉砚、蔡州白砚等26种，对于端、歙两石辨说尤详。自谓皆曾目击经用，非此不录，故论述详细而慎重，其考据精审而恰当，足可为鉴赏依据。

眼就看中了那方砚台，心中不禁暗暗赞叹：“好砚，好砚！果然是难得一见的珍品。”

米芾闭着眼睛思索了一会儿，很快就打好腹稿，随即提起毛笔，蘸了墨汁，笔走龙蛇，顺畅地写完了一首诗。宋徽宗平日也爱好书法，曾自创“瘦金体”，此时看到米芾的草书，情不自禁地感慨：“好字！爱卿果然是名不虚传啊！”

宫人见宋徽宗如此高兴，凑趣道：“既然米大人的字这么好，皇上可得好好赏赐米大人。”

宋徽宗听了觉得有理，说：“对，对，爱卿想要什么尽管和朕说。”

一般别的大臣听到皇上这么说，定会推辞一番，可米芾毫不犹豫地指着那砚台说：“臣多谢皇上赏赐，臣喜欢的就是这桌上的砚台。”

宋徽宗很欣赏米芾的率真性情，况且米芾的书法确实了得，深得徽宗喜爱，一方砚台而已，赐给米芾又有何妨？！不过，宋徽宗有心想戏弄下米芾，就故意装作很为难的样子，说：“哎呀，这砚台可是朕好不容易才得到的珍品……”

米芾以为宋徽宗要出尔反尔，急忙说：“皇上，君无戏言！您可是亲口答应了要赏赐臣，臣就要这砚台！”

宋徽宗见米芾着急的样子，暗暗好笑，继续装作一副舍不得割爱的样子，说：“爱卿，不如这样，朕赐你良田百亩、黄金万两，这砚台你就别要了。”

米芾一听，急了，竟然一把抓住砚台放入怀中，墨汁溅得他满身都是，但他毫不在意，说：“皇上，这砚台臣已经用过了，皇上若是再用，难免降低了皇上的身份，不如就赐给臣吧！”

宋徽宗再也忍不住，哈哈大笑起来：“好，好，就依爱卿所言，这砚台赐给爱卿了！”

米芾得到这方砚台后，大喜过望，据说回去后一连几天都抱着这砚台睡觉，其对砚台的痴迷程度可见一斑。米芾爱砚、赏砚，更用心研究各种砚。他对各种砚台的产地、色泽、工艺等都做了研究和论述，终成《砚史》一书。

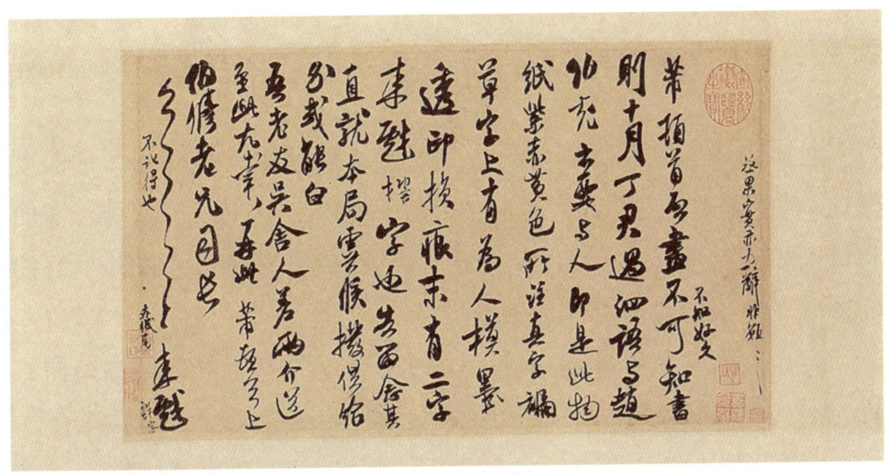

米芾《致伯修老兄尺牍》

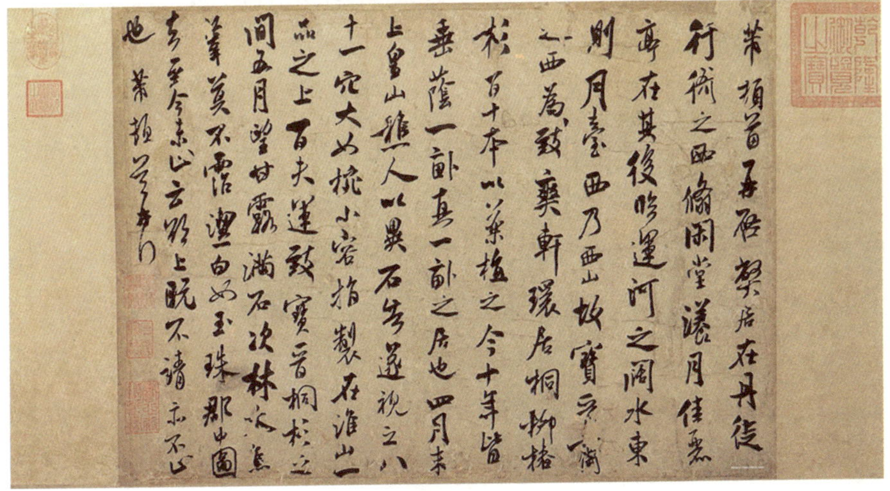

米芾《甘露帖》

问：“士为知己者死”讲的是刺客豫让的故事。据《史记》记载，豫让是春秋时期晋国智氏的家臣，智氏被害后，豫让誓死为他报仇，甚至不惜改变自己的容貌和声音。请问他用什么东西改变了自己的声音？

答：炭。

中华好故事

刺客豫让：舍命报答知遇之恩

豫让，春秋战国时期晋国人，是晋卿智伯的家臣。智伯非常器重豫让，对他很尊重，主臣之间的关系十分密切。然而好景不长，智伯和晋国权臣赵襄子内讧，后者与他人合谋将智伯灭掉，并瓜分了智伯的领地。智伯的家臣都四散逃命去了。

豫让逃到了山里，指天立誓说：“士人要为知己而死。智伯诚信待我，我一定要刺杀赵襄子，为智伯报仇，这样我的灵魂就可以不朽了。”

于是，豫让隐姓埋名，伪装成服刑的人，混入赵襄子的宫中修葺厕所，伺机行刺。赵襄子上厕所时无意间识破了豫让的计谋，便将他捉住审问。赵襄子问他要做什么，豫让冷哼一声，抬起头大声地说道：“当然是为了替智伯报仇，杀了你！”

旁边的侍卫担心豫让伤害赵襄子，拔刀想要杀掉豫让。赵襄子阻止了侍卫，说：“把刀收起来！他想要为主人报仇说明他是难得的贤士，我小心回避就是了。”接着，赵襄子就把豫让放了。

河北邢台豫让桥石碑

然而，豫让并没有死心。为了实现报仇的夙愿，他把漆涂在身上，让皮肤溃烂，又吞下炭火让自己的声音变得嘶哑，以便不让人认出来，意图再次刺杀赵襄子。一位朋友知道了豫让的事，心痛地对他说："你这是何苦？不如投靠赵襄子，得到他的信任后，再行刺他，不是更方便吗？"豫让回答说："作为一个勇士，怎么可以做这样不仁不义的事呢？"接着，豫让又研究了赵襄子的出行时间和路线，准备在赵襄子外出时伏击他。

豫让埋伏在一座桥下，赵襄子过桥的时候，马儿突然受到了惊吓。赵襄子猜到肯定又有人来行刺，马上命令手下去打探。侍卫们很快就抓到了豫让，把他带到赵襄子面前。看到豫让面目全非的样子，赵襄子吓了一跳，小心翼翼地问道："你可是豫让？"豫让点点头。

拓展

智伯是春秋末年晋国四卿之一。智伯分别向韩康子、魏桓子、赵襄子三大夫勒索土地，只有赵氏不给，智伯十分生气，就联合韩、魏两氏攻击赵襄子。赵襄子慌忙退守根据地晋阳，智伯包围并引晋水灌城。在即将获胜之际，因智伯刚愎自用、独断专行而引起韩、魏两氏不满，他们临阵倒戈，与赵氏联合反攻智伯。智伯失败被杀，首级被赵襄子做成首爵，用以饮酒。

赵襄子道："你以前不是也侍奉过范氏和中行氏吗？他们都是被智伯所灭，你不替他们报仇，反而做了智伯的家臣。如今智伯已经死了，你却如此迫切地想替他报仇，还把自己弄成这个样子，这是为什么呢？"

豫让答道："我确实侍奉过范氏和中行氏，他们都把我当作一般人看待，所以我就像一般人那样报答他们。但是，智伯一直把我当作国士对待，所以我也要像国士那样报答他！"

赵襄子听了，被豫让的忠心所感动，但是豫让几次行刺也不能再放了他，就让侍卫们将他围住。豫让知道自己必死无疑，就对赵襄子说："我听说君子有成人之美，臣子应追求忠诚之名。此前您宽赦我，天下都知道您大度。临死之前，我有最后一个请求，希望您能脱下外衣，让我刺三剑，以完成我为智伯报仇的愿望，这样我死也无憾了。"赵襄子答应了豫让的请求，命人把自己的外衣拿到豫让面前，豫让拔出剑击刺衣服后便自刎而亡了。

后来，豫让的事迹传播开来，人们都被豫让舍生取义、士为知己者死的精神所感动。

《中华好故事》
建立文化综艺类节目新标准

《中华好故事》是浙江卫视自主研发策划并制作播出的原创文化类大型季播节目，节目以弘扬中华传统优秀文化为宗旨，邀请来自全国各地知名中学的代表队，用知识竞赛、故事演绎、名人出题、知名校友助阵等多元化方式，讲述中华传统文化精髓，展现五千年璀璨文明，赞扬中华民族自强不息的精神，是浙江卫视历经五年精心打造的一档极具观赏性和互动性的高品质文化标杆节目品牌。

高品质的故事题材

中华五千年历史，留下了许多脍炙人口的经典故事。这些故事彰显着中华民族的民族精神和传统美德，浓缩了为人处世的智慧。为了中华传统优秀文化能在激烈的世界文化激荡中站稳脚跟，为了中华传统文化在新时代下继续焕发出勃勃生机，为了中国孩子延续自己的精神命脉和文化基因，为了中国孩子在与世界对话的过程中拥有自己的文化自信，浙江卫视联合浙江大学专家精心编选了一系列体现传统文化精髓的竞答题目。

“戚继光抗倭”弘扬的是保家卫国、无私奉献的爱国情怀；“雍正反腐”反映的是整饬吏治、严惩腐败的历史典故;“曾子受杖”道出了孝顺的真谛,体现了中华深厚绵长的孝亲文化;“江南第一家”讲述的是以孝义立家的郑义门的感人故事;“怀素书蕉”的故事告诉孩子们要勤奋用功,肯下苦工,才能有所成就;“孔子改错”的故事告诉孩子们要虚心谦逊,知错就改;“焚须侍姊”的故事告诉孩子们兄弟姐妹之间要相亲相爱、相扶相持……希望当代中国孩子能从优秀的传统文化中获取丰富的滋养,积极进取,向上向善。

题库主脑、节目嘉宾——浙江大学人文学院教授楼含松表示,第三季《中华好故事》在设置题目时对民俗亲情有所侧重,但不限于此,一带一路、抵御外辱等议题均有涉及,注重与时下文化热点交融,从而拉近中华传统文化与人们的心理距离,“内容选材上更具广泛性,神话故事、民间传说、人物故事等都是素材来源。我们希望人文知识与现实关怀相结合,以开阔的视野、丰富的题型,将节目打造成有精神回味的文化节目”。

■ 高格调的讲述形式

节目组以“中华好故事,文化代代传”为己任,不断探索老故事的新讲法。在出题环节上节目组独辟蹊径,尽力寻找老故事中的新细节。如很多人知道“孟母三迁”的故事,可是很少有人知道孟母三次搬迁,分别搬到了哪些地方?孟母最后一次搬迁是搬到了一家私塾附近,相当于我们现在炙手可热的学区房,老故事和现实挂上了钩,立即有了现实意义。

第三季《中华好故事》在出题方面更追求精心、精致，与电视节目的呈现方式结合更加紧密。例如有道题目考查唐朝诗人之间的关系，嘉宾蒋方舟幽默地以“唐朝诗人的微信朋友圈”为现场选手讲解，李白和杜甫之间经常互相点赞，而孟浩然与李白是“天下谁人不知君”的至交；还有一题根据关键词猜历史人物，凭着“吓着宝宝、五子良将、合肥”等接地气的形容词，机智的选手脱口而出“张辽”，引得专家成员点头称赞。

新一季节目中，除了全新创制的九宫题型，赛制上也有创新，额外增加通关令牌。当选手面对某一难题时，可以使用有免答、提示、求助三种设置的通关令牌。由于比赛中包含擂主和攻擂方，对于攻擂方来说，想使用令牌，必须要完成这些令牌所指向的一个任务。节目导演陈学武表示，这个任务是本季的亮点。“因为本季的主题是民俗亲情，这些通关令牌背后的任务，可能是跟民俗亲情有着非常紧密联系的大家又广为熟知的一项任务。”

在信息高速发达的当下，互联网的交互方式是传统媒介的有力手段。第三季《中华好故事》节目除了在赛制、选手、舞美等方面实现了全面升级之外，还引入了微信摇一摇进行实时互动答题游戏，有力地打通荧屏与网络两大群体的参与性。精巧的环节，丰厚的奖品，让台网互动成为可能性，加上全新开发的网络互动签题小游戏APP、动态海报、主题活动等内容，观众在电视媒体上领略到了中华传统文化释放出的独特魅力。

■ 高素质的嘉宾选手

一档竞技类文化节目要做得好看，嘉宾和选手都是关键。第三季《中华好故事》嘉宾由复旦大学历史学系教授钱文忠、浙江大学人文学院教授楼含松、文化才女蒋方舟坐镇。

复旦大学钱文忠教授传承了季羡林的学术薪火，是国内少数几位专研梵文、巴利文的学者之一。在节目中，钱文忠教授除了尽显渊博学识外，还高举起了“幽默”大旗，常常让原本紧张激烈的竞赛气氛缓和不少。

浙江大学人文学院楼含松教授是第三季《中华好故事》的另一位重量级嘉宾。楼含松教授是三季《中华好故事》的题库主脑，由他来担任国学导师，将为选手和观众带来第一手的出题诠释。

文化才女蒋方舟是节目打出的一张“青春牌”，负责和选手们拉近距离，因与一众学霸中学生的年龄与经历最为相近，可以和年轻学霸们无障碍沟通。在节目中蒋方舟经常另辟蹊径，用现代思维解释古代故事中的现象，使选手寓教于乐、受益匪浅。

基于传统文化的博大精深，《中华好故事》的内容略显高端，但在表现形式上却紧接地气，嘉宾与选手的交流是站在对等的平台上，而不是一方答题一方评判的不对等关系。对于选手们来说，无论是钱文忠、楼含松两位学者，文化才女蒋方舟，还是出题嘉宾千惠，既是良师，也是益友。嘉宾们与选手的交流就像促膝而谈，娓娓道来，让选手们在紧张的比拼之余，可以减轻压力，尽情地释放青春个性。这种形式就像孔子所言的有教无类、因材施教，正因如此，《中华好故事》也被文化人士称为“流动的孔子学院”。

第三季《中华好故事》选手来自全国各地知名特色的20所中学，每所学校派出三人代表队。节目中不仅充分展现来自全国各地的学校团队合作的昂扬风采，还将更加突出选手个性迥异的“学霸”风采。同时，本季最大的亮点之一是增加了互动环节，特别注重选手个人才艺的展示以及动手能力，这也给这些年轻人提供了展示青春的舞台。比如有的选手带来了一段《小苹果》，引发全场的欢呼声。观众席的一位女同学表示自己是“小票友”，还即兴来了一段京剧。一位来自新疆的女同学身穿维吾尔族盛装参加比赛，不仅才思过人，还多才多艺，现场登台表演了一段维族舞蹈，引得一阵喝彩。在互动环节，这些学霸们并没有像观众想象的那样“一心只读圣贤书”，他们也都展现出极强的动手能力和学习能力，让三位嘉宾连连称赞。“国士无双”中的“国士”二字一般指一国之中才能最优秀的人，但钱文忠毫不吝啬地用它来鼓励这些“小荷才露尖尖角”的选手，他认为这里的每一个孩子将来都有可能是“国士无双”。

《中华好故事》用现代传播方式阐释中华文化的经典文本，在孩子们的身上还原生动的青春人生，给节目熔铸了一种少年气息。

图书在版编目(CIP)数据

民俗亲情/《中华好故事》栏目组编著. 一杭州：浙江少年儿童出版社，2016.12
(中华好故事)
ISBN 978-7-5342-9262-0

Ⅰ.①民… Ⅱ.①中… Ⅲ.①民间故事-作品集-中国 Ⅳ.①I277-3

中国版本图书馆 CIP 数据核字（2016）第 314729 号

中华好故事

民俗亲情

MINSU QINQING

《中华好故事》栏目组 编著

责任编辑 马樱滨
美术编辑 成慕姣
责任校对 冯季庆
责任印制 阙 云

浙江少年儿童出版社出版发行
(杭州市天目山路 40 号)
杭州杭新印务有限公司印刷
全国各地新华书店经销
开本 710×1000 1/16
彩插 8
印张 16.5
字数 214000
印数 1—10120
2016 年 12 月第 1 版
2016 年 12 月第 1 次印刷
ISBN 978-7-5342-9262-0
定价：34.00 元